Winter Journal PAUL AUSTER

Translated by Motoyuki Shibata Shinchosha

冬の日誌

ポール・オースター

柴田元幸 訳

冬の日誌

自分はそんなふうにならない、そう君は思っている。そんなことが自分に起きるはずはない、自分は世界でただ一人そういったことが何ひとつ起こらない人間なのだと。それがやがて、一つまた一つ、すべてが君の身に起こりはじめる——ほかの誰もに起きるのと同じように。

ベッドから這い出て、窓まで歩いていくときの、冷たい床を踏む君の裸足の足。君は六歳だ。外は雪が降っていて、裏庭の木々の枝が白くなりかけている。

いま語れ、手遅れにならないうちに。そして期待しよう、もう語るべきことがなくなるまで語りつづけられるようにと。何といっても時間は終わりに近づいている。もしかしたらここは、いつもの物語は脇へ置いて、生きていたことを思い出せる最初の日からいまこの日まで、この肉体の中で生きるのがどんな感じだったか、吟味してみるのも悪くないんじゃないか。五感から得たデータのカタログ。呼吸の現象学、と言ってもいいかもしれない。

君は十歳で、真夏の空気は蒸し暑く、湿気はひどく高く不快であり、裏庭の木蔭に座っていても汗が額ににじんでくる。

君はもう若くない。これは反駁《はんばく》の余地のない事実だ。今日からあと一か月で六十四歳になる。過度に老いたという齢ではないし、後期高齢者と言うにも程遠い。それでも君は、この年齢まで行きつかずに終わった人たちのことを考えずにいられない。これもまた、起きるはずはなかったのに起きてしまったことのひとつだ。

先週の吹雪の最中に、君の顔に当たった風。厳しく刺す寒さのなかで、君は人けのない街路に出て、何だってこんなひどい雪あらしのときに外へ出ようなんて気になったんだろうと思っている。とはいえ、倒れまいとどうにかバランスを保とうとするさなかにも、その風がもたらす高揚があり、見慣れた街路が白く渦巻く雪のもやに変わったのを見る嬉しさがあった。

肉体の快感と、肉体の苦痛。何よりもまずセックスの快感、だがそれに食べたり飲んだりの快感、裸で温かい風呂に横たわること、痒いところを掻くこと、くしゃみやおなら、ベッドでもう一時間過ごすこと、春の終わりか夏の始めのうららかな午後に太陽に顔を向けて暖かさが肌にしみ込むのを感じることの快楽。無数の具体例。何らかの肉体的快感がまったくない日は一日としてない。とはいえ苦痛の方が明らかにもっと執拗で消しがたく、君の肉体のほぼすべての部分がこれまで一度は痛みに襲われてきた。目と耳、頭と首、肩と背、腕と脚、喉と腹、足首と足先、さらには、君の左の尻にかつて出来たおでき、医者がこれを「ウェン」(wen)と呼ぶのを聞いて何だか中世の疾病《しっぺい》みたいに君の耳には響いたものだが、あのときはまる一週間椅子に座れなかった。

君の小さな体。君が三歳、四歳だったとき君に属していた体から地面までの近さ。すなわち、君の足から頭までの距離の短さ。いまの君の目にはもうとまらない、かつてはつねに見えていて、つねに心を奪われていたものたち。地を這う蟻や誰かが落とした小銭、墜ちた小枝や凹《へこ》んだ壜の蓋、タンポポとクローバーから成る小さな世界。中でもとりわけ、蟻。それを君は一番よく覚えている。粉のような丘から出たり入ったりしている蟻たちの軍隊。

君は五歳で、裏庭の蟻塚の上にしゃがみ込み、小さな小さな六本足の友人たちの往き来をじっくり観察している。君には見えも聞こえもしないまま、三歳になる君の隣人がうしろからこっそり寄ってきて、おもちゃの熊手で君の頭を殴る。熊手の先が頭皮に刺さり、血が髪に流れ込み、首のうしろを伝って垂れていき、君は悲鳴を上げて家の中に駆け込み、お祖母ちゃんに手当てしてもらう。

君のお祖母ちゃんが君の母親に言った言葉――「あんたの父さん、さぞ素晴らしい人だろうねえ――あんな人じゃなかったら」

けさ、例によって薄暗い一月の夜明けに目を覚ますと、灰色っぽいぼやけた光が寝室にしみ込み、君の妻の顔が君の方を向いている。彼女の目は閉じられ、まだぐっすり眠っていて、上掛けを首まで引っぱり上げているので見えているのは頭部だけ。彼女がいかに美しいか、いかに若く見えるかに君はつくづく感じ入る。初めて一緒に寝て以来三十年が、同じ屋根の下で暮らし同じひとつのベッドを共にするようになってから三十年が経っているというのに。

今日もまた雪が降っていて、ベッドから這い出て窓まで歩いていくと、裏庭の木々の枝が白くなりかけている。君は六十三歳だ。ふと君は、少年時代から今日に至る長い旅のあいだ、誰かに恋していなかった時期がほとんどなかったことに思いあたる。三十年間は結婚していたわけだが、その前の三十年、いくつの恋患いと憧れ、いくつの熱中と追跡、いくつの錯乱と欲望の狂える奔出があったことか？　物心ついてからずっと、君は進んで恋愛の奴隷でありつづけてきた。少年のころ恋した女の子たち、大人になってから愛した女性たち、みんなそれぞれ違っていて、ふくよかな女性に痩せた女性、背の低い女性に高い女性、本好きの女性に運動好きの女性、憂い気味のタイプに外向的なタイプ、白人黒人アジア人、表面は君にとって問題だったことはなく、その人に見てとれる内なる光、それがすべてなのだ――個性のきらめき、あらわになった自我の輝き、その光が彼女を、ほかの人たちにその美は見えなくとも君にとっては美しい人にし、ひとたびそうなったら君は彼女と一緒にいたくて、彼女のそばにいたくてたまらなくなる。君は女性の美しさに抗《あらが》えたためしがない。始まりは幼稚園に入ってまもない日々までさかのぼる。長い金髪のポニーテールの子に君は惚れ込み、その子と一緒にこっそり抜け出してどこかの隅に隠れて悪さをして何度サンドクィスト先生に叱られたことか。でもいくら罰を受けても何とも思わなかった。君は恋をしていたのだから。あのころの君は恋の虜だった。そしていまもやっぱり恋の虜だ。

君の傷跡一覧。特に顔の傷跡。毎朝、ひげを剃ったり髪を梳かしたりしようとバスルームの鏡と向きあうたびにそれらの傷が目に入る。それらについて考えることはめったにないが、考えるときはいつも、それらが生のしるしであることを君は理解する。顔の皮膚に彫り込まれたもろもろのギザギザは、君という物語を語る秘密のアルファベットだ。なぜなら傷跡一つひとつが治った怪我の名残りであって、怪我一つひとつは世界との思いがけない衝突によって生じたのだから——つまり事故《アクシデント》によって、起きる必要のなかったことによって。アクシデントとは取りも直さず、起きなくてもよいはずのことなのだ。それは必然性ある事実ではなく、偶発的な事実である。けさ鏡を見ていて訪れた、人生はすべて偶発的なのだという認識——ただひとつ必然なのは、遅かれ早かれ終わりが来るということ。

君は三歳半で、君の妊娠中の母親は二十五歳で、ニューアークの繁華街にあるデパートへ買い物ツアーへ行くにあたって君を一緒に連れてきた。ツアーにはもう一人、母親の友だちも一緒で、やっぱり三歳半の男の子を連れている。ある時点で君と君の幼い同志は母親たちの許を脱走し、デパートの店内を駆け回りはじめる。そこはものすごく大きな空間であり、間違いなく君がこれまで足を踏み入れたなかで一番広い部屋である。この途方もない室内スペースを走り回ることには紛れもない快感がある。じきに君とその子は腹から床に飛び込んで滑走をはじめる。いわば橇のない橇滑りのように、君たちは滑らかな表面を滑っていく。やっていてあまりに楽しく、ゲームがもたらす快楽に酔いしれるあまり、君たちはだんだん向こう見ずになって、さらに大胆なことを企てていく。建築だか修繕だかの作業が行なわれているあたりに君たちは行きつき、どんな障害が前に控えているかも目にとめず、ふたたび床に飛び込んで、ガラスのような表面を滑り、君はやがて、木製の作業台に自分がまっしぐらに突進していることに気づく。作業台の脚が一本、眼前に迫ってくるが、小さな体をちょっとひねれば衝突を避けられるものと君は踏む。が、方向転換を強いられたその一瞬のあいだに君が見逃しているのは、脚から釘が一本出ていることだ。君の顔と同じくらい低い位置に、長い釘が一本あって、君が止まる間もなく、疾走していく君の左頰に釘が突き刺さる。君の顔半分が引き裂かれる。六十年経ったいま、君にはこの事故の記憶がまったくない。駆け回ったことも床に飛び込んで滑ったことも覚えているのに、痛みのこと、血のことはまったく覚えていないし、病院に大急ぎで連れて行かれたことも頰を縫ってくれた医者のことも覚えていない。ほんとに上手なお医者さまだったのよ、と君の母親はいつも言っていた。初めての子供の顔半分が破りとられたのを見たトラウマは決して去らなかったから、母はそのことを何度も口にした。精密な二度縫いだか何だかを完璧にやってくれたおかげで被害は最小限に抑えられ、君は生涯傷を顔に抱える運命を免れたのだ。片目なくしてたかもしれないのよ、と母親はよく君に言ったし、もっと大仰に、命なくしてたかもしれないのよ、とも言った。きっとそのとおりなのだろう。年月が過ぎるにつれて傷跡はどんどん小さくなっていったが、よく見ればいまもそこにある。君はその幸運の象徴を（目は無事！　命も！）墓に入るまで身につけているだろう。

眉が裂けた傷跡が左に一つ、右に一つでほとんど左右対称。一つ目は小学校の体育の授業のドッジボールで煉瓦の壁に激突して生じ（その後何日も目の周りは黒く巨大に腫れ上がり、ほぼ同時期にシュガー・レイ・ロビンソンに選手権試合で敗れたボクサー、ジーン・フルマーの写真を君は思い浮かべた）、二つ目は二十代前半、屋外バスケットボールの試合中にレイアップシュートを狙って飛び込んだときにうしろからファウルされリングを支えている金属柱にぶつかって出来た。あごにもうひとつ傷跡があるが起源は不明、おそらく幼いころの怪我の名残りだろう。舗道で転んで強く打ったか、石が当たって肉が裂けたか。朝にひげを剃るとき傷はいまも見える。この傷には何の物語も伴っておらず、君の母親も話題にしたことは（少なくとも君が思い出せるかぎり）ない。妙な話だ、と君は思う。不安だ、とまでは言わないが、永久に残ったこの線が、見えざる手と呼ぶほかないものによって君のあごに刻まれたなんて妙だ——君の体が、歴史から抹消された出来事の起きた場であるなんて。

いまは一九五九年六月。君は十二歳、あと一週間で五歳のときから通ってきた小学校をクラスメートたちとともに卒業する。今日は最高にいい天気の、これ以上はないというくらい晴れやかな晩春の日であり、雲ひとつない青空から陽が降り注ぎ、暖かいけれど暑くはなく、湿度もごく低くて、そよ風が空気を揺らし君の顔や首やむき出しの腕に寄りそって波打つ。放課後になり、君は仲間たちと一緒に野球をしにグローヴ・パークへくり出す。グローヴ・パークは公園というより町の共有緑地という感じで、手入れの行き届いた芝の生えた大きな長方形が四方から住宅に囲まれた気持ちのいい場所であり、君が住むニュージャージーの小さな町でも屈指の美しい公共スペースである。君たちはよく放課後そこへ野球をしに行く。野球こそ君たちみなが何より愛しているものであり、何時間やってもいっこうに飽きない。大人は一人もいない。君たちは独自のグラウンドルールを定め、意見の相違も自分たちで解決する——たいていは話し合いで、時にはげんこつで。五十年以上経ったいま、その日の試合については何も覚えていないが、以下のことは覚えている。試合が終わって、君は内野の真ん中に一人で立って「一人キャッチ」をやっている。すなわち、ボールを高く投げ上げてその上昇と下降を追い、グラブでキャッチしたらすぐまた投げ上げる。投げるたびにボールはさらに高くまで上がって、何回か投げるといまや前人未踏の高度に達しつつあり、宙に何秒もとどまって、白いボールが青空を背景に上がっていき、白いボールが君のグラブに落ちてくる。頭も何も使わないこの営みに君の全存在が没頭していて、君は全面的に集中し、この瞬間ボールと空と君のグラブ以外は何ひとつ存在せず、君の顔は上を向いていて、ボールの軌道を追う君は上を見ていて、したがって君はもはや地面で何が起きているか頭になく、君が空を見上げている最中に地面で何が起きているかというと、何かが――あるいは誰かが――出し抜けにぶつかってきて、その衝撃はあまりに突然、あまりに激しく、あまりに強烈であるため君はあたかも戦車にぶつけられたかのように瞬時に地面に倒れ込む。襲われたのは君の頭部、特に額であるが、胴にも打撃は及んでいて、地面に倒れ喘ぎながら頭はぼうっとし意識もほとんど失いかけている君は、額から血が流れているのを目にする、いや流れているのではない、噴き出しているのだ、そこで君は白いTシャツを脱いで噴き出ている箇所を押さえつけ、何秒も経たないうちに白いTシャツは一面真っ赤になっている。ほかの男の子たちは愕然としている。助けられるものなら助けようとみんな飛んできて、そこで初めて何があったかを君は知る。どうやら君の仲間の一人の、ひょろ長い気の好いうすのろのBTが（君は彼の名前を覚えているがここで明かすのは控える。彼がまだ生きていて、バツの悪い思いをさせたくないから）、空高く上がる摩天楼のごとき君のスローにすっかり感心して、自分も仲間に加わろうと思い立ち、自分もボールを取る気でいることを君には告げずに落ちてくるボールの方へ駆け出し、もちろん頭は上に向け、口は例によってだらしなく開けて（口をあんぐり開けて走る人間なんてほかにいるだろうか？）、次の瞬間に全速力で走ったまま君と激突したとき、開いた口から飛び出ている歯が君の頭にもろに食い込んだのである。かくしていま君から血が噴き出し、左目の上の皮膚が深く裂けた。幸い、君の家族のかかりつけの医者の診療所は道のすぐ向かい、グローヴ・パークの周りを囲む家々の一軒である。男の子たちはただちにそこへ君を連れていくことにし、君は友らに伴われ血まみれのTシャツを頭に当てて公園を横切る。友は四人だったか六人だったかもう覚えていないが、とにかく全員でコーン先生の診療所になだれ込んだ（君は先生の名前を忘れていないし、同様に幼稚園の先生ミス・サンドクィストの名前も、子どものころ習ったほかのどの先生の名前も忘れていない）。受付の女性は君たちに、先生はいま診察中ですと告げ、彼女が椅子から立って急患だと知らせに行く間もなく君たちはノックもせずに診察室へなだれ込んでいく。コーン先生は診察台の上にブラとスリップだけの姿で座ったぽっちゃりした中年女性と話している最中である。女性は驚いて悲鳴を上げるが、君の額から噴き出ている血を見たコーン先生は女性に服を着て部屋から出るように言い、君たちも出ていきなさいと君の友人たちに言い、即刻君の傷を縫う作業に取りかかる。麻酔を施している暇はないからものすごく痛いが、君の皮膚を先生が縫い進むなか君は声を張り上げぬよう精一杯耐える。縫った出来映えはおそらく一九五〇年に君の頬を縫ってくれた先生の仕事ほど見事ではないが、それでも十分上出来だった。とにかく君は出血多量で死にもせず、いま現在君の頭に穴は開《あ》いていないのだから。数日後、君はクラスメートたちとともに小学校の卒業式に参加する。君は旗手に選ばれているので、アメリカの国旗を掲げて講堂の通路を歩いていき舞台上の旗台に旗を掛けねばならない。君の頭には白いガーゼの包帯が巻かれ、縫った箇所からはまだ時おり血が染み出るので白いガーゼには大きな赤い染みが付いている。式が終わると、君の母親が言う――あなた、旗持って歩いてたところ、独立戦争の傷ついた英雄の絵みたいだったわよ。ほら、『七六年の気概』（アメリカの画家アーチボルド・ウィラードが一八七五年ごろに描いた絵）みたいに。

君に迫ってくるもの、君にいつも迫ってきたもの——外界、すなわち空気。より正確に言えば、周りの空気に包まれた君の体。君の両足の裏は地面にしっかり繋がっている、でもそれ以外は君のすべてが空気にさらされていて、物語はそこで、君の体の中で始まり、すべてはいずれやはり君の体の中で終わる。目下君は風のことを考えている。あとになって、もし時間が許せば、暑さ寒さのことも君は考えるだろうし、無限に多様な雨のこと、目のない人間みたいに君がその中をさまよった霧のこと、フランスのヴァール県の家の瓦屋根にかたかたかたかたマシンガンのごとく狂おしく降ってきた雹《ひょう》のことも考えるだろう。でもいま君の気を惹いているのは風だ。なぜなら空気というものはめったに静止しておらず、時おり君を囲む無の、ほとんど察知不能な息を別とすれば、そよ風があり漂うように揺れる空気があり、突然の疾風がありスコールがあり、瓦屋根のあの家で君が耐え抜いた三日吹き荒れたミストラルがあり、大西洋沿岸を吹き抜ける水をたっぷり含んだ北東の強風があり、大風、ハリケーン、つむじ風がある。そして二十一年前の君は、君が知らぬ間に中止になったイベントめざしてアムステルダムの街なかを歩き、引き受けた責任を律儀に果たそうと、のちに世紀の大嵐と呼ばれることになる天候の中を進もうとしている。暴風の猛烈さたるや何ともすさまじく、外出しようという君の頑固な、無分別な決断から一時間と経たぬうちに、そこらじゅうの街角で木が根こぎにされ、煙突が地面に転げ落ち、駐車した車が持ち上げられて宙を飛んでいくことになる。君は風に顔を向けて歩き、歩道を進もうとあがくが、行き先に向かおうと頑張るものの君は動くことができない。風はもろに君に吹きつけ、一分半のあいだ、君は一歩も動けない。

十三年前の一月のダブリン。秒速四十五メートルのハリケーンがあった次の夜に、ヘイペニー橋の欄干に置かれた君の両手。過去二か月間君が監督を務めてきた映画の撮影最後の夜、最後の場面、最後のショット。ごく単純な、主演女優の手袋をはめた手にカメラを据えて、彼女が手首をひねって小さな石がリフィー川に落ちるのを撮るだけの話。何でもない、映画全体でもこれほど努力も工夫も要らないショットはほかにないが、吹きさらしの夜の湿気と闇に包まれて立つ君は、いまや底なしに疲れている。九週間ずっと、無数の問題に見舞われ（予算の問題、組合の問題、ロケの問題、天気の問題）、疲労困憊の日々が続き、始まったときから七キロ痩せた君はいま、撮影スタッフと一緒に何時間も前から橋の上に立っている。じっとり湿ったアイルランドの極寒の空気が骨に染み込んでいる。そして、最後のショットを撮る直前、君は自分の両手が凍りついていて指を動かすこともできず手が氷の塊二個と化してしまっていることに気づく。なぜ手袋をしていないのか？　と自問するが、その問いに君は答えることができない。ホテルを出て橋に向かったときは、手袋のことなどまったく頭になかったのだ。最後のショットを君はもう一度撮影し、それからプロデューサー、女優とそのボーイフレンド、撮影スタッフ数人と一緒にそばのパブに入って凍えた体を暖め、映画の完成を祝う。店はぎっしり混みあっていて、騒々しく声を張り上げる人々が行き来して黙示録のごとき喧騒がエコールームさながらに反響するが、君たちはテーブルを予約してあるので、君はそのテーブルの席につく。そして体が椅子に接触したとたん、もうすっかり力が抜けてしまったことを、肉体的活力も精神的活力もすべて尽きてしまったことを君は悟る。こんなに疲れることが可能だとは思っていなかったほど君は疲れていて、まさに精根尽きはて、いまにもわっと泣き出してしまいそうな気がする。ウイスキーを注文し、グラスを手にとり唇まで持っていくと、指がふたたび動くようになったことに気がついて君は意を強くする。君は二杯目のウイスキーを注文し、三杯目、四杯目を注文し、やがて突然眠りに落ちる。周りではすさまじい熱狂が広がっているというのに、君はすやすや眠りつづけ、そのうちに善人たるプロデューサーが君を持ち上げて立たせ、なかば引きずりなかば持ち上げてホテルに連れ帰る。

そう、君は酒を飲みすぎるし葉巻も喫いすぎる。歯を失くしても補塡してこなかったし、君の食事は現代アメリカの栄養的叡智の教えに従っていない。だが君が大半の野菜を避けるのは単に好きでないからであり、好きでないものを食べるのは君にとってひどく困難、ほとんど不可能なのだ。妻が君のことを、特に喫煙と飲酒のことを心配しているのは承知しているが、有難いことにこれまでのところX線でも肺に異常は見えていないし、血液検査でも肝臓に何の障害も出ていないので、君は依然悪しき習慣を、いつかはそれらが大きな害を為すだろうと十分知りつつ押し進めている。歳をとればとるほど、愛する小さな葉巻と何度もグラスに注ぎ足すワインを捨てる意志も勇気もどうやら自分には出そうもないという思いがますます強まってくる。長年実に多くの快楽を与えてくれたこの二つを、いまになって人生から切り離してしまったら、体があっさり崩壊してしまうのではないか、体のシステムが機能するのをやめてしまうのではないかと思えるときさえある。明らかに君は、欠陥を抱えた、そもそもの最初から自分の中に傷を負った人間なのであり（でなければなぜ、大人になってから生涯ずっと、紙の上に言葉を血のように流しつづけて過ごしたりしたのか?）、アルコールと葉巻から得る益は一種松葉杖の役を果たし、不具の自己がまっすぐ立って世界の中を進んでいくのを助けてくれているのだ。自己投薬、と君の妻は呼んでいる。君の母親の母親とは違って、妻は君が別の人間になることを求めない。君の弱さを妻は許し、叱ったり罵倒したりもしない。君のことを心配するのは、あくまで君に永遠に生きてほしいからだ。何年も彼女と寄り添ってきた理由を数え上げるとき、これは間違いなくそのひとつ、長年変わらぬ愛の巨大な星座の中の明るい星のひとつである。

言うまでもなく、咳は出る。特に夜、体が水平になったときには。息の管がとりわけ詰まっている夜は、ベッドから這い出て別の部屋に行き、痰を全部出してしまうまで狂ったように咳を続ける。友人のスピーゲルマン（君の知るもっとも熱烈なスモーカーだ）は、なぜ煙草を喫うのかと訊かれるたびに、「咳をするのが好きだから」と答えるという。

一九五二年。五歳の君は裸で、一人で風呂に入っている。もう自分で体を洗えるくらい大きいのだ。温かい湯の中で仰向けに横たわっていると、突然ペニスが気をつけの姿勢になり、水面の上に飛び出す。この瞬間まで、君は自分のペニスを上からしか、立って見下ろす姿勢からしか眺めたことがない。が、この新たな、ほぼ目の高さの視点から見てみると、割礼を施された自分の男性生殖器の先端がヘルメットに驚くほど似ていることに君は思いあたる。古風な、十九世紀後半の消防士がかぶっていたようなヘルメット。この啓示は君を喜ばせる。なぜなら人生のこの時期、君の最大の野望は大きくなったら消防士になることだからだ。消防士こそ地上でもっとも英雄的な仕事だと君は思っている（実際そのとおりだろう）。まさしく自分の体にミニチュア消防士ヘルメットが飾られているなんて、何と相応しいことだろう——しかも、まさしく君の体の、ホースのように見えるし機能もホースに似ている部分に。

一生のうちに君が陥ってきた無数の窮地。膀胱を空にしたいという切実な、圧倒的な欲求を抱えながらもそばにトイレがないという切羽詰まった瞬間。たとえば渋滞に巻き込まれて動けなくなり、駅と駅のあいだで地下鉄が停まったりしたとき。それを無理して抑えていることの掛け値なしの苦しさ。この万国共通の苦境を誰も話題にしないが、それは誰にも覚えのある、誰もがくぐり抜けてきた事態だ。人間の苦しみの中で膀胱が破裂しそうになることほど滑稽な例もほかにないが、こういう難局を君は、自分が出すものを出してしまうまでは笑う気になれない。三歳を越えた人間の誰が、人前でズボンを濡らしたいと思うだろう？　だからこそ君は、君の友人の一人が臨終間際の父親に言われた最後の言葉を忘れない。「いいか、チャーリー」とその父親は言った。「小便のチャンスは絶対逃すなよ」。こうして古《いにしえ》からの叡智は世代から世代へと継承される。

ふたたび一九五二年、君は家の車の後部座席に座っている。君の妹が生まれた日に父親が乗って帰ってきた青い一九五〇年型デソート。君の母親が運転し、君たちはしばらく前から道路を走っていて、どこからどこへ行ったのかはもう思い出せないが、これが帰り道であって家まであと十分か十五分だということはわかっている。少し前から君は小便がしたくてたまらず、膀胱の中の圧力はじわじわ募ってきて、君はいまや後部席で身をよじらせ、脚を組み、手で股間を押さえつけ、もういくらも我慢できそうにない。苦境を母親に伝えると、あと十分持ちこたえられるかと母は訊く。無理だと思う、と答えると母は、じゃあ、家に着くまで停められるところもないからズボンの中でやっちゃいなさいと言う。これは君にとって実に革新的な発想である。頑張って身につけた男らしい独立状態と君には思えるものを、正面から裏切っているではないか。母が本当にそう言ったのか、君は信じられない思いでいる。ズボンの中でやっちゃう？　と君は母に言う。そうよ、ズボンの中でやっちゃうのよ、と母は言う。べつにいいでしょ？　帰ったらすぐ服を洗濯機に放り込むのよ。かくして、母親の全面的かつ明確な是認を得て、君は人生これで最後となるズボン内放尿を行なう。

五十年後、君は別の車に乗っている。自分の車は持っていないからレンタカー、真新しいピカピカのトヨタカローラである。この車で君は三時間前から、コネチカットからブルックリンの自宅へ帰る道を走っている。いまは二〇〇二年八月。君は五十五歳で、車は十七歳のときから、つねに手際よく自信を持って運転してきた。一緒に車に乗った人間はみな君のことを運転が上手だと言い、四十年近く運転席に座ってきたなかで一度だけフェンダーにすり傷を作った以外は何の事故記録もない。君の妻は一緒に前に、君の右側に座り、後ろには十五歳になる君の（コネチカットの学校での夏の演劇プログラムを終えたばかりの）娘が乗っていて、過去一か月彼女の寝具となってきたキルトやクッションの上に体を広げて眠っている。そして後部席には君の犬も乗っている。八年前に君と娘とで道端から拾って帰った毛むくじゃらの迷い犬で、君によって（トマス・ナッシュ『不運な旅人』の主人公ジャック・ウィルトンにちなんで）ジャックと名づけられ、以来ずっと家族の、いささか頓狂な、しかし大いに愛される一員となってきた。心配性の君の妻も、君の運転については心配したことがないし、それどころか、道路がどんな状況であっても君が最適にふるまうことを何度も褒めそやしてきた。何レーンもあるハイウェイでほかの車を難なく抜く。混みあった都心の道路で左へ右へ巧みに動きながら進んでいく。折れたり曲がったりの田舎道もスムーズにハンドルを切る。ところが今日は、何かが変だと妻は感じる。君がきちんと集中しておらず、タイミングがわずかにずれていることを彼女は察し、さっきから君に、気をつけてよと一度ならず言っている。君の妻の言葉の賢明さをいまさら疑うような愚を君は犯すべきでない。他人の心を読み、他人の魂の中を見抜く超自然的な能力が彼女にはあるのだ。人間が置かれたいかなる状況であっても、その隠れた底流を彼女は嗅ぎとる。その直感の正しさに、君は何度も驚かされてきた。ところがこの日に限って、彼女の不安はいつになく激しく、君はだんだん苛ついてくる。僕は運転が上手なことで名高いんだぜ、と君は妻に言う。僕が事故を起こしたことがあるかい？　世界で誰よりも愛する君たちの命を危険にさらすような真似を僕がすると思うかい？　もちろん思わないわ、と妻は答える。私いったいどうしちゃったのかしら。トライボロ橋の料金所まで来て、ほら、ニューヨークシティだよ、家はもうじきさ、と君が彼女に言うと、もう運転については一言も言わないと彼女は約束する。だが君は認めたがらなくても、事実何かがおかしいのだ。何しろいまは二〇〇二年、この暗い驚きに満ちた一年間実にいろんなことが君の身に起きたのだから、君の運転技術が突如劣化したところで何の不思議もない。最悪だったのは、五月なかばに君の母親が心臓発作で亡くなったことだった。その死は君を唖然とさせた。七十七歳の人間が何の前触れもなしに死にうること、事実死ぬことを知らなかったわけではない。だが母は電話で話すかぎり元気そうだったし、人生最後の日のすぐ前日に君と話したときもひどく上機嫌で、次々冗談を飛ばし面白おかしい話を並べ立て、電話を切ってから君が妻に「こんなに明るい母さんは何年ぶりかなあ」と言ったほどだったのだ。そう、母の死が最悪だった。それに加えて、二月初旬にコペンハーゲンまで九時間エコノミークラスで飛んだ際に左脚に血栓が出来てしまい、君はその後何週間か仰向けに寝ていることを強いられ、数か月ずっと杖に頼る破目になった。さらには目にも問題が生じた。まず左目の角膜が破れ、何週間かあとに右の角膜が破れて、その後数か月にわたって左右の角膜がくり返し、ほとんどランダムに破れつづけた。破れるのはいつも眠っている最中なので、予防するすべは何もなく（眼科医が処方してくれた軟膏は何ら効き目がなかった）、ふたたび破れた角膜を抱えて目覚める朝、その痛みはすさまじい。目は間違いなく体じゅうで一番敏感で傷つきやすい部分なのだ。そうした非常事態に備えて痛み止めの目薬を処方してもらったが、効いてくるまで通常二時間から四時間かかるから、それまではひたすらじっと、冷たい水で絞った布を痛む目に当てているしかない。目を開けるとまるで針を刺されたみたいに痛むのでずっと閉じている。半年続いたエコノミークラス症候群の災難、慢性状態のドライアイ、さらには母親が死んでわずか二日後に訪れた人生初めてのパニック発作。その直後の日々に発作は何度も戻ってきて、しばらく前から君は自分がバラバラになりつつある気がしている。かつてはこれほど丈夫な人間はいないというくらい丈夫で、外からの攻撃、内からの攻撃いっさいを寄せつけず、人類全体を蝕む身体的・心理的苦痛をものともしなかった自分が、いまや少しも丈夫ではなく、衰弱し崩壊した残骸へと日に日に変わりつつあることを君は感じている。パニック発作を抑える薬をかかりつけの医者は処方してくれていて、もしかしたらこの薬がその午後の運転に影響したのかもしれないが、たぶんそれはないと君には思える。いままでもこの薬を体内に入れた状態で運転して、君も妻も何ら変化は感じなかったのだから。悪影響があったにせよなかったにせよ、君はいまトライボロ橋の料金所を通過し、家までの道行きの最終段階に入った。街なかを走りながら母親のことも目のことも君は考えていないし、脚のこともパニックを遠ざけておくための薬のことも考えていない。ひたすら車のこと、ブルックリンの自宅に着くまでの四、五十分のことを君は考え、妻もどうやら落着いていてもう君の運転を心配してはいないようなので君もやはり落着いていて、橋から君の住む地域に入っていくまでの道のりを走破していくなか、異常なことは何も起こらない。たしかに尿意は催していて、この二十分間膀胱は君に信号を送りつづけ、そのSOSはどんどん急ピッチになり緊急度を増しているので、もしかしたら君は少しスピードを出しすぎているかもしれない。そもそも家に帰ること自体、狭く息苦しい車から出られること自体待ち遠しいところへ持ってきて、家に帰れば二階のバスルームに駆け上がってこの重荷を放出できるのだ。とはいえ、いつもよりいくぶん気は急《せ》いているもののすべて順調であり、いまや君たちは自宅のある通りまで二分半のところまで来ている。車は四番街の、荒廃したアパートや空き倉庫が並ぶ気の滅入る一画を下っていて、この界隈は歩行者もわずかなので、ドライバーは道路を横断する歩行者のこともあまり気にかけないし、加えてここではたいていの大通りより青信号が長く続くので、勢いスピードも出しがちに、あまりに出しがちになって、時には制限速度を大幅に超えてしまったりする。まっすぐ邁進している分にはそれで問題ないが（だからこそ君もこのルートを選んだ——ほかのどのルートよりも早く帰れるのだ）、車の流れによっては左折がいくぶん危険になる。青信号の最中に曲がるわけだが、君にとって青信号ということは反対側からこっちへ飛ばしてくる車にとっても青信号なのだ。そしていま、四番街と三丁目の交差点まで来て、家に帰るためには左折が必要であり、君は停まって車の流れが途切れるのを待ち、そのとき突然、四十年近く前に君の父親から運転を習ったときに学んだ教訓を君は忘れる。父本人は実に下手糞で無能なドライバーであり、注意散漫、しじゅう上の空になって、キーを差し込むたびに災難を招いているような有様だったが、運転はまるで駄目でも他人に教えるとなると素晴らしかった。そしてその父が君に与えてくれた最高のアドバイスは、守りの態勢で運転せよ、ということだった。道路に出ている人間は自分以外みな愚かで狂っているという前提で行動せよ、何ひとつ当然視してはならない。君は運転するたびつねにこの言葉を思考の一番上に据えてきて、長年のあいだにそれがずいぶん役に立ってくれた。ところがいまは、膀胱を空にしたくてたまらないからか、薬で判断が鈍ったからか、それとも疲れていて注意がおろそかになっているからか、衰弱し崩壊した残骸になり果てたからか、とにかく君は衝動的に、思いきって攻めの態勢で運転することに決める。茶色いバンが一台こっちへやって来る。スピードは出ているが、まあ七十五キロ、せいぜい八十キロだと君は踏んで、いま停まっている地点とバンとの距離を目で測りバンのスピードも併せて考えて、これなら左折して問題なく交差点を通り抜けられると判断する——ただしそのためには迅速に行動しいますぐアクセルを踏まないといけない。だが君の計算は、バンが七十五キロか八十キロで走っているという読みに基づいていて、実のところこれは正しくない。バンはもっと速いのだ。最低九十五キロ、下手をすれば百キロ以上出ているのだ。ゆえに君が左折して交差点を急いで抜けようとするさなか、バンは突然、思いがけず君に迫ってきていて、君は前を見ていて右を見ていないから、バンがもろに衝突してくる際もバンを見ておらず、九十度の角度からバンは助手席側、君の妻が座っている側の前部ドアを直撃する。すさまじい衝撃——雷のごとき、痙攣のごとき、地殻変動のごとき激突、世界を終わらせるに十分な音を伴った爆発。あたかもゼウスが君と君の家族めがけて稲妻を一筋投げつけたかのように感じられ、次の瞬間車はコントロールを失ってくるくる回り、狂おしく回転しながら通りを下っていき、金属の街灯柱に衝突して唐突にがくんと停まる。そしてすべてが静寂に沈み、宇宙全体が静寂に包まれ、ようやくふたたび考えられるようになったときまず浮かんでくるのは、自分が生きているという思いだ。君は妻を見て、彼女の目が開いているのを見る。彼女は息をしていて、ゆえにやはり生きている。次に後部席にいる君の娘を見ようと首を回すと、娘もやはり生きている――ぐっすり眠っていたところを、バンと街灯柱との二重の衝撃でいきなり起こされた彼女は、体を起こし、見開いた戸惑いの目で君を見ていて、唇は君がいままで見たどんな唇よりも白く、いま君がこれを書いている紙にも劣らず白い。敷いていたキルトとクッションが、そして眠っていて筋肉がすっかり弛緩していたという事実が娘を救ったことを君は理解する。おかげで骨はどこも折れていないし、頭が何か硬いものに激突したりもしていない。彼女は大丈夫だろう――もういますでに大丈夫だ。そして犬も、やはりキルトとクッションの上で眠っていた犬も大丈夫だ。それから君は前に向き直ってもう一度妻を見る。衝突点に一番近いところにいたのは彼女なのだ。彼女が君の隣でじっと座っている姿、ぴくりとも動かず何も言わず周囲からまったく遊離した様子でいる姿を見て、彼女の首が折れてしまったのでは、彼女の美しさの象徴たるすらりと長くのびた美しい首が折れてしまったのではと君は恐れる。大丈夫かい、痛くないかい、痛いとしたらどこだい、と君は彼女に訊ねるが、ひとまず答えは返ってくるもののそれはひどくこもった、ごく小さな声なので、何と言っているか君には聞きとれない。この時点ではもう車の外で生じているざわめきにも君は気づいている。周りでいろんなことが、いくつものことが同時に起きていて、一番目立つのはバンを運転していた女性の金切り声だ。女性は道路の上でぴょんぴょん跳ねて、事故を起こした君に怒りもあらわな侮辱の言葉を浴びせている（あとで君も知ることになるとおり、女は免許証なしで運転していてバンも自分のものではなく、それまでにも何度か警察相手に問題を起こしていた。怒りがすさまじかったのもそれで合点が行くが――要するにまた警察沙汰になるのが怖かったのだ――そうやってそこに立って君をどなりつけている姿を見て、女の身勝手さに、君や君の家族が大丈夫かとすら訊かない無神経さに君は愕然とする）。それから、あたかもこの女性の（君の父の言を借りるなら、まさに愚かで狂っている人物の）薄情なふるまいを打ち消すかのように、ささやかな奇跡が次の瞬間に生じる。一人の男が四番街を下ってくる。ふだんは歩行者など一人もいない大通りを歩いていた唯一の歩行者である。そしてあらゆる道理、あらゆる論理に逆らい、世界はこういうふうに動くものだというあらゆる通念を裏切って、この男は病院の白衣を着ていて、若い医者なのである。インド出身で、滑らかな茶色い肌、顔はおそろしくハンサム。たったいま起きたことを目撃したこの人物が車に近づいてきて、穏やかな声で君の妻に声をかけはじめる。もう窓のガラスはなくなっているから、彼は顔を中に入れて小声で、耳に和むインド人らしい声で彼女に話しかけることができる。神経科医が患者に発するお決まりの質問を彼が発するのを聞きながら――あなたのお名前は？　今日は何日でしょう？　いまの大統領は誰です？――医者が懸命に君の妻の意識を保とうとしてくれていること、彼女が強いショック状態に陥らぬよう尽力してくれていることを君は理解する。激突の衝撃を思えば、彼女に当面何の色も見えないこと、目の前の世界が白黒にしか見えないことも君を驚かせはしない。幽霊ではなく現実の人間である医者は（だが彼のことを、妻を救いに天から降り立った霊だとどうして考えずにいられよう？）、救急車と救急班が来るまで彼女と一緒にいてくれる。君と娘とジャックはすでに車から降りているが、妻はまだ動かしてはならない。彼女の首の骨が折れているのではと誰もが心配しているのだ。生命のあご《ジョーズ・オブ・ライフ》という名で知られる道具を使って消防士たちが右前のドアを切断して開けるのをそこに立って眺めながら、破壊された車を見回すと、自分たち皆がなぜまだ息をしているのか君には理解できない。車はまるで踏みつぶされた昆虫だ。タイヤは四つともパンクし、べったり広がりねじれているし、助手席側は陥没して、後部は——街灯柱に衝突したのはこの部分であることに君はいま気づく——ぺしゃんこにつぶれ、後部の窓ガラスもまったく残っていない。君の妻を不動に保つよう、救急医療士たちはゆっくり慎重に彼女を板に縛りつけてから救急車の中に滑り込ませ、君と娘は別の救急車に乗せられて、みんなでベイリッジのルーテル医療センターの外傷棟へ向かう。君の妻にＣＴスキャンを二度行ない、レントゲンを何度か撮った末に、背中も首も骨は折れていないと医者たちは宣言する。かくして、死とつかのま触れあったにもかかわらず君たちはみな幸せな、心底幸せな気分で一緒に病院を去る。帰り道、君の妻は冗談めかして、ＣＴスキャンをやってくれたお医者さんにね、あなたの首は私がいままでに見た一番完璧で一番美しい首ですって言われたのよと報告する。

あの日から八年半が経ち、君の妻はその間一度も、事故について君を非難したことはない。バンを運転していた女性がスピードを出しすぎていたのであり、すべてはあの女性の責任だと君の妻は言う。だが君はそれで自分を放免したりはしない。そう、たしかに女性はスピードを出しすぎていたが、最終的にはそのことも問題ではない。君は冒すべきでなかった危険を冒したのであり、その判断の誤りがいまも君を恥の念で満たす。それゆえ君は病院を出たあともう運転はやめると誓ったのであり、君の家族を危うく殺すところだったあの日以来、事実一度も運転席に座っていない。もはや自分を信頼しないからではなく、自分を恥じているから——ほとんど致死的だった一瞬、激突してきたあの女性と同じくらい自分も愚かで狂っていたことを理解しているから。

事故の二年後、君はフランスの小都市アルルにいて、朗読会を始めようとしている。一緒に出演するのは俳優のジャン＝ルイ・トランティニャン（君の出版社の社長の友人なのだ）。君がまず英語で読んだ箇所のフランス語訳を彼が読む。聴衆がバイリンガルでない国では普通のやり方である。会のために選んだページを、段落から段落へと二人三脚で進んでいく。今夜トランティニャンと一緒に朗読できることが君には嬉しい。彼の演技を君は非常に尊敬しているし、彼が出演しているのを観た一連の映画を考えてみるにつけ（ベルトリッチ『暗殺の森』、ロメール『モード家の一夜』、トリュフォー『日曜日が待ち遠しい！』、キェシロフスキ『トリコロール／赤の愛』……好きな作品はまだまだ挙げられる）、これ以上素晴らしい仕事をしていると思えるヨーロッパの俳優を思いつくのは難しいと君は思う。それにまた君は、彼に深い同情を感じてもいる。何年か前に彼の娘が残酷に殺されて一大スキャンダルになったことを君は知っていて、彼が味わったにちがいない大きな苦しみ、いまも味わっているにちがいない苦しみを強く意識せずにいられない。君がこれまで知ってきて一緒に仕事もしてきた多くの俳優と同じく、トランティニャンは内気で無口な人物である。善意と友好のオーラは発していても、と同時に自分の殻にこもった、人と話すのに苦労するタイプの人間である。目下君たち二人は舞台に上がって晩のリハーサルをしている最中であり、朗読会場である大きな教会だか元教会だかに二人きりでいる。トランティニャンの声の響き、その声の豊かさ、単なるいい役者と偉大な役者とを隔てる声のさまざまな特質に君は感銘を受けていて、自分が書いた言葉が（いや正確には、別の言語に翻訳された君の言葉と言うべきだ）その並外れた声を通して伝えられるのを聞いて君はひどく嬉しい気持ちになる。ある時点で、トランティニャンが出し抜けに君の方を向き、あなたは何歳かと訊ねる。五十七です、と君は答え、少し間を置いてから、あなたは何歳ですかと君も訊ねる。七十四、と彼は答え、また少し間があってから二人ともリハーサルに戻る。終わると君たちは教会内のどこかの部屋に連れていかれ、聴衆がみな席について公演が始められるまでそこで待つことになる。部屋にはほかの人たちもいる。君の本を出している出版社の社員たち、イベントの主催者、君の知らない人たちの名も知らぬ友人等、全部で一ダース余りの男女。君は椅子に座って誰とも話さず、ただ黙って部屋の中の人たちを見ている。見ればトランティニャンも、君から三メートルばかり離れたところにやはり黙って座り、片手をあごに当てて床を見下ろし、物思いにふけっているように見える。やがて彼は顔を上げ、君の目を見据えて、予想もしなかったひたむきさと重々しさで言う――「ポール、ひとつ君に言いたいことがある。五十七のとき、私は自分が老いている気がしていた。七十四になったいま、あのころよりずっと若い気がするよ」。その一言に君は混乱する。相手が何を言わんとしているのか君には見当もつかないが、それが彼にとって大事なことであり、何かひどく大切なことを彼が君と共有しようとしてくれているのは感じとれる。だから君は、どういう意味ですかなどと説明を求めたりはしない。これまでもう七年近く、君はその言葉に思いをめぐらせてきた。どう捉えたらいいのかいまもよくわからないが、何度か、ほんのつかのま、彼が伝えようとしていたことの真実をふっと見通せた気になれたこともあった。おそらくそれはごく単純なことなのだ。すなわち、人は五十七のとき、七十四のとき以上に死を恐れるということ。あるいは彼は君の中に、何か気がかりなものを見てとったのか——二〇〇二年の最悪の数か月のあいだに君の身に起きたことのかすかな痕跡を。事実君は、六十三になったいま、五十五のときよりも逞しくなった気がしている。脚の問題はとっくになくなった。パニックの発作はもう何年も訪れていないし、目はまだ時おり悪くなるものの頻度は前よりずっと少ない。それに何と言っても、もう自動車事故は起きないし、もはや弔うべき両親も君にはいない。

三十二年前の今日、つまりほぼ正確に人生半分前、前の晩に父親が亡くなったという知らせが君の許に届いた。あの一月の夜も今夜と同じく雪の降りしきる、冷たい風の吹き荒れる晩だった。何もかもが同じで、時は動いているが動いていない——すべては違っているがすべては同じ。とはいえ父は、七十四に達する運には恵まれなかった。六十六歳。君はいつも父は長生きするものと思っていたから、君たち二人のあいだにつねに漂っていた霧を晴らそうという気はあっても、いますぐという切迫感はなかった。だから突然の、予想外の死の事実がようやく胸に染み込むと、やり残してしまったことがあるという思いが君の中に残った。口にされなかった言葉をめぐる、永久に逃した機会をめぐる空しい苛立ち。父はベッドで恋人と愛しあっている最中に死んだ。健康だった男の心臓が、突如不可解にも持ち主を見捨てたのだ。一九七九年のその一月の日のあとの年月、君は何人もの男性から、それが最高の死に方だよと言われたが（小さな昇天がまさに本物の昇天に、というわけだ）、女性からは一度もそう言われたことはないし、君自身もひどい逝《い》き方だと思う。葬儀の場での父の恋人の姿と、その目に浮かんでいた呆然とした表情を思うと（ほんとに恐ろしかったんです、あんなに恐ろしい目に遭ったのは初めてですと彼女は君に言った）、そんなことが妻には起きませんようにと君は祈らずにいられない。三十二年前の今日。以来ずっと君は父のあまりに急な旅立ちを残念に思いつづけてきた。へまばっかりやっている、現実にうとい息子がいずれ救貧院に行きつくのではと父はつねづね心配していた。そしてそうはならなかったことを見てもらう前に亡くなってしまった。でもそれを知ってもらうにはあと数年生きてもらわないといけなかったのだ。六十六歳だった父親が恋人の腕の中で死んだ当時、君はまだ食うや食わずの苦闘を日夜続け、落伍者の恥辱を日々味わっていた。そう考えて、君は悲しい気持ちになる。

そう、君はまだ死にたくない。父の生が終わった年齢に近づいてきたいまも、墓地に電話して埋葬場所を確保したりはしていないし、もう二度と読まないとわかっている本を人にあげてしまいもせず、えへんと咳払いしてみんなに物々しく別れを告げるなんてこともやっていない。とはいえ、十三年前、五十歳の誕生日のわずか一か月後、地下の書斎で昼食のツナサンドを食べている最中、現在自分では「偽心臓発作」と呼んでいるものに君は襲われた。痛みがどんどん募って胸に広がっていき、左腕を貫いてあごにまで達する――古典的徴候である。人の命を数分で止めてしまいうる、恐ろしい心筋梗塞。痛みがますますひどくなり、その炎のような力がどんどん高まって君の体内を燃やし胸部にも火を放つなか、体から力が抜けて眩暈《めまい》もしてきたが君はどうにか立ち上がり、両手で手すりを摑んでのろのろ階段をのぼり、一階の居間の踊り場に倒れ込んで、弱々しい、かろうじて聞こえる程度の声で妻を呼んだ。妻は上の階から駆け下りてきて、君が仰向けに倒れているのを見ると両腕で君を抱き上げ、どこが痛むか訊ね、お医者さんを呼ぶと言った。妻の顔を見上げながら、もう自分は死ぬのだと君は確信した。これほどすさまじい痛みは、死という意味でしかありえないと思った。不思議なことに——ひょっとするとこれは君の身にいままで起きた何にも増して不思議なことかもしれない——怖くはなかった。実際君は、ごく穏やかな気持ちでいて、いまにもこの世界を去ろうとしているという思いをすんなり受け容れていた。これで終わりだ、これで死ぬんだ、こうして愛する女性の腕に抱かれて死ねるならもしかしたら死は思ったほど悪くないのかもしれない、と心の中で言っていた。これで死なねばならないのだとしたら、とにかく五十年は生きられたことを幸いだと思えばいい。君は病院に運ばれて緊急治療室に一晩寝かされ、四時間ごとに血液を調べられて、翌朝にはもう心臓発作は食道の炎症に変わっていた。きっとサンドイッチに多量に入っていたレモン汁が引き金になったにちがいない。君は命を返してもらったのであり、心臓は健康で正常に脈打っていて、そうした朗報に加え死がもはや恐れるものでないことを君は学んだのである。死ぬべき時が訪れたら人は別の意識領域に移動するのであって、死を受け容れることも不可能ではなくなる。少なくともそのとき君はそう思った。五年後、初めてのパニック発作が体内を貫き君を床に投げ出したとき、君はおよそ穏やかな気持ちになどなれず何を受け容れもしなかった。今度もまた死ぬのだと思ったが、今回は恐怖に声を張り上げた。生涯でこれほど怖かったことはなかった。涙の谷たるこの世から別の意識領域に移行しひっそり静かに去る、なんてまるでお呼びじゃなかった。君は床に横たわり、声を張り上げた。声を限りに吠えた。死は君の中にあり、君は死にたくなかったから、吠えた。

雪。この数日、数週間、雪が本当にたくさん降った。ニューヨークでは一か月足らずで一四〇センチ降った。吹雪が八回、九回、もうわからなくなってしまった。一月のあいだずっと、ブルックリンで一番頻繁に聞こえた歌は、シャベルが歩道や分厚い氷の塊を引っかいて奏でる路上音楽だった。厳しい寒さ(ある朝は摂氏零下十六度だった)、霧雨、小ぬか雨、靄、半溶けのぬかるみ、つねに強烈な風、だが何よりも雪、いっこうに溶けぬ雪。吹雪が次々襲ってくるなか、君の家の裏庭の藪も木々もますます長くますます重い雪のひげを着けている。そう、この冬はいまやあの冬として記憶される冬となったようだ。けれど、寒くもあるしいろいろ厄介だし空しく春に焦がれる気持ちもあるものの、こうした気象ドラマの活気に君は感嘆せずにいられない。子どものころ抱いたのと同じ畏怖の念とともに、降る雪を君はいつまでも見ている。

悪ふざけ《ラフハウジング》。子どものころの(辛さとは反対の)楽しさをいま考えるとき思い浮かぶのはその言葉だ。父とのレスリング——君が起きている時間に父はめったに家にいなかったから(君がまだ寝ているうちに仕事に出かけ、君が寝かしつけられたあとに帰ってくる)、これは稀な出来事だったが、たぶんだからこそいっそう忘れがたかった。父の体と筋肉の異様な大きさ、その全体のすさまじいかさ。君は父の両腕の中であがき、ニュージャージーの王を一騎打ちで負かそうと奮闘する。あるいはまた、四歳上のいとことの取っ組みあい。日曜の午後に一家で伯父と伯母の家を訪ねていき、床の上をいとこと転げ回るなかで同じ過剰な肉体性が発揮される。その肉体性の、その奔放さの喜び。走る。走って、飛んで、登る。肺が破裂しそうになるまで、脇腹が痛むまで走る。毎日毎日、日が暮れるまで、ゆっくり暮れてゆく夏の黄昏どきまで、君は芝の庭で走る、精一杯走る、耳の中がずきずき脈打ち風が顔に打ちつける。少し大きくなると、タックルフットボール、長馬跳び、缶蹴り、お山の大将、旗取り。君も君の友人たちもみな実にすばしこく、実にしなやかで、これら戦争ごっこの遂行に恐ろしく熱心であり、容赦ない残酷さでもって攻撃しあい、小さな体が小さな体に激突し、たがいに張り倒しあい、腕を引っぱり、首を掴み、転ばせ、押し、とにかく勝つために何でもやる。みんなケダモノ、骨の髄までケダモノなのだ。でもあのころは何とよく眠ったことか。ランプを消して、目を閉じたら……また明日。

より繊細な、より美しく、最終的にはより充実感のあるゲーム——もっとも暴力的でないスポーツたる野球の技能を君は着々と身につけていき、六つか七つのころから没頭するようになる。キャッチして投げる、ゴロをさばく、何アウトかランナーが何人どこに出ているかに応じて試合中それぞれの瞬間どこに構えるべきかを学ぶ。ボールが自分の方に飛んできたらどうすべきか前もって知っておく——バックホーム、二塁に投げる、ダブルプレーを狙う、あるいは——君はショートなので——シングルヒットが出たときにレフトへ走っていってからぐるっと回って長い中継スローをしかるべき位置に投げる。野球が嫌いな人間にはわかるまいが、退屈な時間は一瞬たりともない。つねに先を予期し、つねに万全の態勢で待ち、頭の中ではいろんな可能性がぐるぐる回っていて、それから突然動きが生じ、ボールがぐんぐん君めがけて飛んできて、為すべきことをきっちりやる切迫した必要が生じる。それを為すにはすばやい反射神経が必要だ。君の左か右かに転がってきたゴロをすくい上げ、一塁めがけて全力で正確に投げる、そのえも言われぬ快感。だが何より快いのは、ボールを打つ快感だ。構えに入り、ピッチャーが振りかぶるのを見守り、来たボールをしっかり捉えて打つ。ボールがバットの芯と出会うのを感じ、その音をまさに耳にしながらスイングでフォローし、ボールが外野深くに飛んでいくのを見る。何ものにも変えられない感触、その瞬間の高揚に迫るものなどありはしない。時とともに君はますます上達したから、そういう瞬間は数多く訪れたし、君はまさにそれらのために生き、この無意味な子供の遊びに心底没頭した。あのころはそれこそが君の幸福の頂点だったのであり、君の体が何よりも上手に為したものだったのだ。

セックスが方程式に入ってくる前の、君の股間のミニチュア消防士が膀胱を空にする以外の役にも立つことを君が理解する前の年月。これもまた一九五二年だと思うが、もしかしたらその少し前か後かもしれない。君は母親に、すべての子供が親に問う問いを問う。赤ん坊はどこから来るのかをめぐる、標準的な質問。つまり、君はどこから来たのか、いかなる神秘的プロセスを経て一個の人間として世界に入ってきたのか？　母の答えがおそろしく抽象的、回避的、形而上学的なものだから君はすっかりとまどってしまう。母は言うのだ、お父さんがお母さんの中に種を蒔いて、少しずつ赤ん坊が育っていくのよ、と。人生のこの時点、君がよく知っている種は花や野菜を生み出す種、秋にまた作物を収穫するために農夫が種蒔き期に広い畑に蒔き散らす種だけである。君の頭に、ただちにあるイメージが浮かぶ。青いオーバーオールに麦わら帽子をかぶった農夫の漫画バージョンとなった君の父親が、大きな熊手を肩にしょい、どこかの田舎を意気揚々、呑気な顔で歩き、種を蒔きに向かっている。その後しばらくのあいだ、赤ん坊の話題を耳にするたび君はこのイメージを思い浮かべるのだった。農夫になった君の父さんが、青いオーバーオールを着てギザギザの麦わら帽をかぶり、肩に熊手をしょっている姿。でもこれが何か間違っていることもわかった。なぜなら種は家の菜園であれ広い畑であれかならず土の中に蒔かれるものであって、君の母親は菜園でも畑でもないのだから。人生の事実をめぐるこの園芸学的説明をどう捉えたらいいのか、さっぱりわからなかった。あのころの君ほど愚かな人間がありえただろうか？　君はもう一度問い直す知恵もない愚かな子供だったのだ。とはいえ実は、父親を農夫として想像することを君は楽しんでいたのであり、その馬鹿げた衣裳を着た父の姿を思い浮かべるのが嬉しかったのである。そもそも、かりに君の問いに対し母親がもっと正確に答えていたとしても、どのみち君は理解できなかっただろう。

　母親とこの会話を交わした数週間、数か月か前か後に、おもちゃの熊手を君の頭に叩きつけた隣の小さな子供が突如行方不明になった。半狂乱になった母親が君の家の裏庭に駆け込んできて、息子を探せと君と君の友人たちに命じ、君たちはただちに、野生の低木林とこんがらがった下生えから成る、君たちの隠れ場所となっていた境界地帯に分け入り、草木を叩き、少年の名前——マイケルという名だったがふだんはもっぱら悪ガキ《ブラット》とか怪 物《モンスター》とか呼ばれていた——を呼び、これまで人生をひたすらテロと暴力の実践に捧げてきた重罪犯小人《こびと》を探した。君はびっしり茂った藪に入っていき、顔から葉っぱを払いのけ、枝をかき分けながら進んで、逃亡したごろつきが足下で丸まっている姿がいまにも見つかるものと思っていたが、代わりに出会ったのはスズメバチかクマンバチの巣で、君はそれをうっかり踏んづけてしまい、数秒後君は針を持つ生き物たちに包囲されて顔と腕を襲われ、はたいて追い払うものの別の連中が服の中にすでにもぐり込んでいて脚や胸や背中を刺していた。ものすごい痛さ。君は藪から裏庭の芝生に、間違いなく絶叫しながら飛び出していき、そこにいた君の母親が一目見るや君の服を脱がしはじめ、一糸まとわぬ姿にするとその裸の体を抱き上げて家の中に駆け込んだ。中に入るや君を二階まで運んでいき、蛇口をひねって、冷たい冷たい水風呂に入れた。

行方不明の子は見つかった。君の記憶が正しければ、自宅の居間の床で眠っているところを発見されたのだ。ソファの陰に隠れていたか、テーブルの下に丸まっていたかだったと思うが、彼がその日死にもせず失踪もしなかったことを示す更なる証拠としては、その四、五年後のある午後をめぐる記憶がある。君はその日風邪をひいて寝込んでいた。締めきった部屋に閉じ込められて、パジャマを着せられ体には熱があり四時間ごとにアスピリンを飲む、そんなみじめな病気の日だった。ベッドの中で君は、もうすでに学校から解放されてグローヴ・パークで野球をしているにちがいない――何しろ日はさんさんと輝いて天気も暖かで絶好の野球日和なのだ――友人たちのことを考える。君は九つか十で、半世紀以上経ったいま思い出すと家の中には君一人しかいなかった。裏庭では、君の父親が作ってやった運動用ケーブルに繋がれた君の家の飼い犬が芝生に寝そべってうたた寝している。この犬はもう二年かそれ以上、君の生活の一部でありつづけていて、君は彼のことが大好きだ。冒険を好み、車を追いかけることに異様な情熱を燃やす元気一杯の若いビーグル犬。すでに一度車に轢かれていて、そのとき左の後ろ足をひどく傷めたのでもうこの脚は使えなくなっており、いまや三本脚犬である。奇妙な、使えぬ脚をぶらぶらさせている、海賊みたいな空威張り犬だが、障害にはちゃんと適応していて、三本しかなくとも近所のどの四本脚犬より速く走れる。かくして君は二階の部屋でベッドに入っていて、不具の飼い犬は裏庭のケーブルにしっかり繋がれているものと信じている。と、突然大きな音がいくつも続けざまに生じて静寂が破られる。君の家の前でタイヤがキキーッと鳴る音がして、すぐそのあとに甲高い苦痛の吠え声が生じる。それは苦しんでいる犬の吠え声であり、その声からしてそれが君の犬であることを君はただちに悟る。君がベッドから跳ね起きて外へ飛び出すと、そこに悪ガキ《ブラット》、怪物《モンスター》がいて、「一緒に遊びたかった」から犬のリードを外したのだと君に告白する。そしてそこには車を運転していた男もいて、ひどく動揺し狼狽した様子で、周りに集まった人々に向かって、仕方なかったんです、男の子と犬が道の真ん中に飛び出してきて、子供か犬かどちらかにぶつかるしかなかったんでハンドルを切って犬にぶつかったんですと言っている。そしてそこには君の犬がいる。君のおおむね白い犬が、黒い道路の真ん中で死んで横たわっている。彼を抱き上げて家の中に運び入れながら君は心の中で言っている、違う、あの人は間違ってる、犬じゃなくて子供にぶつかるべきだったんだ、あいつをぶっ殺すべきだったんだ。その子が君の犬に対して為した仕打ちに心底憤る君は、誰かが死んだらいいのにと生まれて初めて自分が願ったことに思いあたる余裕もない。

もちろん喧嘩はあった。喧嘩をある程度、あるいはたくさん、やらずに少年時代を通過できる者はいない。自分が加わった取っ組みあいや一騎打ち、相手が出した鼻血自分が出した鼻血、腹に受けた息もできなくなる殴打、君も相手も大の字に倒れ込んだ無意味なヘッドロックやハンマーロック等々をふり返ってみても、自分の方から始めた喧嘩の例を君はただのひとつも思い起こせない。君は喧嘩というものが大嫌いだったのだ。けれどいつも近くにごろつきが、脳味噌なしの乱暴者がいて、君をからかって脅し、挑み、侮辱するので、時にはたとえ自分の方が小さくてまず勝ち目はなくても自分を護るしかないと思えたのだ。タックルフットボールや旗取りの擬似戦争や、キャッチャーめがけてホームプレートに突っ込む荒っぽいプレーは大好きだったが、本当の喧嘩には胸が悪くなった。その結果生じる感情の波はあまりに強く、それが引き起こす怒りはあまりに辛く、たとえ喧嘩に勝ったときでもあとで君はいつも泣きたくなった。ある年のサマーキャンプで、一人の男の子がキャビンの垂木《たるき》から飛び降りて君を襲撃し君が報復に彼を木のテーブルに叩きつけて腕を骨折させて以来、不和を解消するために殴るか殴られるかに訴えるという発想はいっさいの魅力を失った。君はそのとき十歳で、以後は極力喧嘩に近よらぬよう努めたが、喧嘩の方は依然として時おり君の許に、少なくとも十三歳まではやって来た。十三のときに君は、相手が誰だろうと、そいつの金玉に蹴りを喰わせれば――ありったけの力を込めて膝を股間に突き入れれば――どんな喧嘩でも誰が相手でもあっさり数秒で勝てることを遅まきながら発見した。君は「手口の汚い奴」という評判を獲得し、おそらくそれも一理あったのだろうが、そういう戦い方をしたのはあくまで戦いたくなかったからであり、そうした勝負を一、二度やったあとは噂が広がり誰も襲ってこなくなった。十三歳にして君は永久にリングから引退したのだ。

男の子相手の戦いはなくなったが、女の子相手の情熱は続く。女の子にキスしたい、女の子と手をつなぎたい。思春期が始まるずっと前から、ふつう男の子がそういうことにまだ興味がないとされている時期から君にとってその欲求は始まっていた。幼稚園のクラスで黄金《こがね》色のポニーテールをした女の子（名前はキャシー）に惚れ込んで以来、君はいつもキスに情熱を燃やしていて、まだ五つか六つだったそのときすでに時おりキャシーとキスを交わした。まあ無邪気なつっつき合いにすぎなかったが、それでもすごく気持ちがよかった。いわゆる潜在期の年月、君の友人たちはみな人前では女の子を馬鹿にしていた。彼らは女の子をあざけり、からかい、つねり、スカートをめくったが、君には女嫌いの気持ちはいっさいなく、友人たちの襲撃に加わる気には一度もなれなかった。小学校のあいだずっと（すなわち十二歳になり卒業式で血のにじんだ包帯を頭に巻いて国旗を運んだときまで）、パティ、スージー、デール、ジャン、エセルといった女の子たちにさまざまな形でうつつを抜かしつづけた。もちろんキスしたり手をつないだりより先へ行きはしなかったが（肉体的にセックスは不可能だし、そのメカニズムもまだいまひとつ不明だった――本格的に思春期に達したのは十四になってからである）、卒業式を迎えるころにはそのキスもきわめて激しいものになっていた。中学に上がる前のその最終学年、毎週のようにダンスパーティや付添いなしの集まりがあって、君を含めて十五人、二十人が誰かの家に招かれ、郊外住宅のリビングルームや出来上がったばかりの地下室で不能の男の子たちと胸が芽吹きはじめたばかりの女の子たちが最新のロックンロール（一九五八年、五九年のヒットソング）に合わせて踊り、やがて晩が進んでいくにつれ照明も暗くされて音楽も止み、男女のペアがそれぞれ部屋の隠れた隅に消えていって、帰る時間が来るまで狂おしくネッキングに浸る。その年君は唇と舌に関して多くを学び、腕の中に女の子の体を感じる快楽、女の子の両腕が君の体に巻きついているのを感じる快楽を究めたが、あくまでそこまでだった。越えてはならない一線があったのであり、当面君は線を越えずとも満足していた。怖かったからではなく、そもそもそんなことは思いつきもしなかったのだ。

そしてとうとう、少年時代と青春期を隔てる敷居を君が跳び越える日が訪れた。その感情が訪れ、かねてからの友たる消防士が実は神々しい至福の仲介者であることを発見したいま、君が住む世界は一変した。その感情の恍惚が君の人生に新しい目的を、生きる新しい理由を与えてくれた。男根の妄執の日々が始まった。この地上をさまよったすべての男性と同じく、君は自分の体に起きたこの奇跡的変化の虜となった。たいていの日、ほかのことはほとんど――日によっては何ひとつ——考えられなかった。
　にもかかわらず、己の変身直後の年月をいま思い起こすとき、自分がいかに慎重で奥手《おくて》だったかに君は驚かされる。熱い思いはあっても、そして中高のあいだずっと女の子を追いかけ回し、カレン、ペギー、リンダ、ブリアン、キャロル、サリー、ルース、パム、スター、ジャッキー、メアリ、ロニー相手にロマンスと戯れに明け暮れたにもかかわらず、君のエロス的冒険はどうしようもなく大人しく生気を欠き、十二のときに携わった愛撫の営みからほんの一歩進んだ程度でしかなかった。運がなかったのかもしれないし、君に大胆さが足りなかったのかもしれないが、君としてはむしろ場所と時代のせいだったと考えたい。六〇年代初頭、中流階級の住む郊外の町にあっては、女の子は男の子に体を与えるものではない、女の子には護るべき評判があるのだという不文律が存在した。キスとペッティングまで来たところで線ははっきり引かれ、そのペッティングにしても、もっとも危険の少ない、二、三層の衣服（ブラウスとブラ、季節によってはセーター が加わる）に覆われた胸に男の子の手が置かれるという形をとる。男の子がブラウスの中に手を入れようものなら——ましてやブラの中の禁断の領域に達せんとしようものなら——悲嘆あるのみ、その手は護るべき評判がある女の子によってたちまち払いのけられるであろう。かりに女の子が、男の子に劣らずその手がそこに来ることをひそかに願っていたとしても同じこと。自分も何度そうやって撥ねつけられただろう、といまの君は考える。この手が何度スカートとブラウスの中へ空しく探検を試みたことか、肌そのものをめざして何度旅立っては門で追い返されたことか。君の初期エロス生活はかくも貧しい状況であった。むき出しの肌はなし、服を脱ぐのはなし、性器なんてものがゲームにかかわってくるなどという話はさっさと忘れるしかない。かくして君とリンダはキスを続け、さらにキスしてまたまたキスし、唇はひび割れ涎《よだれ》が頬に垂れるまでキスを続け、その間ずっと君は、ズボンの中で膨らんでいる勃起が爆発しませんようにと祈っている。

欲求不満とはてしない性的興奮の苦悶の中で君は生き、一九六一年から六二年にかけてマスターベーション北米記録を毎月更新しつづける。つねに成長し変異しつづける体の中に閉じ込められた、環境によって強いられた不本意のオナニスト。一五七センチの十三歳はいまや一七八センチの十五歳に変身し、まだ子供かもしれないが大人の体の中にいる子供であり、週に二、三度はひげも剃るし、腕や脚に毛が生え腋毛もあれば陰毛もある。もはや思春期を通り越してほぼ一人前の男であって、学校の勉強やスポーツは着実に続けているし書物の宇宙にもますます深く分け入っているが、そのさなかにも君の人生を支配しているのは挫かれた性的飢餓であり、文字どおり餓死してしまうのではと思えるほど飢えは烈しい。一刻も早く童貞を失うことこそ君の最大の野望であり、疼き、飢える君の自己にとってもっとも中心的な大義である。とにかく欲望はかくも強いのに、その欲望満たされるべしとはどこにも書かれていない。ゆえに拷問は続く――一九六二年の狂おしい禁欲を通してずっと、さらには一九六三年に入ってもなお。そして六三年の秋、ついに、ようやく、チャンスが訪れる。話は理想的とは言いがたく、ずっと想像していたのとはまるで違うが、君は迷わずイエスと答える。君は十六歳。七月と八月にニューヨーク州北部のサマーキャンプでウェイターのアルバイトをしたときに相棒だった、剽軽で舌のよく回るクイーンズに住む少年が（ニューヨークをほとんど知らない君とは違い街を知り尽くしている都会育ちだ）電話してきて、アッパー・ウエストサイドにある売春宿の住所と電話番号を知っていると言うのだ。よかったらお前の分も予約してやるぜ、と言われ、もちろんよいに決まっているので君は次の土曜にバスに乗ってニューヨークへ行き、八十五、六丁目あたり、川べりの建物の前で友人と落ちあう。九月末の、じとじと雨の降る午後で、何もかもが灰色にびっしょり濡れている。傘をさして歩く天気、少なくとも帽子は必要な天気だが、君には傘も帽子もない。にもかかわらず、そんなことはまったく問題にならない。いま君の頭の中には天気のことなどこれっぽっちも入っていないのだ。売春宿《ブロセル》という言葉が無数の誘惑的なイメージを脳裡に喚起し、君は広々とした、豪華に装飾された場所に入っていく気でいる。壁には赤いベルベットが貼られ、気をそそる若く美しい女が十五人、二十人と控えている（いったいどんなしょうもない映画からそんな考えを吹き込まれたのか?）。だが、友人と二人でニューヨーク一のろくニューヨーク一汚い、そこらじゅう落書きだらけのエレベータに乗り込むと、君はすぐさま予想を修正する。豪奢な売春宿は行ってみれば薄汚い小さなワンベッドルーム・アパートメントで、女性は二人しかいない。一人は女主人のケイ、五十に手が届く丸っこい体の黒人女性で、君の友人をあたかもなじみ客のように温かくハグする。もう一人はもっとずっと若い、やはり黒人の、二十一か二に見える女性。二人とも、床に届かない薄いカーテンでベッドルームと仕切られた狭いキッチンにいて、丸椅子に座り、どちらもカラフルな絹のローブを着ている。君を大いに安心させたことに若い方はひどく魅力的で、顔もとても可愛らしく、ほとんど美しいと言ってもいい。ケイが値段を宣言し（十五ドル？　二十ドル？）、どっちが先にやりたいかと君たちに訊く。いやいや俺はつき合いで来ただけだから、と君の友人が笑って言うので（きっとクイーンズの女の子はニュージャージーの女の子ほど服を脱ぐのを嫌がらないのだろう）、ケイは君の方を向いて、あんた選んでいいわよ、あたしかこの子か、と言い、君に選ばれなかったときも気を悪くした様子も見せず、単に肩をすくめてニッコリ笑い、片手を出して「それじゃ坊や、お金」と言うので君はポケットに手を突っ込んで十五ドルだか二十ドルを引っぱり出す。君と若い女の子は（恥ずかしいか緊張しているかで、君は彼女の名前を訊きそびれてしまい、ゆえに今日に至るまでの長い年月彼女は君にとって名なしでありつづけている）隣の部屋に入り、ケイが背後でカーテンを閉める。女の子は部屋の真ん中にあるベッドの方へ君を導いていき、ローブをするっと脱いで椅子に放り投げ、君は生まれて初めて裸の女性の前にいる。それも、美しい裸の女性、ひどく美しい体の若い女性だ――神々しい胸、神々しい腕と肩、神々しい背中、神々しい腰、神々しい脚。三年続いた欲求不満と挫折の末に、君は歓喜の念を感じはじめる。思春期が始まって以来こんなに嬉しかったのは初めてだ。服を脱ぐよう女の子は君に命じ、君たち二人はどちらも裸でベッドに上がる。君のいまの望みは、少なくとも当面は、彼女の体に触り彼女にキスし、その肌の滑らかさを感じることだけだが――それは本当に滑らかな肌で、あまりの滑らかさに手を置くだけで身震いがしてくる――口にキスをするというのはここでは論外である。娼婦は客の口にキスなんかしないし、娼婦は前戯などに興味はないし、触り触られることの素朴な快楽のために触ったり触られたりすることにも興味はない。この状況でのセックスは快楽ではなく仕事であり、金を払った客が仕事を終えるのが早ければ早いほどいいのだ。これが君の初体験であること、君がいっさい何の経験もないまったくの初心者であることは彼女も承知していて、優しく辛抱強く君に接してくれる。いい人だ、と君は思い、この人がさっさとファックに持ち込みたいんだったらそれで結構、こっちもそれに合わせるさと君は思う。君とて態勢は十分整っている。彼女がローブを脱ぐのを見た瞬間から勃起を抱えているのだ。したがって、彼女がゆったり仰向けに横たわると、君は喜び勇んでその上にまたがり、彼女に導かれてもう何年も前から入れたいと思ってきた場所にペニスを入れる。いい。何もかもがいい。ずっと想像してきたとおりに、いやそれ以上に、それよりずっといい――少しのあいだすべてがよくて、君が果てるまでもうあと何秒かと思える。ところがそこで、ケイと君の友人がキッチンで笑いながら喋っているのが聞こえてきて、それがベッドからせいぜい三メートルか三メートル半なのだと君は意識し、ひとたび意識すると気が散ってしまう。眼前の作業から気が逸れたとたん、女の子がすごく退屈していることを君は感じとる。彼女にとってはこの何もかもがひどく鬱陶しいことなのだ。君は彼女の上に乗っているのに、彼女は全然近くにいない。別の都市、別の国にいる。やがて、しびれを切らしかけた彼女が、あんたイケるのと君に訊き、もちろんだよと君は言い、二十秒後に彼女は同じことを訊ね、もちろんだよと君は言うが、次に口を開いたとき彼女はこう言う――「抜いてよ、あたしが手でやってあげる。あんたたち子供ときたら、年じゅう手でやってるくせに、いざ本番となったら全然駄目なんだから」。というわけで君は彼女に手でやってもらう。つまり過去三年自分でやってきたのとまったく同じことをしてもらうわけだ。とはいえひとつ、小さな違いはあった。彼女の手の方がずっとよかったのである。

君は二度とそこに行かなかった。その後の一年半、セーター、ブラウス、ブラ相手の格闘を君は続け、キスし、撫で、ぶざまな射精を迸《ほとばし》らせぬよう苦闘しつづけた。そして十八に至り、高校の最後の二か月間君は学校を離れていた——まずは単核症に罹って体も弱り五月の大半を寝たきりで過ごし、それから、卒業の三週間前に学生船でヨーロッパへ向かったのである。君は成績も良かったし秋からは大学に入学が決まっていたから学校も許可してくれたのだ。かくして君は、九月初めに帰ってきて最終試験を受けて公式に卒業資格を得るという了解の下に旅立っていった。一九六五年、飛行機は高価な移動手段だったが、学生船は安かったし、君はギリギリの予算（過去二年に夏のアルバイトで貯めた金）でやりくりしていたから、汽船オリーリア号に乗ってニューヨークからルアーヴルまで九日かけて海を渡ることを選んだ。およそ三百人の学生が乗っていて、その大半はすでに大学を一年か二年終えていた。つまり大半は君より少し年上だったわけだ。大西洋をじわじわ横断していくあいだほとんど何もすることはなく、眠り、食事、本、映画で時間をやり過ごすばかりだったから、ごく自然に——まったく不可避に、といまの君には思える——十八から二十一までの若者三百人の思いはおおむねセックスに満ちていった。退屈。たがいにそばにいること。好天の船旅の気だるさ。船は一個の閉じた世界でありそこで何が起きようと長期的に後《あと》を引いたりはしないとわかっていること。こうした要素がすべて絡みあって、ガードを解かれた緩い官能の空気が広がっていった。第一日目の日没前から戯れは始まり、二百時間後に船が陸に着くまで続いた。それは公海に浮かぶ姦淫の宮殿だった。暗くなったキャビンにカップルがこそこそ出入りし、男の子も女の子も日ごとにパートナーを変えた。そして君も、海を渡るなかで二度誰かとベッドを共にし、どちらも相手は友好的で知的な女の子であり、君がニュージャージーで共に育ってきた良家の女の子たちとさほど変わらなかったが、二人ともニューヨークの女の子であって、ゆえに君の地元の、男の子の手をはたくバージンたちより垢抜けていて経験も豊かだった。最初は君とルネ、二度目は君とジャネット、いずれもたがいに強く惹かれていたから、ためらうことなく服を脱ぎ、シーツのあいだにもぐり込んで、アッパー・ウエストサイドのあの物哀しいアパートではありえなかったやり方で愛しあうことができた。キスすること、触ること、心から感じること、それらがいまや冒険の一部を成していた。これこそ本物の飛躍だった。持続する親密さの快楽を二人のパートナーが同等に味わうことの悦び、その奥義《おうぎ》を君はいまや伝授されたのだ。むろんまだ学ぶことはたくさんある。この時点でまだ君はほんの初心者だった。だが少なくとも前に進みはじめたのであり、少なくともこの先どれだけの愉しみが待ち受けているかは発見したのだ。

のち七〇年代前半、パリに住んでいたころ、長いこと一人でいた時期が何度もあった。毎晩一人で眠り、狭い女中部屋の狭いベッドには隣に誰の体もなかった。女のいない孤独のなか、単に性的はけ口がないからだけではなくいかなる肉体の接触もないせいでなかば気が狂いそうになったこともあった。誰かと一緒にいたいと焦がれても誰にも頼れず、当てにできる女性は一人もいなかったから、君は時おり街に出て、娼婦を見つけた。パリに住んだ数年のうちたぶん五、六回、君の部屋から角を曲がってすぐの、いまでは取り壊されたレアール地区の裏通りをさまよったり、時にはサンドニ通りとその周辺の裏道、通路、石畳の路地まで足をのばしもした。歩道にはビルや売春宿《オテル・ド・パス》の壁に沿って女たちがびっしり並び、女性というもののありとあらゆる可能態が広がっていた。二十代前半の綺麗な女の子から五十代なかばのこってり厚化粧のベテランまで、およそ想像しうるあらゆる体形、人種、肌の色の娼婦たちがいる——丸々と太ったフランス女から柳のように細いアフリカ人、肉感的なイタリア人とイスラエル人まで、挑発的なミニスカートをはいてローカットブラと薄っぺらいブラウスから乳房がこぼれ落ちそうになっている女もいれば、ブルージーンズと地味なセーターに身を包んだ、君が地元の学校で一緒だった女の子たちとさして変わらない女もいるが、靴は一人残らずハイヒールかブーツ（黒か白の革ブーツ）をはいて首には時おりボアか絹の襟巻きをしていて、たまに全身どぎつい革の衣裳で決めたSM嬢、あるいはチェックのスカートにきちんと白いブラウスを着た偽女子高生もいて、とにかくあらゆる欲望と嗜好を満たすようになっていて、車も走らない道路の真ん中を男たちが歩き、物言わぬ男たちの無限の行列が歩道を進みながら、ある者はこそこそ盗み見しある者は大胆にじろじろ見て吟味し、あらゆるたぐいの女があらゆるたぐいの男に自らを売るべく待ち構え、男たちは孤独なアラブ人からスーツを着た中年市民まで、女に縁のない移民たち、欲求不満の学生、妻に飽き足らぬ妻帯者たちが群れをなし、その行進にひとたび加わると、君は突然、自分がもはや目覚めた世界の一部ではなく、スリリングであると同時に不安にさせられもするエロチックな夢の中に迷い込んだ気がして、百フラン（二十ドル）差し出せばここにいる女たちの誰とでも寝られるんだと思うと眩暈が、肉体的な眩暈がしてきて、君を部屋の外に追いやりこの肉体の迷路まで引っぱってきた欲求を満たす相手を探しながら狭い道路をうろついていると、自分が女たちの体より顔を見ていることに、少なくともまずは顔を見てから体を見ていることに気がつき、可愛らしい顔、まだ目が死んでいない顔を君は探し、娼婦世界の無名性、人工性に心がまだすっかり溺れ死んでいない人物を探したのであり、そして不思議なことに、この全面的に合法の、政府に是認されたパリの赤線地帯に足を運んだ五、六回、君はたいてい一人はそういう人間を見つけたのだった。だから嫌な経験は一度もなく、後悔や自責の念で一杯になるような遭遇もなかったが、いま考えてみると、友好的に扱ってもらえたのはたぶん、君が腹が突き出た老いかけた男でも、爪の下に垢がたまった悪臭を放つ労働者でもなく、威嚇的でも見苦しくもない、特異な要求や気まずい依頼をしたりもせず、自分のベッドに一人ぼっちでいなくて済むことをただただ有難く思う二十四か二十五の若者だったからだろうと君には思える。その反面、こうした経験のどれをとっても、記憶に残る、などと謳い上げるのは間違っているだろう。てきぱきと、明朗に、親切ではあれあくまでビジネスライクに、支払われた料金に対して適切になされたサービス。だが君の方ももはやかつてのような十六歳のもたついた初心者ではなかったから、それ以上を期待したりはしなかった。それでも一度だけ、普通でないことが起きた。君と、君の一時《いっとき》の相手とのあいだで、しばし気持ちが通じあい、交わしあった思いがつかのま燃え立ったのだ。それはまた、君が金を払って女性と寝た最後の時でもあった。一九七二年の夏、君は『ニューヨーク・タイムズ』パリ支局の電話交換手の職にありついて、やっとどうにか金を稼ぎはじめていた。深夜番で、時間は午後六時から午前一時だったか、もう正確には覚えていないが、とにかくオフィスから人がいなくなるころに出勤して、一人でデスクに座る。セーヌ右岸にある建物の、暗くなったフロアにはほかに誰もいなくて、電話が鳴るのを君は待つが鳴ることはめったになく、何時間も途切れずに続く静寂を利用して君は本を読み、自分の詩に取り組んだ。ある平日の夜、シフトが終わってオフィスから夏の街へ出ていくと、暖かい夏の外気が君を優しく包んだ。地下鉄はもう走っていなかったから歩いて帰ることにし、穏やかな夏の外気の中を南へぶらぶら歩いて、誰もいない小さな部屋に向かって誰もいない街並をのんびり進むなか疲れは少しも感じていなかった。まもなくサンドニ通りに出ると、もう遅い時間なのに女の子が何人かまだ仕事をしていて、やがて君は近くの、一番可愛い女の子が集まることが多い横道に入っていきながら、まだすぐには帰る気がないこと、あまりに長いあいだ一人でいたこと、誰もいない部屋に戻るのを自分が怖がっていることを自覚していた。四つ角から半分あたりまで来たところで、誰かが君の注意を惹いた。美しい顔をした背の高いブルネットで、体も等しく美しい。君に向かってにっこり微笑んだ彼女が、お相手しましょうか（ジュ・タコンパーニュ？）と訊くと君はためらわずその申し出を受け容れた。取引がすんなり成立したことに気をよくして彼女はもう一度微笑み、そんな彼女の顔をなおも見ていると、これでもし目が近づきすぎていなかったら――ほんのわずか寄り目でなかったら――心臓が止まるほどの美人だったはずだと君は理解したが、それも問題ではなかった。いまのままでも、この通りに立ったあらゆる女性の中で一番魅力的なのだ。その微笑み、君から見てとてつもなく素晴らしい微笑みは君を武装解除し、君はふと、もし世界中の誰もが彼女のように微笑むことができたら戦争も人間同士の軋轢もなくなり平和と幸福が永久に世に広がるだろうと思った。彼女は名をサンドラといい、二十代半ばのフランス人で、君を連れて曲がりくねった階段をホテルの三階までのぼって行きながら、あんたは今夜最後の客だから急がなくていいのよ、好きなだけゆっくりやっていいのよと言った。これは前代未聞、あらゆる職業的規範と慣例からの逸脱だが、サンドラがあの通りに立つほかの女の子たちとは違うことはすでに君には明らかだった。この仕事に必然的について回ると思える冷たさ、厳しさが彼女には欠けている。やがて二人で部屋に入ってからも、やはり何もかもが、これまでこの界隈で得たどの経験とも違っていた。彼女はリラックスしていて、温かい鷹揚な気分でいるようで、二人とも服を脱いで彼女の体が並外れて美しいことを君が目のあたりにしても（荘厳というのが君の頭に浮かんだ言葉だった——ある種のダンサーの体が荘厳であるのと同じように）、依然としてよく喋り、明るく茶目っ気もあったし、さっさと仕事にかかりたいというそぶりも見せず、彼女に触りたい、キスしたいという君の欲望にも少しも気を悪くしなかった。いざ一緒にのんびりベッドに横になると、自分たちが客相手に使うさまざまな体位を彼女は実演しはじめた。サンドニ通りの性愛指南書《カーマスートラ》とも言うべく、体をねじり、丸め、折りたたみながら、君がそれと合った姿勢をとるよう体を歪める手助けをし、それぞれの体位の名を告げながら、こうしたことといっさいの馬鹿馬鹿しさに軽く声を上げて笑った。

あいにく君はもうそれらのうち一つしか覚えておらず、たぶんそれは一番凡庸な体位だっただろうが、凡庸だからこそ一番滑稽でもあった。怠惰な男《ル・パレスー》と名付けられたその体位は、単に脇腹を下にして体をのばして横たわり相手と向きあって性交するというものだった。自分の体にこんなになじんでいる女性、裸の自分をこんなに自然に抱えている女性は初めてだった。やがて、君としても朝までこうしたデモンストレーションを続けてほしいという気はあったが、さすがにもうあまりに興奮してそれ以上持ちこたえられなくなった。これで終わりだろうと君は思った——これまではいつも、絶頂とともにすべては終わったのだ。ところが、君が果ててもなお、サンドラは君に早く帰れとも言わず、一緒にベッドに横になって話をしたがった。結局君はその後も一時間近く、彼女の肩に頭を載せ、彼女の両腕に心地よく包まれて、もうとっくに忘れてしまったいろんなことを話しあい、やがて彼女が、それであなたどういうことやってるの、と訊くので、詩を書いているんだと答えながら君は、どうせ彼女は興味なさそうに肩をすくめるか、当たり障りのない言葉で受け流すかだろうと思っていたら、ノー、またしてもノー、君が詩のことを話し出すとサンドラは目を閉じてボードレールを暗唱しはじめたのだ——長い一節を、強く感情を込めて、完璧な正確さで再現してみせたのである。君としてはただ、ボードレールが墓の中で身を起こして聴いていているといいがと願うばかりだった。

追憶の母よ、恋人の中の恋人、
ああわが喜び、ああわが運命！

思い出してくれ、愛撫の甘美さを、
炉辺の安らぎ、夕暮れの魅惑を、
追憶の母よ、恋人の中の恋人！

それは君の人生でもっとも驚くべき瞬間のひとつ、もっとも幸福な瞬間のひとつだった。すでにニューヨークに戻って、人生の次の章が書かれているさなかにも、君はサンドラのことを、あの夜彼女と過ごした時間のことを考え、いますぐ飛行機に飛び乗ってパリに駆け戻り彼女に結婚を申し込むべきではないかと自問しつづけたのだった。

いつも迷子になって、いつも間違った方向に進んで、いつもぐるぐる同じところを回っている。君は生涯、空間における自分の位置を見定める能力を欠いてきた。どこよりも把握しやすい都市であるはずの、そして大人になってからの大半を過ごしてきたニューヨークにいても、しじゅう面倒な事態に君は陥る。ブルックリンからマンハッタンへ地下鉄で出かけるたび（正しい列車に乗ったのであってブルックリンのさらに奥へ入り込んではいないことが前提だが）、階段を上がって通りに出た時点で君はかならず立ちどまり、方向を確認する。それでもなお、南へ行くはずが北へ行ってしまい、西へ行くはずが東へ行ってしまう。かならず間違うのだからと、自分の一枚上を行くつもりで、やるつもりだったことの反対をわざとやって右の代わりに左へ行き、左の代わりに右へ行ってみても、やっぱり間違った方向へ行ってしまう。どう調整しても駄目なのだ。

森を一人でさまようなんて論外である。何分も経たぬうちにすっかり迷子になってしまう。屋内であっても、知らない建物へ入るたびに間違った廊下を歩き、間違ったエレベータに乗ってしまう。レストランのような、もっと小さい閉ざされた空間でも、食事するエリアが複数あると、トイレへ行って戻ってくるたびに間違った角を曲がってしまい、自分のテーブルを探して何分も費やす破目になってしまう。決して狂わぬ内なる羅針盤を持つ君の妻をはじめ、ほかの人たちはだいたい、どこへ行っても何も苦労しないように見える。自分がいまどこにいるか、いままでどこにいたか、これからどこへ行くのか、みんなきちんとわかっている。だが君は何もわかっていない。君は永久に瞬間の中に、一瞬一瞬君を呑み込む空《くう》の中に埋もれていて、真北がどっちなのかわかったためしがない。君にとって東西南北の方位点は存在しない。いままで一度も存在したことなどない。これまでのところは小さな欠点と片付けてこられたし、取り立てて劇的な結果が生じてもいないが、いつかある日、うっかり崖っぷちの先へ歩いていってしまわないという保証はどこにもない。

小さな部屋や大きな部屋の中にいる君の体、階段を昇り降りする君の体、池や湖や川や海で泳ぐ君の体、ぬかるんだ野原を難儀して歩く君の体、誰もいない草原の背の高い草に埋もれて横たわる君の体、都会の街路を歩く君の体、丘や山を骨折ってのぼる君の体、椅子に座り、ベッドに横になり、浜辺でのびのびと横たわり、田舎道を自転車で走り、森や牧場《まきば》や砂漠を歩いて抜け、競走用トラックを走り、硬材の床の上で跳びはね、シャワーの下に立ち、温かい風呂の中に足を入れ、トイレに座り、空港や駅で待ち、エレベータに乗って昇り降りし、車やバスの座席の上でもぞもぞ動き、暴風雨の中を傘なしで歩き、教室で座り、本屋で本をパラパラ見てレコード屋で（レコード屋よ安らかに眠れ）レコードをパラパラ見て、講堂や映画館やコンサートホールで座り、学校の体育館で女の子とダンスし、川でカヌーを漕ぎ、湖でボートを漕ぎ、キッチンテーブルで食べ、ダイニングルームテーブルで食べ、レストランで食べ、デパートや電器店や家具店や靴屋や金物屋や食料品店や衣料品店で買物し、パスポートや運転免許証の列に並び、机やテーブルに足を載せ深々と椅子に座ってノートに書き、タイプライターの上にかがみ込み、吹雪の中を帽子もなしに歩き、ユダヤ教教会やキリスト教教会に入り、寝室やホテルの部屋やロッカールームで服を着て服を脱ぎ、エスカレータに立ち、病院のベッドに横たわり、診療台に座り、床屋の椅子や歯医者の椅子に座り、芝生の上ででんぐり返しをやり、芝生の上で三点倒立をやり、プールに飛び込み、美術館の中をゆっくり歩き、運動場でバスケットのボールをドリブルし、公園で野球のボールやアメフトのボールを投げ、木の床やセメントの床やタイルの床や石の床を歩くそれぞれ違った感触、砂や土や草を足で踏む違った感触を味わい、けれど何より歩道を歩く感触を味わっている君の体——ふっと自分は何者かと考えるとき、君にはいつもそういう自分が見える。歩く男、都市の街路を歩くことに生涯を費やしてきた男。

君の体を戸外から護ってきたさまざまな囲い、住居、小さな部屋や大きな部屋。ニュージャージー州ニューアークのベス・イスラエル病院での誕生（一九四七年二月三日）から始まって、現在（二〇一一年一月のこの寒い朝）に至る旅のなか、長年のあいだに君は以下の場所に自分の体を置いてきた――よかれ悪しかれ、家と呼んできた場所。

1 サウスハリソン・ストリート七十五番地 ニュージャージー州イーストオレンジ。煉瓦造りのやや高い建物の中の一世帯分。〇歳から一歳半まで。記憶はないが、子供のころ聞いた話によれば、君の父親は家主の女性にテレビをプレゼントしてアパートメントの賃借権を確保したという。第二次世界大戦終了後にアメリカを見舞った住宅不足によって余儀なくされた賄賂である。君の父は当時小さな電器店を経営していたから、このアパートメントにもテレビがあって、君はアメリカ人の中でも、世界中の人々の中でもいち早く、生まれたときからテレビとともに育った人間となった。

2 ヴィレッジ・ロード一五〇〇番地 ニュージャージー州ユニオン。スタイヴェサント・ヴィレッジと呼ばれる低い煉瓦の建物群の中の庭付きアパートメント。幾何学的に並んだ歩道、綺麗に刈り込んだ大きな芝地。だがむろん大きなというのは相対的な言葉である――何しろ当時君はひどく小さかったのだから。一歳半から五歳まで。はじめは何の記憶もなく、やがて少し記憶が出てきて、あとの方はたっぷり記憶がある。居間の深緑の壁とブラインド。地虫を探してこてで土を掘ったこと。ピー・ウィーという名のサーカス犬をめぐる絵本（小型ダルメシアン犬が奇跡的に普通のサイズになる話だった）。ミニチュアの自動車やトラックを並べて遊んだこと。台所の流しでの沐浴《もくよく》。ホワイティという名前の機械仕掛けの馬。火傷するほど熱いココアをこぼして肱のくぼみにいまも消えない跡が残った。

3　アーヴィング・アベニュー二五三番地　ニュージャージー州サウスオレンジ。一九二〇年代築の、白い下見板張り二階建一軒家。黄色い玄関ドア、砂利を敷いた車寄せ、広い裏庭。五歳から十二歳まで。君の子供のころの記憶はほとんどすべてこの場所に根ざしている。住みはじめたのはずっと昔のことだから、越してきて最初の一、二年は牛乳も馬車で配達に来た。

4　ハーディング・ドライブ四〇六番地　ニュージャージー州サウスオレンジ。前の家より広い、テューダー朝様式の家で、坂の隅っこに居心地悪そうに建っていて、ごく小さな裏庭があり室内は暗く陰気だった。十三歳から十七歳まで。思春期の苦しみを君が生き抜いた、初めて詩や小説を書いた家であり、君の両親の結婚が崩壊した家である。君の父親はここで死ぬまで（一人で）暮らした。

5　ヴァン・ヴェルサー・プレイス二十五番地　ニュージャージー州ニューアーク。ウィークエイック高校からも君が生まれた病院からも遠くない、君の母親が夫と別居し離婚したあとに借りた二寝室のアパートメント。十七歳から十八歳まで。母親と君の妹には寝室があったが、君はひどく狭い小部屋に置いたソファベッドで眠った。だがこの新しい境遇も全然嫌ではなかった。とにかく両親の悲惨な結婚生活が終わったことが嬉しかったし、もはや郊外に住まなくていいことも有難かった。このころ君は車を持っていた。六百ドルで買った中古のシボレー・コルベア（この車の欠陥を指摘してラルフ・ネイダーは一躍消費者運動の指導者として名をなすことになるが、君の車にはこれと言って問題はなかった）。毎朝さして遠くないメープルウッドにある高校まで車で行き、一応高校生のふりをして過ごしたが、いまや君は自由だった。大人に監督されもせず、好きなように行き来し、逃げ出す態勢を着々と整えていた。

6　カーマン・ホール続き部屋《スイート》八一四A　コロンビア大学の寮。それぞれのスイートに二室、各室が二人用。ブロック壁、リノリウムの床、窓側の壁両端に置かれたベッド、二つの机、作りつけの衣類収納棚、八一四Bの住人たちと共用のバスルーム。十八歳から十九歳まで。コロンビアのキャンパスとしては半世紀以上ぶりに建てられた学寮で、殺風景でみすぼらしかったが、それでももっと古い寮（ファーナルド、ハートリー）の土牢のような部屋よりはずっとましだった。たまに友だちに会いに古い寮へ行くと、汚れた靴下の臭い、狭い二段ベッド、果てることのない暗さに愕然とさせられた。一九六五年のニューヨーク大停電のあいだもここにいたが（いたるところで灯された蠟燭、無秩序な祝祭の雰囲気）、部屋に関して一番よく覚えているのは、そこで読んだ数百冊の本と、時おり君と一緒にベッドに入ってきた女の子たちだ。男子限定の校則はちょうど君が一年生になった時点で変更され、女性が部屋に入ってきてもいいことになった。ドアも閉めていい。かつてはドアを開けておけば入っていいことになっていて、その後二年くらい過渡期として、本《ブック》一冊の幅だけ開けておけばよい時期が続いたが、やがて誰かが、タルムード学者もかくやという叡智を発揮し紙マッチ《マッチブック》を使って権力に挑み、開いたドアの時代は終わりを告げた。君のルームメートは幼なじみの男で、一学期のなかばくらいからドラッグに手を出しはじめ、年が進むにつれてますます深入りしていき、君が何を言ってもまったく無駄だった。君はなすすべもなく、彼が壊れていくのをただ見ていた。翌年の秋にはもうルームメートは大学からドロップアウトし、二度と戻ってこなかった。だから君は、周りでディオニュソス的六〇年代が荒れ狂っているさなかにもドラッグにだけは手をつけようとしなかった。アルコールは飲むし、煙草も喫うが、ドラッグはやらない。一九六九年に君が卒業するまでに、少年時代の友人がほかにも二人、過剰摂取で死んだ。

7　西一〇七丁目三一一番地　マンハッタン。ブロードウェイとリバーサイド・ドライブのあいだ、四階建エレベータなしアパートの三階二部屋。十九歳から二十歳まで。初めてのアパート暮らしを、君は入学当初から一番親しかった同じ二年生ピーター・シューバートと共にした。荒れはてた安普請のボロアパートで、取り柄は家賃が安いこと、入口が二つあることだけだった。一つ目のドアは広い方の部屋に通じ、この部屋は君の寝室兼勉強部屋であると同時にキッチン、食事室、リビングにもなった。二つ目を開けると、その部屋と平行に細い廊下があって、奥にある小部屋がピーターの寝室だった。君たちは二人とも家事がまるで駄目で、アパートの中は不潔きわまりなく、キッチンの流しは何度も詰まり、電気器具は君たちよりも古くてほとんど機能せず、すり切れたカーペットの上でイエダニが身を肥やした。安アパートはだんだん、悪臭漂う貧民窟に変わっていった。そこで食事するのはあまりにも気が滅入ったし、君たちはどちらも料理なんてできなかったから、たいていは外食に出かけ、安食堂で一緒に食べた。朝は「トムズ」か「カレッジ・イン」だったが、ジュークボックスが素晴らしい（ビリー・ホリデイ、エディット・ピアフ）ので次第に後者を好むようになった。夜は毎晩、アムステルダム・アベニューと西一一一丁目角のハンガリアン・レストラン「グリーン・トゥリー」に行き、グヤーシュと茹ですぎのサヤインゲンでカロリーを摂取し、デザートには美味しいパラチンタを食べた。このアパートで起きたことをめぐる君の記憶はなぜかぼんやりとしている。その前後に住んだ場所をめぐる記憶よりぼんやりとしているのだ。このころは悪い夢を見た――たくさん見た――時期であり、それについてはよく覚えているが（また、ドナルド・フレームのモンテーニュのセミナー、エドワード・テイラーのミルトンの授業などもいまだにありありと思い出す）、全体としていま戻ってくるのは沸々とした不満の気分、どこかここでないところにいたいという切羽詰まった欲求である。ベトナム戦争が激化してアメリカは二つに割れ、君の周りの空気は重く、ほとんど呼吸もできないほど、窒息しそうなほどだった。君はシューバートと一緒にパリへの三年次留学プログラムに申込み、七月にニューヨークを去り、八月に学務主任と喧嘩してプログラムを離れ、十一月初旬まで非‐学生、元‐学生としてパリに留まり、何もない狭いホテル（電話なし、個人用トイレなし）で暮らし、また息ができるようになった気がしていたが、やがて説得されてコロンビアに戻った。徴兵のこと、君が戦争に反対していることを考えればこれは分別ある選択と言ってよかったが、とにかくアメリカを離れたことが功を奏したのか、しぶしぶニューヨークに戻ったときにはもう悪い夢は見なくなっていた。

8　西一一五丁目六〇一番地　マンハッタン。ブロードウェイから入ってすぐの、これまた奇妙な形の二部屋アパート。だが前のより造りはずっと頑丈で、ちゃんとしたキッチンが二部屋のあいだにあることも大きな利点であり、このキッチンに（かろうじてではあれ）垂れ板付きのちっぽけなテーブルを押し込むことができた。二十歳から二十二歳まで。君にとって初めての一人住まいであり、二階で位置も悪いので一日じゅう暗かったが、それ以外はまずまず快適で、当座の欲求は十分満たしてくれた。君はここで三、四年生の日々を過ごした。それはコロンビアにあっては狂乱の二年間であり、デモと座り込みの二年、学生ストライキと警官隊の乱入、キャンパス暴動、除籍処分、数百人を拘置所に運び去る護送車の二年だった。君はこつこつ律儀に授業をこなし、学生新聞に映画評や書評を寄稿し、詩を書き詩を翻訳し、のち放棄することになる長篇小説の数章を書き上げたが、一九六八年には一週間続いた座り込みに参加して護送車に放り込まれ墓場《トゥームズ》（ニューヨーク市拘置所の俗称）の留置場に連れていかれもした。すでに述べたように喧嘩はずっと前にやめていたから、君を含め学生数人が逮捕されるのを待っていた数学棟の部屋のドアを警察が破って駆け込んできたときも彼らとわたり合うつもりはまったくなかったが、かといって協力してすたすた部屋を出ていく気もなかった。体から力を抜いてへなへなになった君は——公民権運動の日々に南部で広まった、受動的抵抗の古典的戦略である——警官隊たちがあっさり君を運び出すものと思っていたが、あいにくその夜の戦術的パトロール隊のメンバーたちは怒っていた。彼らが突入したキャンパスは血まみれの戦場と化しつつあり、彼らは君の非暴力的で高潔な態度なぞに興味はなかった。彼らは君を蹴り、髪の毛を摑んで引っぱり、それでも君が立ち上がるのを拒むと、一人がブーツのかかとで君の手を思いきり踏んづけた。そのせいで君の左手の関節はこの後何日も腫れてズキズキ疼いた。翌朝の『デイリー・ニューズ』紙に、護送車に引きずっていかれる君の写真が載った。見出しには頑固な若者とあった。人生のあの時点、君はまさしくそれだった。頑固な、協力を拒む若者。

9　西一〇七丁目二六二番地　マンハッタン。これも座って食事できるキッチンがついた二部屋アパートメントだが、いままでのアパートほど奇妙な形ではなく、広い部屋とそれよりやや小さな部屋から成っていて小さい方も十分広く、前二軒の棺桶サイズの小部屋とは大違いだった。ブロードウェイとアムステルダム・アベニューとのあいだに建つ九階建ビルの最上階なので、これまでのどちらのアパートよりも光は入るが、造りはこの前のより安っぽく、陽気でがっしり逞しい胸の管理人アーサーによるメインテナンスも雑でいい加減だった。二十二歳から二十四歳の誕生日の二、三週間後まで、全部で一年半。君はそこに恋人と二人で暮らした。君も恋人も、異性と共棲を企てたのはこれが初めてだった。最初の年、君の恋人はバーナード大の最終学年を終えようとしていて、君はコロンビアの比較文学科の大学院生だったが、これは単に時機を窺っていただけであり、院生として一年以上持たないことは自分でもわかっていた。が、大学から奨学金も生活費も支給されたから、ひとまずは修士論文に取り組み、論文指導教員のエドワード・サイードにも時おり相談しながら書いているうちに「空腹の技法」と題したハムスン、カフカ、セリーヌ、ベケットの作品を論じた六十ページのエッセイが出来上がった。必修のセミナーにいくつか出席し、講義の授業はさぼって、自分の小説や詩を書きつづけ、そのうちのいくつかはリトルマガジンに載るようにもなった。一年が過ぎると予定どおり大学院を辞め、学生生活と永久におさらばして、メキシコ湾内と大西洋岸沿いのあちこちにある精油所を行き来するエッソ社石油タンカーの乗組員になった。給料は悪くない仕事であり、これでしばらくパリで暮らせればと君は期待していた。君の恋人も、君がいないあいだアパートメントの家賃を折半できる相手を見つけた。舌のよく回る、頭の回転の速い若い白人女性で、黒人向けラジオ局で黒人ＤＪになりすまして生計を立てているとのことで、しかも非常に人気があるらしかった。実に愉快な話だと君は思ったが、と同時に、これも時代の徴候、アメリカの現実をいまや覆っている瘋癲院《ふうてんいん》的論理のさらなる実例と見ずにいられなかった。君と君の恋人については、婚姻的生活の実験はいささかの失望に終わっていて、商船での仕事を終えた君が戻ってきてパリ行きの準備を始めると、どうやらこのロマンスはもう寿命に達したのでありパリへは君一人で行くのがよかろうということで意見が一致した。出発まで約二週間という時期のある夜、君の胃が反乱を起こし、腸を突き刺す痛さたるや何ともすさまじかった。ベッドの上で体を二つに折った君を苛む痛みはおよそ容赦なく、まるで夕食に有刺鉄線を一鍋食べたみたいだった。これは虫垂が破裂したとしか思えない、だとすればすぐに手術しなくてはと君は考えた。時刻は午前二時。君はセントルークス病院の緊急治療室にどうにか行きつき、これ以上はないというくらい辛い状態で一、二時間か待った末に医者に診てもらうと、医者はきっぱり、君の虫垂は全然悪くないと断言した。これは胃炎の強い発作である、この薬を飲んで熱い食物や辛い食物を避ければ少しずつよくなるはずだ、と医者は言った。その診断も予測も正しかったが、本当はどういうことだったのか君が理解したのはずっとあと、何年も経ってからのことだった。君は怖かったのだ。自分では怖いと知らずに怖がっていたのだ。自分を根こぎにし、ルーツから切り離してしまうことを想って、極度の、ただし全面的に抑圧された不安に陥ったのである。恋人と別れるのだという思いは、明らかに君が考えていたよりずっと大きな動揺を及ぼした。一人でパリに行きたいと思っていても、君の中のある部分は、そうした急激な変化に怯えていた。だから胃がおかしくなって、君を二つに引き裂きはじめた。

これこそ君の人生の物語である。道が二叉に分かれたところへ来るたびに、体が故障する。君の体は心が知らないことを知っているのであり、故障の仕方をどう選ぶにせよ（単核症、胃炎、パニック発作）、君の恐怖と内的葛藤の痛みをつねに体が引き受けてきたのであり、心が立ち向かえない――立ち向かおうとしない――殴打を体が受けてきたのだ。

10　ジャック・マワス通り三番地　パリ十五区。これまた座って食事できるキッチンの付いた二部屋のアパルトマンで、六階建の三階。二十四歳。パリに到着して（一九七一年二月二十四日）まもなく、君は恋人との別れについて考え直しはじめた。彼女に手紙を書き、もう一度やり直してみる気はあるかと訊ねると、あるという返事が返ってきた。こうして彼女との、時に良く時に悪い、切れたり繋がったり、上がったり下がったりの関係が再開されたのだった。四月初めに彼女もパリに来ることになり、君は家具付きのアパルトマンを探しに行って（タンカーの給料はよかったが家具が買えるほどよくはなかった）、じきにジャック・マワス通りにこの清潔で日当たりもいい、家賃も手ごろで、しかもピアノのある所を見つけた。君の恋人はピアノが上手だったし、真剣に取り組んでいたので（バッハ、モーツァルト、シューベルト、ベートーヴェン）、この掘り出し物に彼女も喜ぶと確信して君はその場で借りることに決めた。単にパリというだけでなく、ピアノのあるパリ。さっそく一足先に越していって、生活の必需品（寝具、鍋釜、皿、タオル、ナイフフォーク類）を揃え、ピアノはもう何年も演奏されていなくて音程が狂っているので調律師に来てもらうことにした。翌日、盲目の男がやって来た（君はこれまで、盲目でないピアノ調律師にはまず出会ったことがない）。五十歳前後の太った人物で、顔はパン生地のように色白、目が上向きになって白目が露出していた。奇妙な人だ、と君は思ったがそれは目だけのせいではなかった。むしろその肌。漂白したような、ホコリタケを思わせる、ふわふわで押せば凹みそうな肌で、まるでどこか地下に棲んでいて顔にまったく光を当てていないかのように見えた。この男と一緒に二十歳か少し前の若者も来て、男の腕を握って玄関から奥の部屋にあるピアノまで導いてきた。訪問中、若者は一言も喋らなかったので、息子なのか、甥か、いとこか、それとも雇われた付添いなのかはわからなかったが、調律師の方はよく喋る人物で、仕事が済むと君を相手にしばらく雑談をしていった。「この通り」と彼は言った。「十五区のジャック・マワス通り。ここ、すごく短い通りだよね。たしか建物も数えるくらいしかないんだよね」。そのとおり、すごく短い通りですと君が答えると、「実は俺、戦争中ここに住んでたんだよね。あのころはここ、住むにはけっこう穴場だったんだ」と相手は言った。なぜかと君が訊くと、「それはね、この界隈にイスラエル人《びと》が大勢住んでたんだが、戦争が始まってみんないなくなったからさ」と彼は言った。はじめ君は、相手が何を言わんとしているのかピンと来なかった。というより、彼が言っていることを信じたくなかった。イスラエル人という言葉にいくぶん不意を衝かれたのかもしれないが、それがユダヤ人《ジュイフ》の同義語として珍しくない（少なくとも戦争世代のあいだでは）とわかるくらい君はフランス語に通じていた。君が聞いたかぎりそこにはつねに軽蔑的な響きがあり、大っぴらに差別しているわけではなくても、ユダヤ人をフランス人から隔てる言葉ではあり、ユダヤ人を何か外国の、異国的なものに変えるはたらきがあった。砂漠からやって来たあの奇妙な古《いにしえ》の民、風変わりな習慣がいろいろあって執念深い原始的な神のいる人々。この一語だけでも十分不快だったが、その次の一言からは恐ろしい無知、または意図的な無視がありありと感じられ、こいつは世界一の阿呆なのか、それともかつてヴィシー政権の協力者だったのかと君は首をひねってしまった。みんないなくなったからさ。そうですよね、世界周遊デラックス・クルーズに出かけたんですよね。まる五年間、地中海の太陽を満喫し、フロリダキーズでテニスに、オーストラリアの浜辺でダンスに興じる。さっさと帰ってほしい、こんな奴は一刻も早く目の前から消したいと思ったが、金を払いながら最後にこう訊ねたいという誘惑に君は抗えなかった――「ふうん、それで、どこへ行ったんでしょうね？」。あたかも答えを探すかのようにピアノ調律師はしばし口をつぐんだが、答えが思いつかないのか、ニヤッと申し訳なさげに笑った。「わからんなあ」と彼は言った。「でもとにかく大半は帰ってこなかったよ」。これがフランス人のやり方に関し、この建物で君が叩き込まれた最初のレッスンだった。そして次は、その二、三週間後に始まった排水管戦争。アパルトマンの配管設備はいささか古く、頭上にタンクがあって鎖を引く方式のトイレもきちんと機能しなかった。水を流すたびに、相当な時間水が出つづけて、相当な音を立てる。トイレの水が出すぎることくらいささいな不便にすぎなかったから、君としてはべつに気にもしなかった。ところが下の階にはこれがすさまじい騒乱を引き起こすようで、蛇口を全開にして風呂の水を溜めているような轟音になるらしかった。ある日一通の手紙が部屋のドアの下から押し込まれるまで、君はそんな問題に気づいてもいなかった。手紙は下の階に住むマダム・ルビンシュタインなる人物からの（自分が戦時中住んだ区域が死んでいないイスラエル人たちをいまもかくまっていると知ったらあのピアノ調律師はさぞショックを受けることだろう）、真夜中に風呂に入って耐えがたい騒音を生じさせていることに憤然と抗議する内容で、アラスに住む家主にすでに手紙を書いてあなたの馬鹿騒ぎのことを知らせた、万一家主がただちにあなたを立ち退かせる手続きを始めなかったら自分が警察に話を持っていく所存である、と書いていた。そのすさまじい剣幕に君は仰天し、相手が直接君の部屋のドアをノックして面と向かって話しあいもせずに（ニューヨークのアパートであればそれが住人同士のいさかいを解決する標準的な方法である）、陰で権力に接触したことに啞然とさせられた。これがアメリカ流とは対極のフランス流なのだ。権力のヒエラルキーに対する無限の信頼。官僚制度の網が悪を正してくれる、どんな些細な不正も直してくれると疑わない無条件の信仰。君が会ったこともない、どんな見かけかも知らない女性が、こうして激しい侮辱を君に浴びせ、これまで君が気づいてもいなかった問題に関して宣戦を布告している。即刻立ち退きなんてことになってはたまらないので、君は家主に手紙を書き、君の側の事情を説明して、トイレの不具合を直すことも約束すると、実に元気づけられる明るい返事が届いた。若いんだから仕方ないさ、おたがい仲よくやればいい、心配無用、ただまあ水療法は控え目にね！（意地悪なフランス人と気の好いフランス人——彼らに混じって三年半暮らすあいだに、君はこの世で屈指の冷酷かつ卑劣な人物に会ったが、いままで知ってきた最高に温かく最高に寛大な男女にも会った）。しばらくは小康状態が続いた。君はいまだマダム・ルビンシュタインに会っていなかったが、とにかく階下からの苦情は止んだ。やがて君の恋人がニューヨークから到着し、音のなかったアパルトマンにピアノの音《ね》が満ちるようになった。音楽が何より好きな君は、三階から流れ出る鍵盤音楽の傑作に誰かが異を唱えようなどとは夢にも思わなかった。ところがある日曜の午後、晩春のとりわけ快い日曜の午後に、君がカウチに座って恋人が弾くシューベルトの『楽興の時』を聴いている最中、突如下の階から、苛立った金切り声のコーラスが湧き上がった。どうやらルビンシュタイン家に客が来ていて、怒りの声が「耐えられない！　もう沢山だ！　我慢も限界だ！」と言っているらしい。やがて誰かがピアノの真下の天井を箒で叩きはじめ、女の声で「やめなさい！　そのひどい騒音、いますぐやめなさい！」とわめくのが聞こえた。だがこれは、君にとっても我慢の限界だった。二階から相変わらず金切り声が上がってくるのを聞きながら君は部屋から飛び出し、階段を駆け降りて、ルビンシュタイン家のドアを叩いた――力一杯。三秒と経たぬうちにドアは開き（君が降りてくるのが相手にも聞こえていたにちがいない）、これまで透明人間であったマダム・ルビンシュタインに君はついに対峙するに至った。見れば彼女は四十代なかばの魅力的な外見で（どうして人は、不愉快な人間は醜いと思いたがるのだろう？）、君たち二人はいっさいの前置き抜きでただちに全面的な大声合戦をやり出した。君は簡単に興奮する性格ではなく、癇癪を押さえるのにも苦労しないし、いつもなら言い争いを避けるためにどんなことでもするのだが、この日ばかりはあまりの怒りに文字どおり逆上していた。怒りにあと押しされて君のフランス語も新たなレベルの速さと正確さに達したようで、君たち二人はまさに互角の言葉の格闘をくり広げた。君の主張――我々には日曜の午後にピアノを弾く権利がある、さらにはいかなる日の午後にも、否、時間が早すぎたり遅すぎたりしないかぎり何曜日であれ何日であれいかなる時にも権利がある。彼女の主張――ここはきちんとしたブルジョワの家であるからピアノを弾きたければスタジオを借りろ、ここは善良なブルジョワの家であるから人は規則に従い文明的にふるまわねばならない、大きな音を出すことは禁じられている、昨年あなたの部屋に刑事が住んでいたが夜中やら朝やらおそろしく不規則な時間に出入りするものだから我々は彼を立ち退かせたのだ、ここはまっとうなブルジョワの家である、わが家にもピアノはあるが我々がそれを弾くことが一度たりともあるか？否、あるわけがない。彼女の議論は君には貧弱な、紋切り型だらけ、くり返しだらけの空論に思え、その主張の喜劇的なること、モリエールのムッシュー・ジュルダンもかくやと思われたが、何しろものすごい剣幕で、悪意に満ちた確信とともにまくし立てるものだから、君としてもとうてい笑う気分にはなれなかった。会話はどこにも進んでいなかった。君たちは双方一歩も譲らず、たがいのあいだに恒久的な憎しみの壁を築きつつあった。こんなふうにやり合っていては今後の日々がどれだけ苦々しいものになるか、思いを致した君は、ここはもう切り札を出す潮時だ、論争を一八〇度回転させてまったく違った方向に話を持っていく時だと踏んだ。何と哀しいことでしょう、と君は言った。二人のユダヤ人がこんなふうに言い争うなんて、本当に何て哀しく情けないことでしょう。考えてくださいマダム・ルビンシュタイン、われらの民がどれだけの苦しみと死に喘いできたか、どれだけ恐ろしい目に遭わされてきたかを。なのに僕たちはこうやって、つまらないことでどなり合っています。僕たちは自分を恥じるべきです。この作戦は狙いどおりに効いた。君がその言葉を言ったときの、その言い方の何かが相手の心に届いたのだろう、戦いは突如終わっていた。その日以降、マダム・ルビンシュタインは君の宿敵ではなくなった。街なかや建物の出入口で顔を合わせるたびに彼女はにっこり笑い、その場合に相応しい改まり方でボンジュール、ムッシューと君に呼びかけ、君も礼儀正しく笑みを返し、ボンジュール、マダムと応えるのだった。これがまさにフランスの生活だった。人々は押しあうのが習慣なのであって、押すのがひたすら楽しくて押しているのであり、放っておけばいくらでも押してくるが、こっちも押し返す気があることを見せれば向こうも敬意を示すようになる。そのことに、君とマダム・ルビンシュタインがユダヤ人同士だったという偶然を加えれば、もはや戦う理由は――君の恋人がどれだけ頻繁にピアノを弾こうと――何もなかった。こんな不実な戦術に訴えたことには嫌気がさしたが、とにかく切り札は功を奏し、その後ジャック・マワス通りで君たちは平穏に暮らしたのである。

11　ルーヴル通り二番地　パリ一区。セーヌに面した、六階建最上階の女中部屋。二十五歳。君の部屋は裏手にあって、窓から見えるのは隣の教会の鐘楼から飛び出した怪物像吐水口《ガーゴイル》だった。サンジェルマン・ロクセロワ教会、一五七二年八月二十四日に鐘をひっきりなしに鳴らしてサンバルテルミの虐殺を報せた教会である。左を見ればルーヴルが、右を見ればレアールの中央市場が見えて、遠くパリの北端に目をやればモンマルトルの白い丸屋根が見えた。ここは君がこれまで住んだ中で一番狭い空間であり、必需品以外はいっさい入れる余地のない小さな部屋だった。細いベッド、ちっぽけな机と背の真っ直ぐな椅子、流し、ベッドのかたわらにもうひとつ背の真っ直ぐな椅子。そこにバーナー一個の電熱器と、湯を沸かしてインスタントコーヒーを淹れ茹で卵を作るのに使う鍋をひとつだけ置いていた。トイレは廊下の先にあり、シャワーも風呂もない。ここに住んだのは、金がなく、ただで住ませてもらえたからである。このきわめて気前のいい行為の主体は君の友人ジャックとクリスティーヌのデュパン夫妻で（最良の、誰より親切な友たち——彼らの名が永遠に崇められますように）、同じ建物の二階にある広いアパルトマンに一人は住んでいて、ここはオスマン（十九世紀後半、パリ市街の改造を推進）の時代の建物なのでアパルトマンには最上階に女中部屋が付いていたのである。この部屋に君は一人で住んだ。君と恋人はまたしても上手くやって行けず、またしても別れたのだった。恋人はもうこのころアイルランド西部に住んで、スライゴーの数キロ郊外の、泥炭を燃やして暖をとるコテージを高校時代の友人とシェアしていた。君も一度はアイルランドまで行って彼女の心を取り戻そうと試みたが、その恋する男的ふるまいも徒労に終わった。彼女の心は当時あるアイルランド人の若者の心と絡みあっていて、君は折悪《あ》しく二人の恋愛が始まってまもないころに姿を現わしたのである（この恋愛も結局無に終わったが）。緑濃く風強いスライゴーの丘陵を、今後彼女に会うことはあるのだろうかと自問しつつ君は去った。そしてパリの自分の部屋、寂しい部屋、これ以上はないほど小さな部屋に戻ってきた。時にはこの部屋に耐えきれず、娼婦を探しに出かけたりもしたが、そこで暮らした日々君が不幸だったというのは間違いだろう。貧しい環境になじむのには苦労しなかったし、ほとんどゼロでも自分はやって行けるとわかって大いに元気づけられた。とにかく書くことができる限り、どこでどう暮らそうと違いはなかった。そこに住んだ十数か月のあいだ、毎日ずっと真向かいで建設工事をやっていて、四、五層に及ぶ地下駐車場を掘っていた。夜になって窓辺に行き、掘り起こされた地面を見下ろして、眼下に広がる巨大な穴を覗き込むと、鼠が見えた。何百匹もの、濡れて黒光りする鼠が泥の中を駆け回っていた。

12　デカルト通り二十九番地　パリ五区。ここもまた座って食事できるキッチンの付いた二部屋アパルトマンで、六階建の四階。二十六歳。実入りのいいフリーランスの仕事がいくつか入ってようやく貧窮から抜け出し、それなりに収入も安定したので新しいアパルトマンの賃貸契約を結ぶ余裕も出来た。恋人はスライゴーから戻ってきて、アイルランド人はもはや姿を消し、君たち二人はいま一度手を結んで、ふたたび同棲生活に挑戦してみることにしたのである。今回はまずまず順調に行き、途中何度か揺れがなかったわけではないが、前よりは揺れ方も穏やかだったし、どちらも相手を捨てて出ていくなどと脅《おど》かしたりはしなかった。デカルト通り二十九番地のアパルトマンは間違いなく君がパリで住んだ一番快適な居住空間だった。管理人すら感じがよかったし（可愛らしい短い金髪の若い女性で、夫は警官、いつも笑顔で親しげに声をかけてくれて、パリのアパルトマン管理人の相場たる詮索好きで性悪の老婆とは大違いだった）、古いカルチエラタンの真ん中に住めるのも嬉しかった。コントルスカルプ広場から坂を上がってすぐの、カフェやレストランがあり、劇場のごとく騒々しく活きのいい野外市場がある地域。だが過去一年続いていた割のいいフリーランスの仕事もだんだん涸れていき、蓄えはふたたび底をついてきた。夏の終わりまでは何とかなるだろうと思ったが、そこからあとはもう荷物をまとめてニューヨークへ帰るしかない。ところが最後の最後で、君のフランス滞在は思いがけず長引くことになる。

13　サンマルタン　ヴァール県ムワサック＝ベルヴュ。プロバンス南東地方の農家。二階建、おそろしく厚い石壁、赤い瓦屋根、深緑の鎧戸と扉。周りには何エーカーも野原が広がり、一方は国有林に、もう一方は土の道路に接している。まさしくどこでもない場所のただなか。玄関扉の上に据えられた石のひとつにはL'An VIという字が彫られている。第六年。革命暦六年ということだと君は考え、だとすればこの家は一七九四年か九五年に建てられたことになる。二十六歳から二十七歳まで。この人里離れた南の地所で君と君の恋人は九か月管理人として過ごし、一九七三年九月初旬から七四年五月末まで滞在した。この家で君の身に起きたことについては一部すでに書いたが（『トゥルー・ストーリーズ』所収「赤いノートブック」2）、あの数ページでは触れなかったこともたくさんあった。この地方で送った日々をいま思い返すと、まずよみがえってくるのは空気であり、家を縁どる野原を歩くたびに周りから立ちのぼるタイムとラベンダーの香り、かぐわしい空気、風が吹くときの力強い空気、太陽が谷間に沈んでいきトカゲやイモリが石のすきまから這い出て暑さの中でまどろむ際の気だるい空気、それから地域一帯の乾きと粗さであり、溶けた灰色の岩、チョークっぽい白い土、山道や道路に広がる赤土、山のごとき糞の球を押して森を歩くオオタマオシコガネ、野原や近隣のブドウ園の上空をかすめていくカササギ、家のすぐ向こうの草地を通る羊の群れ（羊たちの突然の思いがけない出現、何百頭という羊がカラカラ鳴る鈴の音とともに一団となって進んでいく）、ミストラルと呼ばれる北風の激しさ（丸三日一瞬も途切れることなくすべての窓と鎧戸と扉を揺さぶり屋根の瓦をぐらつかせる暴風）、春に丘を包む黄色いエニシダ、花開きかけたアーモンドの木、ローズマリーの灌木、幹は瘤《こぶ》だらけで葉がゆらめく発育不全のみすぼらしい樫の木、あまりの寒さに二階は閉ざすほかなく一階の三部屋で君たちが過ごすことを強いる凍てつく冬（一部屋は電気ストーブで、もう一部屋は薪を燃やして暖めた）、十字軍の戦いへ向かうテンプル騎士団が立ち寄ったという近所の崖の上に建つ礼拝堂の廃墟、真夜中に二週間続けて貧弱なトランジスタラジオで精一杯耳を澄まして聴いたフランクフルトの米軍放送局から届く雑音だらけのメッツ対レッズのナショナルリーグ・プレーオフとメッツ対アスレチックスのワールドシリーズ、そして先日君が考えていた雹《ひょう》の嵐（テラコッタ瓦の屋根に叩きつけ家の周りの草の上で溶ける氷の石はたぶん野球ボールほど大きくはなかったが、身長三メートルの巨人のゴルフボールといった趣で、一度などはそのあとに滞在中唯一の雪が降ってすべてがつかのま真っ白になった）、そして君の一番近い隣人である崩れかけた黄色い家でトリュフ狩り犬を飼って世界革命を夢見ながら暮らしている独身の小作人、ムワサック＝ベルヴュの丘の頂にある酒場で飲んだくれている手も顔も土で真っ黒のいままで君が見た誰よりも汚い人間たる羊飼いたち、その誰もが南フランス訛りでrを巻き舌で発音し、しばしばgを加えるのでワインとパンを表わす言葉はヴァングとパングになり、フランスのよその地方では発音しないsを昔のプロヴァンスそのままに残しているのでよそ者、外国人を表わすエトランジェはエストランジェとなり、地域一帯の岩や塀にオクシタニア（オック語を話す南フランス一帯の名称）に自由を！のスローガンがペンキで描かれ（ここはウイではなくオックと言う中世の地なのだ）、そして、そう、君と君の恋人はその一年まさしくエストランジェだったのだが、パリの冷淡でピリピリした堅苦しさに較べればこの地方での暮らしは何と穏やかだったことか、南で暮らしたあいだみんな君たちにどれだけ温かく接してくれたことか、アシエ・ド・ポンピニョンなるありえない名前の堅苦しいブルジョワの夫婦ですら時おり隣り村のレギュスにある家に君たちを呼んでくれて一緒にテレビで映画を観たし、君たちの家から七キロ離れたオプスで知りあった人々もやはり友好的で、君たちはここへ週二度買い出しに行き、孤立した暮らしが何か月も続いてくるとこの人口三、四千の町がとてつもない大都会のように思えてきて、オプスには主だったカフェが二つしかなく一方は右翼カフェでもう一方は左翼カフェだったので君たちは左翼カフェに通い、社会主義者か共産主義者である常連の薄汚い農夫や機械工に歓迎され、この荒っぽくお喋りの地元民たちは若いアメリカ人エストランジェ二人をますます気に入ってくれて、君たちはそのカフェで彼らと一緒に一九七四年大統領選の結果もテレビで観て、ポンピドー死後のジスカール・デスタンとミッテランとの選挙戦に晩はいったん大いに盛り上がったものの最後は失望に終わり、誰もが酔っ払って喝采していたのが誰もが酔っ払って悪態をつき、加えてオプスには仲よくなった肉屋の息子がいて、君とほぼ同い歳で父親の店で働いていて行くゆくは家業を継ぐべく修行中だったが本人は写真にも熱心で腕もよく、その年はずっとダム建設で水中に埋もれる予定の小さな村の立ち退きと取り壊しを撮っていて、かくして悲痛な写真を撮る肉屋の息子と社会主義者／共産主義者カフェにたむろする酔っ払った男たちがいたわけだが、さらにはドラギニャンの歯科医もいて、この医者の許に君の恋人は複雑な根管《こんかん》治療を受けに何度も通わねばならず、その診察室の椅子で何時間も過ごすことになったが、やっと治療が済んで医者から請求書を渡されると額は三百フランきっかり（六十ドル）、費やした時間と労力にはおよそ見合わぬ低い額だったので、どうしてこんなに安いのかと彼女が訊ねると、医者は片手を振ってぎこちなく肩をすくめ、「気にするな。私にも若いときはあったんだ」と言った。

14　リバーサイド・ドライブ四五六番地　マンハッタン、西一一六丁目から西一一九丁目にかけての長い一ブロックの真ん中。剃刀のように細いキッチンがあいだにはさまった二部屋で、ハドソン川を見はるかす九階建ビル北側のペントハウスもしくは十階。この場合屋上家屋《ペントハウス》という言い方はいささか虚偽である。君の二部屋と、隣接する南側ペントハウスは、メインの建物とは構造的に分離していたからだ。ＰＨＮ（北ペントハウス）とＰＨＳ（南ペントハウス）は、白いスタッコ造りで平屋根の小さな独立した平屋だったのであり、この平屋が九階建ビルの屋上に、メキシコの村の裏通りから場違いにも運ばれてきた小作人のあばら屋のごとく載っかっていたのだ。二十七歳から二十九歳まで。室内は狭苦しく、かろうじて二人で住めるという程度だったが（君と君の恋人は依然一緒だった）、手の届くニューヨークのアパートはなかなか見つからなかったのである。外国に三年半住んだ末に帰ってきた君たちは、ニューヨークにどこか住むところを、とにかくどこでもいいからと探して一か月以上を費やした末、このいささか窮屈ではあれ風通しのいい住居が見つかっただけでも幸運だと思っていた。明るく、硬木の床はぴかぴかで、烈しい風がハドソン川から吹いてくる。大きなL字型のルーフテラスのおまけがついていて、これは中の二部屋と同じくらいの、いやそれ以上の広さがあった。陽気のいいときはここに出れば密室の息苦しさも和らげられ、そこに立って見える建物正面側からの眺めはいくら見ても飽きなかった。リバーサイド・パークの木々、右手のグラント将軍の墓、ヘンリーハドソン・パークウェイを流れていく車の連なり、そして何より川――ひっきりなしにいろんなものが動いているその眺め。水上を進んでいく無数のボート、ヨット、貨物船、タグボート、はしけ、キャビンクルーザー。川に棲息する産業用船舶とプレジャーボートが日々レガッタをくり広げる。川が別世界であること、君が住む陸地と並ぶパラレルワールドであることを君はじきに発見した。石と土の都市のすぐ向こうにある水の都市。時おりタカが迷い込んできて屋上に降り立ったりもしたが、カモメ、カラス、ムクドリが来ることの方がずっと多かった。ある日の午後、一羽の赤い鳩が部屋の窓の外に降りてきた。正確にはサーモンピンク、白い斑点が入っている。傷を負ったひな鳥で、好奇心は旺盛、縁の赤い奇妙な目をしていて、君が恋人と二人で一週間餌をやり続けるとふたたび飛べるくらい元気になったが、そのあと何か月も、ほぼ毎日屋上に戻ってきた。あまりしじゅう来るものだから、そのうちに君の恋人がジョーイという名前をつけた。鳩のジョーイはペットの座に就いたのであり、戸外の同居人として君たちと住所を共有したが、やがて翌年の夏、いつものように羽根をはばたかせて飛び立ったきり戻ってこなかった。住みはじめた当初、君は東六十九丁目の稀覯《きこうしょ》書業者の店で正午から五時まで働いて、詩を書き、書評を書き、徐々にではあれ自分をふたたびアメリカに慣らしていった。当時この国はウォーターゲート公聴会、リチャード・ニクソン没落の時期であり、君がかつて去ったアメリカとはわずかに違っていた。一九七四年十月六日、越してきておよそ二か月後、君と君の恋人は結婚した。アパートでささやかな式を挙げてから、君たちよりずっと広い近所のアパートメントに住んでいる友人がパーティを開いてくれた。当初から君たち二人が何度も心変わりを経験し、出たり入ったりをくり返して、ほかの人間とも恋愛に走り、四季の変化のごとく規則的に破局と和解を行き来したことを思えば、この時点で君たちのどちらか一人でも結婚ということを考えただけでも、いまの君には妄想的愚行としか思えない。どう控え目に見ても、君たちはきわめて大きな危険を冒していた。自分たちの友愛と、作家志望者同士の連帯を頼りに、結婚生活をいままで一緒に経てきた生活とは違うものに変えられることに君たちは賭けていた。だが君たちは賭けに負けた。二人とも負けた。君たちは負ける運命にあったのだ。結局二人で頑張ったのは四年だけで、結婚したのが一九七四年十月で降参したのが七八年十一月。誓いあったときは二人とも二十七歳で、もっと賢明な判断ができてしかるべきだったかもしれないが、と同時に二人ともまだとうてい大人ではなく、奥のところでは未熟な若者だったのであり、君たちに勝ち目はなかった——それが厳しい事実だったのだ。

15　デュラント・アベニュー二二三〇番地　カリフォルニア州バークリー。大学のフットボール場向かいの、キャンパスへも歩いていける小さな簡易アパート（一部屋とキッチネット）。二十九歳。落着かず、言葉にできぬ焦燥を抱え、ニューヨークの狭すぎるアパートにもますます息苦しさを感じていた君は、突然の臨時収入（イングラム・メリル財団からの助成金）に救われて、さまざまな可能性が開け、どこでどう暮らすかという問題にもさまざまな選択肢が生じた。ここは事を起こす時だと君は考えて、まだ結婚していた最初の妻と一緒にニューヨークから列車に乗ってシカゴまで行き、シカゴで乗り換えて西海岸へ向かった。ネブラスカのはてしない平地、ロッキー山脈、ユタとネヴァダの砂漠を抜けて、三日旅した末にサンフランシスコに入っていった。時は一九七六年四月。ためしに半年カリフォルニアで暮らしてみて、ずっと住みたいかどうか見てみる、という計画だった。西海岸には仲のいい友人が何人かいたし、前の年に訪れたときも好印象を持った。サンフランシスコでなくバークリーで試すことにしたのは、バークリーの方が家賃が安いし、君たちのように車のない人間にとっては湾のこちら側の方が暮らしやすいからだった。アパートはパッとしない、窓を閉めるとかすかにカビの匂いがする天井の低い四角い箱だったが、まあ住めないことはないし、ひどく気が滅入るということもなかった。だが君はそこを借りる決断を下した記憶がまったくない。着いて一週間と経たない、まだ友人のところに泊めてもらっている時点で、君はソフトボールの試合に誘われた。二イニング目に君が走者に背を向け、ベースラインから大きく離れて外野からの返球を待っていると、走者が意図的にベースラインから離れてうしろから君に体当たりし、烈しいフットボールブロック（スポーツを間違えているとしか言いようがない）で君をなぎ倒した。相手は大男で、君はそんな攻撃を予想していなかったから、衝突のショックで頭ががくんと曲がってから地面に倒れ、強度のムチ打ち症になってしまった（君を襲った男はスポーツのマナーの悪さで知られ、しばしば「ケダモノ」と呼ばれていたが、ふだんは非常に洗練された知識人で、その後十七世紀オランダ絵画について何冊も本を書き、ドイツの詩人数人の作品を翻訳した。聞いてみると、君がかつて習った教授の元学生で、君たちは二人ともこの教授を非常に尊敬していた。この繋がりを知らされると、ケダモノは罪を深く悔い、そうと知っていたら絶対君にぶつかっていったりしなかったよと言った。この謝罪の言葉について、君はいままでずっと理解に苦しんできた。アンガス・フレッチャー教授の元学生だけはこの男の卑劣な戦術を被らないが、ほかは誰を襲っても構わないということか？　君はいまも首をひねり、頭を掻いている）。君は友人たちに連れられて地元の病院の緊急治療室に行き、クッション入り、マジックテープ付きの頸椎《けいつい》装具を与えられて、筋弛緩剤ジアゼパムをたっぷり処方された。ジアゼパムを飲んだのはこの時が初めてであり、もう二度と飲まずに済ませたいと君は思っている。たしかに痛みを抑える効き目はあったけれども、一週間の半分以上頭が麻痺し、この出来事の直後に起きたこととの記憶も抹殺されてしまった。人生の数日分が、カレンダーから消去されたのである。フランケンシュタイン・モンスターばりの器具を首に着けて、記憶喪失を誘発する薬をどっさり飲んで歩き回っていたあいだに起きたことを君は何ひとつ思い出せない。したがって、君と君の最初の妻がデュラント・アベニューの住まいに引っ越したとき、すごくいい場所にアパート見つけたねえ、と君は彼女をほめ讃えたが、実のところここに住もうと決めるにあたって彼女は君にじっくり相談したのである。予定した六か月間、君たちはそこで暮らしたが、それ以上はとどまらなかった。カリフォルニアにはいいところもたくさんあったし、風景は本当に素晴らしいと思ったが（豊富な草花、大気中につねに漂うユーカリの香り、霧、すべてを包む光のシャワー）、しばらくすると君はニューヨークが、ニューヨークの巨大さと混沌が恋しくなってきたのだ。サンフランシスコは知れば知るほど小さく退屈に思えてきた。人里離れた山の中で暮らすのは問題ないが（たとえばヴァールでの九か月は君にとってこの上なく豊饒な時だった）、都市に住むなら大都市、一番の大都市でないと駄目だと君は思った。ものすごく辺鄙な田舎か、特大の都会、その両極端であればどちらも無尽蔵の魅力がある気がするが、小さな都市や町はあっという間に魅力も尽きてしまい、いずれ何も感じなくなってしまう。というわけで君たちは九月にニューヨークに戻り、ハドソンを見下ろす小さなアパートに復帰して（離れていたあいだは又貸ししていたのだ）、ふたたびニューヨークに収まった。だが長くは続かなかった。十月に、朗報――待ちに待った、子供が出来たという報せ。ということは、別の住みかを探さないといけない。君はニューヨークにとどまりたかった。あくまでニューヨークにとどまるものと決めていた。だがニューヨークは高すぎた。手の届く家賃の、もっと広いアパートメントを何か月も探した末に、君は敗北を認め、よそを探しはじめた。

16　ミリス・ロード二五二番地　ニューヨーク州スタンフォードヴィル。ダッチェス郡北部の白い二階建の家。建築年は不明だが、新しくはなく特に古くもないから、一八八〇年から一九一〇年までのどこかだろう。半エーカーの土地があり、裏には菜園、表には松の木が陰を作る暗い庭。君たちの地所と、その南にある隣の地所とのあいだには小さな林がある。くたびれた、だが荒れはてたとまでは言えない、資金さえあればじっくり時間をかけて改善していける場所である。居間、ダイニングルーム、キッチン、ゲストルーム／書斎が一階、二階には三寝室。購入価格、三万五千ドル。それなりに車の通る田舎の脇道沿いに何軒か建つ家のひとつである。プロヴァンスの極端な孤立とは違うが、それでも田舎暮らしにはちがいない。利他主義の歯医者や左翼の農夫には出会わなかったが、ミリス・ロードの隣人たちは親切で健全な市民だったし、その多くは小さな子供のいる若い夫婦だった。やがて君たちは程度の差はあれその全員と知りあうことになるが、ダッチェス郡の隣人たちについて一番よく覚えているのはそれらの家々で起きた悲劇だ。たとえば、多発性硬化症に罹った二十八歳の女性。隣に住んでいた、前の年に二十五歳の娘を癌で亡くして悲しみに暮れていた中年夫婦――妻はジンを一日じゅう飲んでいまや骨と皮に痩せ細り、心優しい夫は何とか彼女を支えようと懸命に頑張っていた。鍵のかかった玄関と、閉じられたカーテンの向こうに隠れた、かくも多くの苦しみ。そうした家々の中に君自身の家も含めねばなるまい。三十歳から三十一歳まで。荒涼とした日々、間違いなく君がこれまで経験した一番荒涼とした日々。唯一それを明るくしてくれた出来事が、一九七七年六月の息子の誕生だ。とはいえこの家で君の最初の結婚は崩壊したのであり、(「その日暮らし」で述べたとおり)つねに金の問題に悩まされ、そして君は詩人としても行きづまった。霊が取り憑いた屋敷、なんてものを君は信じないが、あのころのことをいまふり返ると、自分が悪しき呪縛の下で生きていたこと、自分の身に降りかかったさまざまな災いは家自体も一因だったことがわかる。君たちが越してくるまで、何十年ものあいだこの家の所有者は未婚のドイツ系アメリカ人姉妹で、名をステマーマンといい、君たちがこの二人から家を買ったころにはどちらも八十代後半か九十代前半に達し、一方は目が見えずもう一方は耳が聞こえず、二人とも一年近く前から老人ホームに入っていた。売買の交渉は道路を二、三軒先へ行った家に住むキューバ生まれの女性が請け負っていた。物静かなアメリカ人自動車工と結婚している、象のガラス像(!?)を集めているこの女性から、悪名高きステマーマン姉妹の話を君はいろいろ聞かされた。たがいに憎みあい、子供のころから死闘をくり広げていたというこの姉妹は、生涯たがいに離れられぬまま最後まで不倶戴天の敵同士として生き、悪意に満ちたすさまじい大声の言い争いがミリス・ロードの端から端まで聞こえたという。耳の聞こえない方が目の見えない方を一階のクローゼットに閉じ込めて罰したなどという話を隣人から聞かされると、君はゴシック小説のいろんなシーンや、ベティ・デイヴィスとジョーン・クローフォードが出てくる六〇年代前半の安っぽい白黒映画(『何がジェーンに起ったか?』)を思い浮かべずにいられなかった。グロテスクな、狂った人物二人。やれやれ何て愉快な話だ、と君は思った。

でももうそれも過去のこと、自分はお腹の中に子供がいる妻とともにこの古い家に若さと活力をもたらすのだ、すべてがいまにも変わるのだ——そう君は思うばかりで、ステマーマン姉妹がそこで五、六十年、下手をすれば七、八十年暮らし、家の隅々まで彼女たちの怨念が染み込んでいることなど考えようともしなかった。耳の聞こえない方には、キューバ生まれの女性の家で会いもしたが（彼女は生ぬるいコーヒーを飲もうとして危うく窒息死しかけた）、見たところ意外に無害と思えたし、君としてはもうそれ以上考えなかった。そして越してきた当初は、家に付いてきたいろいろな家具を綺麗にして並べ換える日々が続いたが、そんなある日、二階の廊下に置いてあった衣裳だんすを壁際から動かすと、うしろのすきまの床からカラスの死体が出てきた。もうずっと前に死んだ、すっかり乾燥しているが形は生きたときのままのカラス。これは愉快な話などではなかった。全然愉快じゃない。君たちは二人とも笑って済ませようとしたが、その後何か月も君はその死んだ鳥のことを考えた。死んだ黒い鳥、古典的な凶兆。翌朝君は裏手のポーチで本の詰まった箱を二、三見つけ、何か取っておくに値するものはあるかと思って開けてみた。一冊一冊、出てきたのは、ジョン・バーチ協会（反共極右団体）のパンフレット、合衆国政府に潜入を図る共産主義者の策略について書かれたペーパーバック、フッ化物を用いてアメリカの子供たちの洗脳を企てる陰謀を論じた数冊、戦前に発行された英語版親ナチス冊子、そして何より不穏なのは、悪書の中の悪書、この上なくおぞましい、反ユダヤ主義を擁護する上でほかのどんな本より力のあった偽書『シオンの議定書』。君はそれまで本を捨てたことは一度もなかったし、捨てたいという気にさせられたこともなかったが、これらの本を君は捨てた。車に乗せて町のゴミ捨て場まで持っていき、腐りかけた生ゴミの下にわざわざ押し込んだ。そんな本がある家に住むなんて不可能だった。これでケリが付いたと思いたかったが、本を始末したあともまだ、そこに住むのは不可能だった。君は頑張ったが、とにかく不可能だった。

17　ヴァリック・ストリート六番地　マンハッタン。今日ではトライベカとして知られる地域の、十階建の工業ビル最上階の一部屋。子供のころの友人の元恋人を介して回ってきた又借りの又借り。以前は電気製品の部品を商う事務所だった、いまはすべてが取り払われた骨組みだけの場所。人間が住むようには作られていないこの空間で雨風をしのぐ特権の代価は月百ドル。つい最近までは、廊下をはさんだ向かいにロフトを持つ芸術家が物置に使っていた。水しか出ない流しはあるが、風呂、トイレ、台所設備はいっさいなし。生活条件としてはパリのルーヴル通りで住んだ女中部屋と似ているが、こっちの方が三、四倍広く三、四倍汚い。三十二歳。一九七九年初頭にここへ行きつく前に、さまざまな衝撃、突然の変化、内面の激震が旋風のごとく次々生じて、君は方向転換を強いられ、人生は別の軌道を進み出した。行くところもなく、行くところがあったとしても引越す金もなかったので、君は結婚が破綻したあともダッチェス郡の家にとどまり、一階の書斎の隅に置いたソファベッドで眠っていた（三十二年後のいま、それが子供のころ使っていたベッドだったことに君は思いあたる）。二週間後にニューヨークへ行ったとき、君は啓示を得る。火傷のごとき天啓の瞬間が明晰さをもたらし、宇宙の割れ目の向こう側に君を押し出してくれて、君はふたたび書くことができるようになった。その蘇生、解放、新しい始まりの三週間後、その直後から書きはじめていた散文に没頭しているさなかに、父親の死という思いがけぬ打撃。君の最初の妻は本当に立派だった。その後の辛い数日、数週間にわたる葬式の手配や資産の処理、父親のネクタイ、スーツ、家具の処分、父の家の（元々進行中だった）売却手続き等々の試練のあいだずっと、彼女は君に寄り添ってくれた。死のあとに訪れる堪えがたい即物的作業に取り組む君を、終始支えてくれた。君たちはもはや結婚していなかったから（というか名義上結婚しているだけでしかなかったから）、結婚生活のプレッシャーはいまや取り払われ、君たちはふたたび、出会ってまもないころのような友人になった。君は『孤独の発明』第一部を書きはじめた。早春にヴァリック・ストリートに引越したころにはもうだいぶ書き進んでいた。

18　キャロル・ストリート一五三番地　ブルックリン。ヘンリー・ストリート近くの四階建の三階にある鰻の寝床式アパート。三十三歳から三十四歳。三部屋、ダイニングキッチン、バスルーム。表通りに面した寝室は君用のダブルベッドと息子用のシングルベッド（君が子供のころ使っていた、スタンフォードヴィルの家を売ったあとに取り戻したソファベッド）を入れられるくらい広い。真ん中の二部屋のうち一部屋は窓がなく、君はそちらを間に合わせの書斎に仕立て、庭を見下ろす窓があるもう一方の部屋はリビングルームとして使った。それに続いて、窓がひとつあるキッチンと、一番奥のバスルーム。安っぽく、くたびれてもいる住まいだったが、いままでのところと較べれば大進歩である。君は一九八〇年一月にヴァリック・ストリートのアパートから追い出され（又貸し主の芸術家がロフトを手放すことにしたのだ）、週のうち三日は君と過ごす二歳半の息子と一緒に住めるアパートはマンハッタンでは手が届かないので、イーストリバーを渡ってブルックリンで探しはじめた。どうして一九七六年に思いつかなかったんだろう？

と君は首をひねった。百マイル北上してダッチェス郡で幽霊屋敷を買ったりするより、こっちの方がずっと得策ではないか。だがあのころはブルックリンなんて思いつきもしなかった――ニューヨークとはマンハッタンのことでありマンハッタンだけのことであり、君にとってそれ以外の区は遠きオセアニアや北極圏の国々と同じくらい異郷だったのだ。

結局君はキャロル・ガーデンズに行きついた。そこは地元だけで自己完結しているイタリア人街であり、大半の人間がわざわざ君の居心地を悪くしようと努め、まるで君が彼らのただなかに入り込んできた侵入者、エストランジェであるかのように疑いの念と無言の凝視でもって君に接した。君はイタリア人と言っても通る風貌なのに、何かが間違っていたにちがいない。服装か、身のこなしか、それとも単に目に浮かぶ表情か。ほぼ二年間、アパートに帰ろうとキャロル・ストリートを歩いていて、玄関先に座っている老婆たちがいったい何度、声が聞こえる範囲に君が入ってきたとたんぴたっと話をやめて君が通り過ぎるのを何も言わずに眺めたことか。男たちは目にまったく何の表情も浮かべずに立っているか、あるいは車のボンネットの下を覗き込むかし、エンジンを吟味するその執拗さと熱心さは人間存在をめぐる何か究極的な真理を追究する哲学者を君に思い浮かべさせた。女たちから唯一会釈を受けるのは、息子と――金髪の幼い息子と――一緒に通りを歩いている時だけであり、それ以外君は幽霊、そこにいるいわれなどまったくないがゆえに事実そこにいない人間だった。幸い、君の住んでいる建物のオーナーである、一階の庭付きアパートメントに住む三十代前半のジョンとジャッキーのカラメッロ夫妻は気さくで友好的であり、君に対してわずかの敵意も示したことはなかったが、彼らは君と同世代であり、両親の世代のように過去を根に持ってはいなかった。ジョーイ・ギャロ（ニューヨーク・マフィアのメンバー）のおばが近所に住んでいたし、ヘンリー・ストリートの四つ角近辺には社交クラブがいくつかあって長老連中が日がな一日集っていた。キャロル・ガーデンズがブルックリン一安全な地域として知られるのは、ここが暴力の底流に支えられ、ギャングによる報復の暴力と倫理に支配されているからだった。黒人たちはここに寄りつかなかった。この入念に護られた飛び地の中に一歩でも入ったら、わが身を危険にさらすことになるのを知っていたからだ。君自身、その不文律が施行されるのを自分の目で見なかったら、そんな掟があることすらわからずじまいだったかもしれない。

　ある日、まばゆい秋の午後にコート・ストリートを歩いていると、大きなラジカセを抱えて通りの向こう側を歩いているひょろ長の黒人の男の子に、白人のティーンエイジャー三、四人がいきなり襲いかかったのだ。彼らはその子をしこたま殴り、血だらけにし、ラジカセを歩道に叩きつけて壊し、君が介入する間もなく黒人の男の子はよたよたと立ち去り、覚つかぬ足どりで前に進み、やがて白人の男の子たちがその背中に黒んぼ《ニガー》、二度と来るなと罵声を浴びせるとともに走り出した。また、君が事実介入できたこともあった。晩春のある日曜の午後、スミス・ストリートとの角にある地下鉄の駅に向かってキャロル・ストリートを歩いている最中、キャロル・パークのアスファルトでやっているローラースケート・ホッケーを見物しようとしばし歩みを止め、公園を囲む金網につかまって中を覗くと、大きな赤、白、黒のナチスの旗が見えた。君は中に入って、旗をそこに掛けたのが誰かを聞き出し（一方のチームの道具係の十六歳の少年）、旗を下ろすように言った。相手は何でそんなことを言われるのかまったくわからず、狐につままれたみたいな顔をしているので、旗が何を表わしているのかを君が説明し、ヒトラーが行なった悪業、数百万の罪のない人々の虐殺について聞かせると、男の子は心底バツの悪そうな顔になって、「知らなかったよ。ただカッコいいと思ったんだ」と言った。お前いままでどこで生きてたんだとどやしつける代わりに、彼が旗を下ろすのを君は見届け、また地下鉄に向かって歩きはじめた。

とはいえ、キャロル・ガーデンズにもいいところはあった。特に食べ物。パン屋、豚肉屋、夏に馬車で近所を回るスイカ売り、店内でコーヒーを焙煎していて入ったとたんにぴりっとかぐわしい匂いが襲ってくるダミコ・コーヒー店。けれどもまた、キャロル・ガーデンズは君が大人になって以来最高に愚かな質問を口にした場所でもあった。ある日の午後、二階の窓なし書斎にこもって『孤独の発明』第二部に取り組んでいると、外の通りでいくつもの大声が湧き上がった。何事かと降りていってみると、通り一帯すさまじい喧騒で、男も女も家の前に群がり、二十もの興奮した会話が同時に進行している。君の家主のジョン・カラメッロもたくましい体で玄関先の階段に立ち、落着いた顔で騒ぎを見渡している。どうしたんですと君が訊くと、ジョン答えて曰く、刑務所から出てきたばかりの男がこの界隈の留守宅やアパートに押し入り、宝石や銀器など金目のものを片っ端から盗んだのだが、逃げそこなって捕まったという。その時だった、君がその質問を、自分が住んでいる小さな世界について依然何もわかっていない底なしの阿呆であることを証す名高き言葉を口にしたのは――「警察に連絡したんですか?」。ジョンはニッコリ笑った。「もちろんしないさ」と彼は言った。「みんなで袋叩きにして、バットで両脚を折ってタクシーに放り込んだのさ。命が惜しけりゃもう二度とこの界隈には来ないよ」

ブルックリンへ住むようになってもう三十一年経つが、その当初の日々はかくのごとく、結婚の崩壊と父親の死から始まった過渡期であり、ヴァリック・ストリートでの九か月、キャロル・ガーデンズでの最初の十一か月は悪夢と内的葛藤の日々だった。希望あり、希望なし、その両極をせわしなく行き来し、何人もの女のベッドに転がり込み、彼女たちを愛そうと努め、愛の一歩手前まで行ったけれど結局は愛せず、もう二度と結婚しないものと君は確信し、自分の著作に励み、ジュベールとマラルメの翻訳に励み、二十世紀フランス詩を集めた巨大なアンソロジー編纂の仕事を進め、混乱した、時に反抗を示す三歳の息子の世話をした。とにかくいろんなことが立てつづけに起きたから――父親の葬式が済んでわずか十日後に母親の再婚相手が心停止に陥って命を落としかけたし、六か月後には祖父が見るみる衰えて息を引きとるのを君は病院に通いつめて見届けた――君の体がまた異変を起こしたのもおそらく避けがたいことだったのだろう。今回は心臓の動悸だった。胸の鼓動が突然不可解に速まり、夜いまにも寝つくかという時点で心拍数が急増したり、眠った直後にそれが起きて叩き起こされたりで、息子と二人きりで部屋にいるときにもアンだかフランソワーズだかルビーだかの眠っている肉体の隣にいるときにもそれは起きた。狂おしく脈打つ心臓が頭の中で鳴り響いて、何とも大きく執拗な反響を引き起こすものだから室内のどこかから音が出ているのではと思ってしまうほどで、やがてこれは甲状腺の異常が原因でありそのせいで体内組織全体が狂わされていることが判明し、君は二、三年にわたって薬を飲みつづけねばならなかった。

それから、一九八一年二月二十三日、君の三十四回目の誕生日の二十日後、彼女の二十六回目の誕生日のわずか四日後、君は彼女に出会った。三十年前のその夜以来ずっと君とともに過ごしてきた唯一無二の女性に君は紹介されたのだ。君の妻、およそ予想していなかったときに君を奇襲した生涯最愛の人。出会って最初の、大半をベッドで過ごした数週間に、おとぎばなしを朗読しあう儀式を君たちは育み、これが六年後に君たちの娘が生まれるまで続いた。そうやってたがいに読み聞かせあうことの親密な喜びを二人で発見してまもなく、君の妻は『あなたに読んで《リーディング・トゥ・ユー》』と題した長い散文詩を書いた。その最後の、第十四連はキャロル・ストリート一五三番地三階の君のアパートを舞台とし、君の心臓の不規則な鼓動にも触れている。残酷な父親は愚かな息子を殺させようと殺人者もろとも森に送り出すけれど、殺人者は殺せずに男の子を逃がし、父親には代わりに鹿の心臓を届け、この男の子は犬や蛙や鳥と話ができて、やがて鳩が彼の耳許にささやく、大衆の言葉を、何度もくりかえし彼の耳の中に注ぎ込む、そしてどこか別の場所でわたしはあなたの耳にささやく、メッセージを、わたしからあなたへの、あなたの膝の裏や肱の内側や上唇の上の凹《へこ》みをめぐるメッセージを、いまあなたがここにいなくてもわたしからあなたへの。あなたに読んで聞かせるおはなしに出てくる鳥のようにわたしはささやく、あなたに連れてきてもらった部屋で何度もくり返す。それぞれの部分は同じ、でも変わっている、つねに動いている、弱い光のなかでわたしを見おろしているあなたの顔が笑顔から真剣な顔に変わるみたいにほんの少しずつ違っていく。だからわたしはおはなしを読むこと、書くことであなたにおはなしを贈りたい。そしてわたしたちはおはなしを受け継ぎもする、いろんな症状を、顔、心臓、膀胱の弱さや欠陥を。その人の心臓はまわりに水があります、溺れています、病気の心臓、心臓の病気、損なわれた部分、あなたのなかで打つ脈は時として速すぎて薬を飲んで遅くしないといけない、正しくリズミカルにしないといけない、ほかのいろんなものみたいにでたらめにぱたぱた打ってはいけない。ベッドのなかでわたしはあなたにおはなしを贈りたい、老人たちが死んだあとに月を空に吊すおはなしを、そうしたら月はあなたの頭上で永遠に輝くだろう、たとえ自分の光を持たずに借り物の周期的な光しかなくても輝くのをやめはしないだろう。わたしはその月をもらう、借りること盗むこと、大から小へ変わることを。ごくちっぽけな月、冬の雲の陰に隠れた薄くて弱い月、そんな眺めをわたしは選ぶ。

19　トンプキンズ・プレイス十八番地　ブルックリン。キャロル・ガーデンズとブルックリン・ハイツのあいだの地域コブル・ヒルの、ほとんど同一の建物が並ぶ一ブロックだけの通りに建つブラウンストーン四階建の三、四階。三十四歳から三十九歳まで。キャロル・ストリート一五三番地から一キロも離れていないがまったくの別世界であり、過去二十一か月君が暮らした人種的飛び地より多様で雑多な住民から成る界隈。一、二階と切り離された二フロア・アパートメントではなく三、四階がそれぞれ独立していて、天井の低い四階には小さなキッチン、広々としたダイニングエリアがあって、その向こうに仕切られていないリビングルームがあり、君の妻用の小さな書斎もある。下の三階は天井も高く、コンパクトな主寝室があり、もっと広い寝室は君の息子の寝室兼遊び部屋に使い、上階の妻の書斎と同じ広さの君用の書斎がある。全体にやや雑な設計だが、とにかくこれまで借りたどのアパートメントよりも広く、非常に美しい建築が並ぶ一画に位置していて、どの家も一八六〇年代に建てられ夜にはどの玄関にもガス灯が灯り、冬になって雪が地面を覆うと十九世紀に戻ったような思いがし、目を閉じてじっと耳を澄ませば通りを走る馬のひづめの音が聞こえてきそうだった。六月なかばの蒸し暑い日に君たちはそのアパートメントで結婚式を挙げた。初夏によくある、雲が立ち込める、地平線の端の方で嵐がじわじわ生じつつある暑い日で、時刻が進むにつれて空は少しずつ暗くなっていき、君たちが夫婦であることが宣告された次の瞬間、君が妻を両腕で抱えキスしたまさにその瞬間、ついに嵐が起きて、すさまじい雷鳴が君たちの真上の空をつんざき、アパートメントの窓をがたがた鳴らし、足下の床を揺さぶり、居合わせた人々が息を呑むなか、あたかも天が君たちの結婚を世界に知らしめたかのように思えた。超自然的にドラマチックなタイミング――そこには何の意味もなく、と同時にあらゆる意味があるようにも思え、君は生まれて初めて自分が宇宙的な出来事に参加している気がした。

20　三丁目四五八番地三R　ブルックリン。パーク・スロープにある四階建の三階の半分を占める細長いアパートメント。表側に通りを見下ろすリビングルーム、真ん中にダイニングルームと二列型キッチン、本を両側に並べた廊下がこれに続いて奥の小さな三寝室につながる。四十歳から四十五歳まで。この前のトンプキンズ・プレイスのアパートメントに入居した際、下の階に住む大家から、いつまでも貸せるわけではありません、いずれは我々一家で建物全体に住むつもりですから、と警告されていた。そう言われたときには理解していたにちがいないが、五年と一か月そこで暮らしているうちに――子供のころアーヴィング・アベニューに住んだとき以来最長の年月だ――いつかは立ち退きを求められるという観念を君は少しずつ頭の外に追いやってしまっていた。トンプキンズ・プレイスで過ごした日々は、それまでの人生で一番幸福な、一番実りのある日々だったから、要するに君は事実に直面することを拒んだのである。やがて、一九八六年十一月、君の妻が妊娠したことが判明したちょうど一週間後、これで終わりです、もう契約は更新しません、と大家が礼儀正しく通告してきた。この宣告に動揺した君は、二度と同じ目に遭いたくない、将来また住みかから追い出されてはたまらないと思い、今度は買うつもりで妻と二人で探しはじめた。君たちのものである、他人の気まぐれに左右されない共同所有のアパートメント。一九八七年のウォール街の株価大暴落はまだ十一か月先のことで、ニューヨークの不動産ブームはとどまるところを知らず、値段は毎週、毎日、毎分上がっていて、君たちが頭金に払える額は限られていたから、自分たちの必要を完全には満たさない場所で妥協するしかなかった。三丁目のアパートメントは魅力的ではあった。今回の家探しで見てみたあまたの物件の中で図抜けて一番魅力的だった。が、四人で住むには狭すぎる。特に四人のうち二人が作家であり、ほかに仕事場を持たずそこで仕事も生活もしなければならないとなればなおさらだ。三つの寝室はすべて埋まった——ひとつは君と君の妻に、ひとつは依然として半分の日々を君と過ごしている君の息子に、そしてもうひとつはまだ赤ん坊である君たちの娘に。三つのうちで一番広い、いわゆる主寝室でさえ書き物机を入れるには狭すぎた。君の妻はリビングルームの角を作業スペースにすると申し出てくれ、君は八番街の、三丁目四五八番地から一ブロック半のところに小さな仕事場を見つけてきた（20A参照）。というわけで、小さすぎて理想的とは言えないものの悲劇的というような状況ではまったくなかった。君も君の妻もコブル・ヒルの静かな街並よりパーク・スロープの活気の方が気に入ったし、夏は毎年ヴァーモント南部で過ごすようになると（五年続けて毎年三か月――20B参照）、不満はもうほとんどなかった。いままで時にどれだけひどいところに住んできたかを思えばこれで十分満足だった。共同所有のアパートメントに住むことで、これまでに――そしてその後も――ないほど隣人たちと親しくつき合うこともできた。はじめ君はそのことに恐れをなしたが、この建物にはマダム・ルビンシュタインのような人物はいなかったし、軋轢《あつれき》がじくじく悪化したりもせず、出席を義務づけられている会合は比較的短く雰囲気も和やかだった。構成員は六家族で、小さな子供がいるのは四家族、理事には建築家、建築請負業者、弁護士などがいて、みんな建物の物理的・財政的健全さを維持することを真剣に考えていた。そこに住んだ五年間、君の妻は会合の書記を務めて、会が開かれるたびに議事録をまとめ、ユーモアたっぷりの報告文は誰からも喜ばれた。いくつか例を挙げれば――

10／19／87。**ゴキブリ**　この相当に不快な話題を一同この上なく繊細に議論。「問題」という婉曲表現を最低一名が使用。マーガリートに至っては「何百もの赤ん坊」という表現を採用。ディックが**コンバット**と称する製品を推奨しシリもこれを支持。また駆除業者に毒の種類を変えるよう伝えるという提案が出る。この後、一同安堵のため息をついて別の話題に移行。

3／7／88。**柵**　シオの学生たちが柵設置の報酬に五〇〇ドルを要求。数名はこれを法外な値と考え、また数名はそうでもないんじゃないかとの意見。わずかな合意がなされ――すなわち、きわめて曖昧できわめてかすかな、合意と呼ぶに値しないかもしれぬ合意がなされ、シオの学生たちがきちんと仕事をすると約束するなら五〇〇ドル出すということで構わないということに。だが彼らがそうするという保証はなく……

10／18／88。**かねてからの懸案**　一瞬のためらい。我々は過去に戻っていって、かねてからの懸案が何であったか思い出せるであろうか？　理事長がかつての議事録を出してきて事態を救う。

2／22／90。**3Rの天井**　3Rの天井が落下寸前とポールが宣言。共同所有者たちの顔に驚きと不安の表情が浮かぶ。ポールの妻、またの名を書記、が一同の不安を鎮めようと夫に誇張癖があることを指摘。何と言ってもこの男の生業は虚構の製作であり、想像世界に耽溺することが時としてもうひとつの、ひとまず現実世界と呼ぶほかない世界を彩色してしまう。3Rの天井が落下寸前ではないこと、落下が生じぬよう居住者がすでに適切な処理を施したことをここに明記する。漆喰業者、塗装業者に現状のわずかなたるみを修正させ……

3／28／90。**3Rの天井**　天井は事実落下寸前であった！　修復した塗装業者がポールの陰惨な予測を裏付けた。天井が居住者の頭上に落ちてくるのは時間の問題であった。

6／17／92。**水浸し**　地下室が水浸しになっている。水浸しを取り除くか地下室で鱒を飼うかだ、というロイドの鋭い見解に一同深く納得。修理代の見積もりは処置の種類によって一〇〇ドルから八五〇ドルまでの幅がある。高いより安い方がよいということで合意に達し、まずは安い方の排水管修理業者を試すことに。業者はロイドの友人、知人、少なくともロイドが知っている人物であり名をレイモンド・クリーンといい、業務内容を思えば信頼を招く名と言ってよく、そもそもミスター・クリーンはその名に鼓舞されて天職を選んだ可能性もあるのではないか。

10／15／92。**窓と犯罪**　窓取付け業者のジョーが幹事から預かった一〇〇ドルを持ち逃げし電話にも出ないとの告発が正式に表明される。ジョーはすでにアメリカを去った可能性も。また、シオとマーガリートからそもそも止め具が**直っていない**、一週間でふたたび不具合が発生したとの告発も。一〇〇ドルでどこまで逃げられるのか、をめぐって何人かが憶測。ホーボーケンまで探しに行く必要があるという意見も。

12／3／92。三丁目四五八番地の壁の内側、その夜は冷たく湿り、冬が迫ってきていた。会合は切ない思いとともに幕を閉じた。マーガリートが声に明らかな憧憬を込めてキプロスについて語る。かの異国の地にあっては気候も暖かで光はまばゆく服をバルコニーに干せば十分で乾く……これが我々の状況である。つねにどこかよそに、太陽が輝き洗濯物はたちどころに乾き窓取付け人もおらずメインテナンスもなく労働者の補償金もなく水浸しになった地下室もない地があるのだ……

1／14／93。**労働者の補償金**　共同所有アパートメント管理業務遂行中の傷害を補償すべきか否かが議題に。補償は、これを行なわない。タイプライターで指を傷めようが、アパートメントの仕事を執行中に電話のコードで首を絞められようが、会合においてワインを飲み過ぎて脚、腕、頭の骨が折れようがこれを運命と呼んで甘受するほかない。昔はみんなそうしていた。これによって約五〇ドル節約できるのであり、五〇ドルは五〇ドルであり五〇ドルなのだ。

20A　八番街三〇〇番地1－I　ブルックリン。六階建のアパートビルの一階裏手のワンルームで、窓からは通風孔と煉瓦の壁が見える。ルーヴル通りの女中部屋よりは広く、ヴァリック・ストリートの穴蔵の半分以下だがトイレとバスがあり、一方の壁には流し、レンジ、ミニバー冷蔵庫などキッチン設備が埋め込んであるがここは仕事部屋であって生活の（あるいは食事の）空間ではないから君はめったに使わない。机、椅子、金属の書棚、文書用キャビネット二つ。天井の真ん中から裸電球が一個垂れ、窓にはエアコンがあって君は朝ここに着くとまずこれを入れて（夏は**冷房**、冬は**ファン**）建物内の騒音をシャットアウトする。質素な環境だが、書くにあたって環境が重要だったことは一度もない。本を書くとき君が占める唯一の空間は鼻先の白いページであって、いま座っている部屋、これまで四十数年座ってきたさまざまな部屋は、ノートのページの上にペンを走らせるなか、あるいは書いたものをタイプライターで白い紙に写すなか、ほとんど見えなくなる。タイプライターは一九七四年にフランスから帰ってきて以来ずっと使っている、友人から中古を四十ドルで買ったオリンピアのポータブル型。半世紀以上前に西ドイツの工場で作られた過去の遺物はいまだ機能していたし、きっと君が死んだずっとあとも機能しつづけるだろう。仕事部屋の部屋番号はその象徴的ふさわしさで君を喜ばせた。1－I、一人の私《ワン・アイ》、塹壕のごとき部屋に一日七、八時間こもっている男、世界から切り離された物言わぬ男、来る日も来る日もひたすら机に向かって己の頭の中を探索している人間。

20B　ウィンダム・ロード　ヴァーモント州ウエストタウンゼンド。ウエストタウンゼンドの村の五キロ外を走る険しい山道のてっぺんに建つ、二階建の白い下見板張りの家（築一八〇〇年ころ）。一九八九年から九三年までの六月から八月。月千ドルという手ごろな家賃で、ニューヨークの熱帯並の暑さとアパートメントの窮屈さを脱して君たちはヴァーモント南部の丘陵地帯に逃れた。家の前には芝生の茂る四分の一エーカーの庭があり、そのすぐうしろに森が鬱蒼と何マイルも広がる。山道の反対側にもさらなる森。近くに小さな池、庭の端には離れ屋。台所の流しと、安物で年代物のストーブを別とすれば文明の利器と呼べるものは何もなかった。洗濯機、食器洗い機、テレビ、バスタブ、いっさいなし。電話は共同加入線、ラジオの受信状態はよいときでも不安定。家の外側はペンキを塗り直したばかりだが内側は崩壊しかけていて、床は反り、天井はたわみ、クローゼットやたんすには鼠が大挙して棲み、寝室の壁紙はしみだらけで見苦しく、家じゅう快適と言える家具はひとつもない――ベッドはどれもでこぼこで真ん中が凹み、椅子はぐらぐら、居間のカウチはクッションもなく詰め物も足りない。もうここには誰も住んでいなかった。すでに他界した前の持ち主は直接の相続者もいない老いた独身女性で、複数の友人の子供たちにこの家を遺贈したのだった。贈られたのはカリフォルニアからフロリダまでアメリカ各地に住む八人の男女で、ヴァーモントには一人もおらず、ニューイングランド全体でも一人もいない。八人ともばらばらに離れて住んでいたし、家に積極的に関わろうという気もなかったから、売る、改築する、取り壊すなどの同意にも至れず、地所の管理も地元の不動産業者に任せていた。最後の住人はここをマリファナ栽培場に変えた若い女で、荒くれのバイク集団を販売陣に起用してずいぶん繁盛していたが、現在は長い刑期を送っていた。女が逮捕されたあと家は二年ばかり住む者もなく、君と君の妻が一九八九年の春、一枚の外観写真（すごく綺麗だった）のみに基づいて借りると決めたとき、どういう事態が待ち受けているか君たちにはまるでわかっていなかった。たしかに、どこか人里離れたところがいい、山奥という言葉に尻込みしたりはしないと業者に言いはしたし、業者も業者で、最善の状態ではありませんよと釘は刺していたものの、二人ともまさか、いまにも倒れそうなあばら家が待っていようとは夢にも思っていなかった。最初の日の晩、こんなところでひと夏耐えられるだろうか、と口に出したことも君は覚えているが、君の妻は君よりも落着いてショックを吸収し、慌てちゃ駄目よ、逃げ出すと決める前に一週間様子を見ましょうよ、案外ここも悪くないって思うようになるかもしれないわよと君を諭した。翌朝、彼女は猛然と作業に取りかかった。家じゅうをごしごし洗い、漂白剤を使い、消毒液を撒《ま》き、空気の澱んだ部屋の窓を開けて風を通し、破れたカーテンや朽ちかけた毛布を捨て、黒ずんだストーブとオーブンを掃除し、ゴミを始末し台所の食器棚を整理し、箒で掃き、埃を払い、磨き、スカンジナビア人としての血を開拓者だった先祖の正義感と献身でたぎらせ、一方君はノートとタイプライターを抱えて庭の向こうの離れ屋に赴いた。もう少し最近に建てられたその山小屋風の建物はマリファナ女とバイカーの仲間たちによってゴミ捨て場に変えられていて、家具は壊れ、網戸は裂け、壁は落書きで埋まり、いかなる望みも救いも届かぬ場所となり果てていたが、君はこつこつ作業に勤《いそ》しんで、乱雑な室内を精一杯掃除し、壊れた物を捨て、ひびの入ったリノリウムの床を綺麗に洗った末、二、三日後には表側の部屋に据えた緑色の木のテーブルに陣取って小説の執筆に戻っていた。そうやって居場所を確保し、君の妻が不潔と混沌から救い出した家に腰を落着けてみると、ここに暮らすことを自分が満更でもないと思っていることを君は発見した。遍在する、変えようのない汚れとはじめ見えたものは、実のところ疲弊と老朽化にすぎず、曲がった床や落ちかけている天井も君は受け容れられるようになった。どのみち自分の家ではないのだからと、いろんな欠点も無視できるようになり、君は少しずつ、この場所が持つ多くの利点に目を向けるようになった——静かさ、ヴァーモントの空気の涼しさ（どんなに暖かい日でも朝はセーターが要る）、森をそぞろ歩く午後の散歩、庭を裸で飛びまわる君の娘の姿、君も君の妻も邪魔なしに執筆に専念できるのどかで孤立した環境。かくして君たちは毎年夏になるとここへ戻っていき、君の娘の二歳、三歳、四歳、五歳、六歳の誕生日をここで祝い、そのうちにこの家を買おうかとまで考えはじめた。大した額ではない。周囲数マイルにあるどの家よりもはるかに安いのだ。とはいえ、この廃墟を本格的に修繕する費用、すぐにも崩壊し息絶える運命から救出するのに要する出費を考えると、そんな企てに手を染める余裕はないことを君は悟った。それだけの金が出せるのであれば、三丁目の狭すぎる共同所有のアパートメントを出て、もっと広い住みかをニューヨークで探すべきなのだ。

21　パーク・スロープ某所　ブルックリン。一八九二年築、裏手に小さな庭のある四階建のブラウンストーン。四十六歳から現在まで。君の妻は一九七八年秋にミネソタを出てコロンビア大の英文科博士課程に入学した。コロンビアを選んだのはニューヨークに行きたかったからであり、ニューヨークに住みたかったからコーネルやミシガンから提示されたもっと多額の奨学金も断った。一九八一年二月に君と出会ったころには彼女はもうベテランのマンハッタン住民、筋金入りのマンハッタン人に、もはやほかのどこに住むことも考えられない人間になっていた。そんな彼女が君と運命を共にすることを選び、ブルックリンなる都会の僻地に身を落着けることになった。まあべつに不幸ではなかっただろうが、とにかくブルックリンなんてものは予定になかったのだ。二人で別の住みかを探すことに決めたいま、君は彼女に、君の行きたいところどこへでも僕は行くよと言った。べつにブルックリンに執着はないし、もし君がマンハッタンに戻りたいんだったら喜んで一緒にマンハッタンを探すよ、と。いいえ、このままブルックリンにいましょう、と彼女は一瞬も迷わずに、一瞬も迷う必要なしに答えた。彼女はマンハッタンに戻りたいと思わなかったばかりか、君たちがいまいる地域でこのまま暮らしたいと言ってくれたのだ。幸い、もうそのころには不動産市場も急落していて、かつて高すぎる値段で買ったアパートメントを安く売らねばならなかったものの、新たに買った家は何とか君たちの財力で届く範囲だった——というか、ごくわずかに届かないのだが辛い状況が長年続くことになるほど甚しく届かないのではなかった。見つけるまでには一年の粘り強い努力が必要だったし、契約を結んでから移り住めるようになるまで半年かかったが、とにかくそこは自分の家だった。家族みんなが住むのに十分広い家を、やっと手に入れたのだ。寝室も書斎も必要なだけあるし、持っている数千冊の本を棚に並べるだけの壁面もあるし、楽に息が吸える広さのキッチン、楽に息が吸える広さのバスルームがあり、訪ねてきた親戚や友人が泊まれるゲストルーム、陽気のいい日に酒を飲んだり食事したりできるデッキがキッチンの外にあってその下には小さな庭もあった。少しずつ、これまで十八年暮らしてきたなかで——その年月自体君がよそのどの場所で暮らした年月よりずっと長いし、よそで過ごした最長の年月より三倍長い——すべてのフロアのすべての部屋を隅々までこつこつ修理し、改善して、元はいささかむさ苦しい、くたびれた古家《ふるや》だった場所をピカピカの美しい場、中へ入っていくたびに嬉しい気持ちになれる場に変えてきた。十八年を経たいま、よその地域、よその街、よその国の家のことなどもうとっくに考えなくなっている。ここここそ君が住んでいるところであって、階段を歩いて昇り降りできなくなるまで暮らしつづけたいと思う場なのだ。いいや、それ以上だ——階段を這っても昇り降りできなくなるまで、そこから運び出されて墓に入れられる日まで暮らしたいと思う場。

生まれてから現在までの、二十一の定住所《パーマネント・アドレス》。もっとも、生涯でどれだけ頻繁に引越ししてきたかを考えると、「恒久的な《パーマネント》」という言葉はおよそ適当には思えない。むしろ、二十の中継地点を経た末に、恒久的となるかもしれないしならないかもしれないひとつの住所に至っているという感じ。けれども、たしかにそれら二十一の家やアパートに身を置いて、そこでガス代や電気代を払い、そこで選挙人名簿にも登録してきたとはいえ、君の体はめったに長いあいだ一か所にとどまってはいなかった。この国の地図を広げて数えてみると、五十州のうちこれまで四十州に足を踏み入れたことがわかる。ただ通り過ぎただけのこともあるが（たとえば一九七六年に鉄道で西海岸に旅した際ネブラスカを通り過ぎたとか）、たいていは数日、数週間、時には数か月滞在した。たとえばヴァーモント。あるいはカリフォルニアは半年暮らしただけでなく、母と義父が七〇年代前半にそこへ引越してから何度となく訪ねていった。ナンタケットにも二十五回だか二十七回だか、この島に家を持っている友人のところへ毎年夏に訪ねていき、毎回一週間は泊まっていったから合計すればおよそ六か月に達する。ミネソタには君の妻と何か月もとどまり、彼女の両親がノルウェーに行っているときなどは夏じゅう滞在したことも二度あったし、八〇年代、九〇年代、二〇〇〇年代を通して春や冬ごとに訪ねたのは五十回くらいあるだろうから人生全体で一年はミネソタにいたことになるし、十代のころからはじまってボストンにも頻繁に出かけ、一九八五年と九九年に南西部を長期間回ったし、一九七〇年に商船員としてタンカーに乗ったときはテキサスとフロリダ湾岸のさまざまな港に寄港し、作家として招かれてフィラデルフィア、シンシナティ、アナーバー、ボウリング・グリーン、ダーラム、イリノイ州ノーマル等々に行き、NPR（全米公共ラジオ）でナショナル・ストーリー・プロジェクトをやっていたあいだはアムトラックに乗ってワシントンDCに通い、八歳、十歳のときはニューハンプシャーで合計四か月のサマーキャンプを過ごし、メイン州にも三度長期滞在して（一九六七、八三、九九年）、一九八六年から九〇年にかけてプリンストンで教えた際に毎週ニュージャージーに戻っていったことも忘れてはならない。家から離れて過ごした日は何日あったか、自分のベッドでないベッドで眠った夜は何夜あったか？　アメリカのみならず、外国でも――地図帳を世界地図のページに開けばアフリカと南極以外の全大陸に行ったことがわかるし、フランスに住んだ三年半（そこでも一時的な「定住所」をいくつか持った）は除外しても外国行きは頻繁にあったし時にはかなり長かった。フランスには住んだ時期の前にもあとにもたびたび行っていて全部足せばさらに一年が加わるし、ポルトガルには五か月（大半は二〇〇六年、君の最後の映画を撮影したとき）、イギリスに四か月（イングランド、スコットランド、ウェールズ）、カナダ三か月、イタリア三か月、スペイン二か月、アイルランド二か月、ドイツ一月半、メキシコ一月半、ベキーア島（グレナディン諸島）一月半、ノルウェー一か月、イスラエル一か月、日本三週間、オランダ二週半、デンマーク二週間、スウェーデン二週間、オーストラリア二週間、ブラジル九日、アルゼンチン八日、グアドループ島一週間、ベルギー一週間、チェコ六日、アイスランド五日、ポーランド四日、オーストリア二日。これらの場所へ行くのに要した時間を合計してみたいものだが（何日、何週間、何か月か）、どこから始めたらいいか見当もつかない。アメリカ国内を何回移動したかはとうに数えられなくなっているし、何回アメリカを出て外国へ行ったのかもまったくわからないから、人生全体で何千時間が移動に費やされたかを割り出すための正確な回数など——いや、概数さえも——知りようがない。ここからそこへ行って帰ってくるために、飛行機やバスや列車や自動車の中に座ることに使った山のような時間、時差ボケと空しく戦った時間、フライトがアナウンスされるのを空港で待つ退屈、円形コンベヤーの周りに立って荷物がシュートを転げ落ちてくるのを待つ底なしの単調さ。けれど君が何より心乱されるのは、飛行機に乗ることそれ自体だ。機内に乗り込むたびに君を包む、どこにもいないという不思議な感覚。時速八百キロで空間を運ばれていくことの非現実感。地面からあまりに離れているので、自分自身の現実性まで失われてくる気がする。あたかも自分が存在するという事実が、体から排出されていくように感じられるのだ。とはいえそれが家を離れる上で払う代価である。移動を続けるかぎり、家というここ《ヒア》とどこかよその場所というそこ《ゼア》のあいだに広がるどこでもないところ《ノーホエア》も、やはり君が住む場のひとつでありつづけるだろう。

君は自分が誰なのかを知りたく思う。導きとなるものはほとんど何もないから、自分が長大な、歴史以前から続く移住の産物、無数の征服、強姦、誘拐の産物だという前提に君は立つ。先祖たちがいくつもの領地や王国にまたがって長く錯綜した軌跡を描いてきたという前提に君は立つ。結局のところ、移動をくり返してきたのは君だけではない。いろんな部族の人間たちが数万年にわたって地上を動いてきたのであり、誰が誰を生んでそれが誰を生んでそれが誰を生んでそれが誰を生んでそれが誰を生んでついには君の両親が一九四七年に君を生むに至ったのか、誰にもわかりはしない。君がさかのぼれるのは祖父母の世代までであり、あとは母方の曾祖父母世代に関してわずかな情報があるだけだ。それ以前に生きたいくつもの世代は単なる空白であり推測とあてずっぽうから成る虚無である。祖父母は四人とも東ヨーロッパのユダヤ人で、父方の二人は一八七〇年代後半にガリシアの都市スタニスラフで生まれた。ガリシアは当時オーストリア＝ハンガリー帝国の一部を成す後進地帯だったが、第一次世界大戦後はポーランドの一部となり、第二次大戦後はソ連の一部となり、冷戦終結後の現在はウクライナの一部である。一方母方の祖父母は一八九三年と九五年に生まれ、祖母はミンスクで、祖父はトロントで——一家がワルシャワから移住してきた一年後に——生まれた。君の祖母は二人とも赤毛だったが、そこから生まれた大勢の子孫の身体的特徴はおよそ種々雑多で、黒髪から金髪、茶色い肌から青白いそばかす混じりの肌、カールやウェーブのある毛からカールやウェーブのない毛、脚は太く指もずんぐりした頑丈な百姓の体からそれとはまるで違うしなやかでほっそりした体形まである。東ヨーロッパの遺伝子プール、ということになるのだろうが、それら名もない無数の幽霊がロシア、ポーランド、オーストリア＝ハンガリー帝国の諸都市に来る前はいったいどこをさまよっていたことか？　それを考えずに、君の妹がアジア人の赤ん坊にしか生じないはずの青い蒙古斑を持って生まれた事実をどう説明できるのか？　あるいはまた、茶色っぽい肌とウェーブがかかった髪と灰色がかった緑の目を持って生まれた君自身が、年じゅうエスニシティを間違えられ、知らない人たちから君はどう見てもイタリア人だ、ギリシャ人だ、スペイン人、レバノン人、エジプト人、さらにはパキスタン人だと言われてきた事実はどう説明するのか？　自分がどこから来たのかはまったくわからないのだから、君はもうずっと前に、僕は東半球のあらゆる人種の複合物であって、アフリカアラブ中国インドコーカサスが混じった、一個の肉体の中で無数の文明が相対立するるつぼなのだ、と想定することに決めた。これは何よりもまず倫理上の選択である。人種という、君に言わせれば偽物でしかない問題を除去する方便である。そんな問題に拘泥するのは自分を貶めることにしかならない。ゆえに君は、自覚的に、あらゆる人間であることに決めた。最大限に、この上なく自由に自分であるために、自分の中のすべての人間を抱擁することに決めた。君が誰なのかは神秘であり、その神秘が解決される望みは決してないのだから。

君の誕生日は来て、過ぎた。これで六十四歳、高齢者の身分にじわじわ近づいてきている、メディケアと社会保障の恩恵を受ける日々、いなくなった友人たちがどんどん増えていく日々に。

すでにずいぶん多くがいなくなったが、これから洪水が来たら、こんなものでは済むまい。有難いことに、誕生日は何ら事件も騒動もなく過ぎ、君は落着きを失わず一日を切り抜けた。ブルックリンでの、友人たちとのささやかなディナー。いまや自分がたどり着いた、あり得ない年齢のことはほとんど考えなかった。二月三日、君の母親の誕生日のすぐ次の日である。君の母は二十二歳になった日の朝、予定より十九日早く陣痛がはじまったのだった。薬漬けになった母の体から、医者が鉗子《かんし》で君を引っぱり出したときは真夜中を二十分過ぎていた。言いかえれば、母の誕生日が終わってから半時間足らず。だから君たちはいつも一緒に誕生日を祝った。そして母が亡くなってほぼ九年経ったいまも、時計の針が二月二日から三日に変わるたび、君はかならず母のことを考える。六十四年前のその夜、君は何と思いがけないプレゼントだったことだろう。君の母の誕生日に贈られた男の赤ん坊、彼女の誕生を祝うもうひとつの誕生。

二〇〇二年五月。土曜日、電話で母と長い、上機嫌の会話。終わると君は妻に向かって、「こんなに明るい母さんは何年ぶりかなあ」と言う。日曜日、君の妻はミネソタに発つ。彼女の父親の八十歳の誕生日を祝う盛大なパーティが今度の週末に予定されていて、その準備で母親を手伝いにノースフィールドに行くのだ。君は学校がある十四歳の娘と一緒にニューヨークに残るが、君たち二人もむろんパーティに出るためミネソタへ行くつもりであり、金曜日の飛行機が取ってある。君は当日に備えて、義父に敬意を表したユーモラスな、調子よく韻を踏む詩をすでに書いた。いまの君はもう、そういう詩しか書かない。誕生日、結婚式、その他家族の集まりのための軽い戯歌《ざれうた》だけ。月曜日は来て、過ぎ、その日に起きたことはすべて記憶から消えた。火曜日、君は数年前からニューヨークに住んでいる二十代半ばのフランス人女性と午後一時に待ちあわせている。この女性はフランスの出版社に雇われてニューヨークのガイドブックを書くことになり、君は彼女が気に入っているし有望な書き手だと思うので、ニューヨークについて話を聞かせてほしいと頼まれて引き受けたのだ。自分の話が本の足しになるかどうかは疑わしいが、まあとにかく会って話すのは構わない。正午、君は顔にシェービングクリームを塗って浴室の鏡の前に立ち、インタビューに備えていまにも剃刀を手にとろうとしている。と、ほおひげ一本剃る間もなく、電話が鳴る。君が電話に出ようと寝室に入り、シェービングクリームがつかぬようぎこちない持ち方で受話器をとると、電話の向こう側の声がしくしく泣いている。電話してきた人物は深い悲しみに暮れていて、君は徐々に、それがデビーであることを理解する。週一回君の母親のアパートメントを掃除してくれて、ときどき母に用事があると車に乗せてくれたりもする若い女性だ。そのデビーがいま君に言っているのは、預かった鍵を使ってついさっきアパートメントに入ったら君の母親がベッドの上にいた、ベッドの上に君の母親の死体があった、君の死んだ母親の体があったということだ。その知らせが頭に沈み込んでいくにつれ、内臓が空っぽになっていく思いがする。ぼうっとうつろな気持ちで、考えることもできない。いまこんなことが起きるなんて夢にも思っていなかったものの（「こんなに明るい母さんは何年ぶりかなあ」）、デビーがいま言っていることに君は驚いてはいない。度肝を抜かれてもいないしショックを受けてもいないし、動揺すらしていない。お前、どうなってるんだ？　と君は自分に問う。母親がたったいま死んだというのに、木偶《でく》の坊になり果てたのか？　そこで待っていてくれ、いますぐ行くからと君はデビーに言い（ニュージャージー州ヴェローナ——モントクレアの隣町だ）、一時間半後にはもう母親のアパートメントにいて、ベッドの上の彼女の死体を見ている。過去に死体は何度か見てきたから、死者に固有の生気のなさ、もはや生きていない体を包む非人間的な静けさには覚えがあるが、それらはどれも君の母親の死体ではなかった。どの死体も君自身の生が始まった体ではなかったのだ。だから君はいま、ほんの何秒かしか見ていられず、顔をそむけてしまう。その肌の青っぽい白さ、何も見ていないなかば閉じた目、ナイトガウンとバスローブにくるまって寝具の上に横たわるもはや火の消えた自己。新聞の日曜版が周りに散らばって、むき出しの片脚はベッドの側面から力なく垂れ、一点の白いよだれが口の端に固まっている。君は母を見ることができない。君は母を見ようとしない。母を見ることに君は耐えられない。救急隊員が彼女を黒い遺体袋に入れてストレッチャーに乗せて出ていったあとも、君はまだ何も感じない。涙もなく、苦悶の絶叫も悲しみもなく、ぞっとする心持ちが漠然と内に広がっていくだけだ。

ここには母の従妹《いとこ》のレジーナが一緒にいる。レジーナは君の母より五、六歳若い、君の祖父のただ一人の兄弟の娘で、近くのグレン・リッジの自宅から手伝いにきてくれたのだ。父母両方の親戚のなかで君が親しみを感じる数少ない一人であり、若きボヘミアンだった五〇年代初頭にブルックリンを逃れてグレニッチビレッジに移り住んだ芸術家で、亡くなった夫も芸術家だった。そんな彼女が、もう大人になった娘アンナと二人で一日ずっと一緒にいてくれて、母の持ち物や書類を君が整理するのを手伝ってくれる。遺書も残さなければ、死んだ際の望み（埋葬か火葬か、葬式はやるかやらないか）もいっさい言っていなかった母に関し君が一つひとつ決断を下す上で相談に乗ってくれるし、当面すぐやらないといけない仕事のリストを一緒になって作ってくれる。その晩、レストランで食事したあと二人は君を自分たちの家に連れていって、今夜はここで寝ていきなさいと言って客用寝室に案内してくれる。君の娘はパーク・スロープの友だちの家に泊めてもらっているし、妻は両親と一緒にミネソタにいる。夕食のあとに電話で妻と長い時間話したあと、君は眠れない。夜の友にスコッチを一壜買ってあるので、一階の空いている部屋に降りていって午前三時か四時まで過ごし、オーバンのボトルを半分開けながら母のことを考えようとするが、頭はまだ麻痺していて大したことは何も考えられない。散りぢりの思い、どうでもいい思いが湧いてくるだけで、泣きたいという衝動、悲しみと哀惜の念をさらけ出して母を悼みたいという衝動はまだ湧いてこない。あるいは君は、もしガードを解いてしまったら自分がどうなるかが怖いのかもしれない。いったん自分に泣くことを許したら止まらなくなるのが怖いのかもしれない。痛みがあまりに大きくなって、自分がバラバラになってしまうのではないか。自分のコントロールを失う危険を冒すわけには行かないから、君は痛みを手放さず、呑みこみ、胸の内に埋《うず》める。妻がいなくて君は寂しい。結婚して以来、彼女がいないのがこんなに寂しかったのは初めてだ。君のことをよくわかっていて、こういうときに訊いてほしいことを訊いてくれる人間は彼女一人、君自身をめぐるしばしば君自身にも見えていないことを打ちあけるよう君をせっついてくれる確信と理解力があるのは彼女一人なのだ。こんなふうに、午前三時にウィスキーの壜相手に暗くなった部屋にいる代わりに、彼女と二人でベッドに入っていられたらどんなにいいだろう。

翌朝、レジーナとアンナは相変わらず君を支えてくれて、眼前の仕事一つひとつに手を貸してくれる。斎場に行って骨壺を選び（君は妻、母の姉、レジーナとも相談して、全員一致で火葬、葬式はなし、夏が過ぎてから追悼の会ということに決めた）。いろんなものを売ったり外したり手放したりするために、不動産屋、自動車ディーラー、家具屋、ケーブルTVサービス等々に電話をかけまくる。そうやって丸一日、無の荒涼たる毒気に浸った末、レジーナたちは君を車でブルックリンの自宅まで送ってくれる。君たち三人に君の娘も加わって四人でテイクアウトのディナーを食べ、君の命を救ってくれたレジーナに君は礼を言い（君はまさにそういう言い方をした――本当に、彼女がいなかったらどうなっていたことか）、ひとたび彼女たちが帰ると、君はしばらく起きていて娘とお喋りするが、やがて娘も寝室に上がってしまう。こうしてまた一人になると、またも君は眠りの誘いに抗う。二晩目も一晩目のくり返しであり、暗くなった部屋に、同じスコッチの壜を前に一人でいて、今回は壜を空にするが、それでも涙は出てこないし、まとまった思いも、もうこれで切り上げて寝床に入ろうという気持ちも湧いてこない。何時間も経って、やっとのことで疲労が君を打ち負かす。五時半にベッドに倒れ込んだときには、外はもう夜が明けかけ鳥たちが歌いはじめている。いまは忘却が唯一の薬だとわかっているから、君はなるべく長時間、できれば十時間、十二時間眠る気でいる。

ところが八時を回って、寝ついてからおよそ二時間半経ったあたりの、酔った者だけに可能な深い愚鈍な眠りを貪っている最中に、電話が鳴る。もし電話が部屋の反対側にあったなら、ベルが君に聞こえたかどうかも怪しいものだ。だが電話は君の枕許のナイトスタンドにあって、頭部から三十センチ、右耳からは二十五センチの距離にあって、何回かベルが鳴ったあと（何回鳴ったかは知る由もない）、君の目がひとりでに開く。意識がまだ完全に醒めていない最初の数秒間、自分が人生最悪の気分であること、自分の肉体がもはやこれまで自分の肉体と呼び慣れてきたものではないことを君は理解する。この新しい、異質な肉体的自己は、百の木槌によって叩かれ、馬たちによって岩とサボテンの不毛な地を百マイル引きずり回され、百トンの杭打ち機によって粉々に砕かれてしまったのだ。血流にはアルコールがすっかり飽和し、それが毛穴から出てくるのが臭《にお》いでわかるほどだし、部屋全体に口臭とウィスキーの不快な、毒々しい、おぞましい臭いが充満している。もし君にいま何か望みがあるとすれば、何かひとつ願いが叶うとすれば、たとえそれと引き換えに人生を十年分捨てることになるとしても、ただ単にふたたび目を閉じて眠りに戻りたいと君は思う。にもかかわらず、自分でも絶対理解できないであろう理由ゆえに（習慣の力？　義務感？　妻からだという確信？）、君は体を転がし、片腕をのばして、受話器を手にとる。相手は君の父方の従姉《いとこ》である。君より十歳年上の女性で、口うるさい、道徳の守り神を自任する、君が誰よりも話したくない人物だ。だが電話に出たからには、切ってしまうわけにも行かない。相手はべらべらべらべらべらべら、君が一言をはさむ隙もない勢いで喋り、割って入ってさっさと会話を終わらせることもできない。いったいどうやったら、こんなに速く喋りまくれるのか？　喋っているあいだは息をしなくていいよう、一息で何段落もの言葉を吐き出せるよう訓練でもしたのか。句読点もいっさいなく、時おり止まって空気を吸い込む必要もなく、えんえん言葉が垂れ流される。きっと巨大な肺なんだろうな、世界一大きな肺にちがいない、と君は思う。すさまじいスタミナ、すべての話題に関して最後の裁きを下さねば気が済まない性分。

君とこの従姉は、過去にも無数の闘争をくり広げてきた。最初の闘いは、一九八二年に『孤独の発明』を出版したときに起きた。彼女から見ればそれはオースター家の秘密（一九一九年に君の祖母が君の祖父を殺したこと）の暴露以外の何ものでもなく、以後君は一族ののけ者となった――君の母親が、父親と離婚したことでのけ者になったのと同じように（葬式をしないことに君が決めたのも、一族の中の何人かを招かないといけない事態を避けるためだった）。と同時に、この従姉は馬鹿ではない。大学も最優等で卒業し、精神分析医として患者もたくさん抱えて繁盛している、開放的で精力あふれる人物である。何人の友人が君の小説を読んでいるかを会うたびに知らせてくれるし、二十年前君の本に対し悪意ある言葉を噴出させたダメージを帳消しにしようと彼女としてもそれなりに努力してきた。けれども、いま口では君のことを褒めても、彼女の内にはなお、ある種の敵意、怨恨のようなものが根深く残っていて、友好的に歩みよってくる姿勢の中にいまだそれがひそんでいる。これは白か黒かに決まるものではない。君たちのあいだの関係はおよそ一筋縄では行かない。それに彼女は健康を害していて、しばらく前から癌の治療を受けており、君としても彼女に同情せずにいられないし、わざわざ電話をしてきたことでもあるから、できるだけいい方に解釈して、ここはこの形ばかりの会話をつかのまやらせておいて、あとはまた体を転がして眠りに戻ればいいと君は考える。そして彼女もまずは、いかにも適切な言葉をひととおり口にする。本当に突然の、思いがけない出来事だったでしょうね、妹さんも大変よねえ、統合失調症を抱えて、お母さんがいなくなってこれからどうするかしら？

君はそこまで聞いて、もう十分だと思う。善意と同情の表明はこれでたくさんだ、もう一、二センテンス聞いたら電話を切ればいい。何しろ君の目はもう閉じかけていて、君は心底疲れきっているから、あと数秒で彼女が喋るのをやめてくれさえすれば、きっと難なく寝入ってそのまま深い深い眠りに落ちていくだろう。だが君の従姉は、まだ話を始めたばかりだ。いわば腕まくりして両手にペッと唾を吐いたところなのだ。その後の五分間、君の母親をめぐるずっと昔の記憶を彼女は語る。彼女が九つの女の子だったときに、まだ二十か二十一だった君の母親に初めて会って、一族にこんな綺麗な、活発で元気一杯の叔母さんが加わったのがすごく嬉しかったと彼女は語り、話を遮るだけの元気もないので君は聞きつづけ、やがて彼女はまったく別の話題に移る。どうやってそこに移ったのかわからないが、とにかく突然、君の喫煙について彼女の声が語りかけているのを君は聞き、お願いだから禁煙してほしい、きっぱりやめてほしい、でないと病気になって死んでしまうから、無残に早死にしてしまうから、そうやって死ぬことになったらきっとああこんなに軽率に自分を殺してしまったなんてと後悔するだろうから、と彼女が言うのを君は聞く。この時点で相手は九分か十分喋りつづけていて、これはもう眠りに戻れないのではないかと君は心配になってくる。彼女が喋れば喋るほど、覚醒の側に引き寄せられていくのを君は感じるのだ。いったん一線を越えてしまったら、もう引き返せない。いまの状態、血液中にアルコールがこんなに残っている状態で、二時間半の睡眠時間ではとてもやって行けない。丸一日、君は使い物にならないだろう。けれども、電話を切ってしまいたい気持ちは募ってくるものの、それを実行する意志の力も君は見出せない。それから、猛攻が始まる。受話器をとった瞬間から覚悟してしかるべきだった言葉の大砲が立てつづけに発射される。思いやりある言葉と、強い心配を装った警告だけで済むなどと、どうして君はそんな呑気なことを考えたのか？　まだ君の母親の人格の話が残っているのだ。たとえ彼女の遺体がほんの二日前に発見されたのであっても、ニュージャージーの火葬場で遺体がまさに今日の午後灰にされる予定であっても、それで母をとっちめるのをやめる君の従姉ではない。君の母が君の父の許を去って三十八年経ったいま、一族はもう、君の母に対する不満不平をしっかり成文化していて、いまではそれが古代史の一部と化し、昔の陰口は動かぬ事実となっている。ここで最後にもう一度、彼女の愚行を列挙しない手があろうか？　その愚行に相応の場へと旅立つ彼女に、しかるべきはなむけの言葉を送らぬ手があろうか？　満足ということを知らない人だったわ、と従姉は言う。いつも何か別のものを探していて、あんなに移り気じゃ自分のためにならないわよねえ、とにかく男の気を惹くために生きてる人だったわ、セックス狂いで、淫乱で、相手構わず寝て、妻としては失格だったわね——ほかにはいいところもたくさんあったのにあれじゃあ残念だわ。君としても前々から、きっと母の元姻戚たちは母のことをそんなふうに言っているのだろうと察してはいたが、この朝まで、自分の耳でそれを聞いたことは一度もなかった。君は電話に向かって何かもごもごと呟き、もうこの従姉とは二度と話すまい、死ぬまで一言だって口を利くまいと誓いながら電話を切る。もはや眠ることは論外だ。君をほとんど人事不省の状態に叩きのめした超自然的な疲れにもかかわらず、もう君のなかであまりに多くがかき立てられてしまっていて、思考は無数の方向に飛び散り、アドレナリンがふたたび体内を駆けめぐり、君の目はもはや閉じようとしない。

もうこうなったら、寝床を出て一日を始めるしかない。君は一階に下りて、ポット一杯のコーヒーを淹れる。こんなに強いコーヒーは何年ぶりかというくらいの、最高に濃い、最高に黒いコーヒーを君は淹れる。巨人に適量の莫大なカフェインを体内にあふれさせれば、目覚めに近い状態、部分的な目覚めの状態に持っていけて、朝の残りから午後まで何とか夢遊歩行を続けられるのではないか。まず一カップ目をゆっくり飲む。ものすごく熱いから、ちびちび少しずつ飲まないといけない。が、そのうちにコーヒーも冷めてきて、二杯目は一杯目より速く飲めるし、三杯目は二杯目よりも速く、と飲むたびにその液体は空っぽの胃の中へ酸のようにはね落ちていく。カフェインが鼓動を速めているのが、神経を刺激して体を活気づかせるのがわかる。いまや君は目覚めている。すっかり目覚めているが疲れは残っている。消耗しきっているがいつも以上に覚醒し、頭の中に、前にはなかったうなりのようなものがある。低いピッチの機械音、あたかも同調のずれた遠くのラジオから発しているようなブンブンキンキンという音。飲めば飲むほど、肉体が変わっていくのがわかる。自分が血と肉で出来ているという感覚がだんだん薄れてくる。何か金属的なものに、人間の生を模した錆びついたからくり人形に君は変わりつつある。電線とヒューズで組み立てられた、ランダムな電気パルスによって制御された巨大な回路に。そしていま、三杯目を飲み終えた君は、さらにもう一杯を注ぐ。結果的にこれが最後の、致命的な一杯となる。発作は内側と外側の両方からやって来る。突如周りの空気がぐいぐい、まるで何か見えない力が君を椅子の向こうへ貫通させ床に叩きつけようとしているみたいに押し寄せてくるのが感じられ、だが同時に頭の中には異様な軽さが生じ、頭蓋骨の壁がジャラジャラせわしく鳴り、その間ずっと外界はなおも君を圧迫して、体内は逆にいっそう空っぽに、いっそう暗く空っぽになっていき、君はいまにも卒倒しそうになる。やがて脈が速くなり、心臓が胸をつき破ろうとしているのが感じられ、次の瞬間、肺にはもはや空気がなくなって、君は息ができなくなる。そのときパニックが君を打ちのめし、体はシャットダウンして君は床に倒れ込む。仰向けに倒れた君は、血が血管を流れるのをやめるのを感じ、手足はじわじわセメントと化していく。そのとき君は吠え出す。君はいまや石で出来ている。ダイニングルームの床に転がった体は硬直し、口は開いて、君は動くことも考えることもできずに、恐怖の咆哮を上げながら、死の深く黒い海で自分の肉体が溺れるのを待つ。

君は泣けなかった。人がふつう悲しむやり方で悲しめなかった。そのため、君の肉体が崩れて、代わりに悲しんだのだ。パニックの到来に先立ったさまざまな付随的要因（妻の不在、アルコール、睡眠不足、従姉からの電話、コーヒー）がなかったら、発作は訪れずに終わったかもしれない。とはいえ、つきつめて考えれば、そうした要素は二義的でしかない。問題は、君の母の死の直後の数分、数時間になぜ君が自分を解き放てなかったのか、なぜ二日にわたって母を想って泣けなかったかだ。君は心のどこかで、彼女が死んだことをひそかに喜んでいたのだろうか？　暗い思いだ。あまりに暗い、心乱される、言葉にするのも恐ろしい思いだ。それが事実だという可能性を考えに入れる気はあっても、それが泣けなかった原因かは疑わしいと君は思う。君は父親が死んだときも泣かなかった。祖父母が亡くなったときも、一番好きだった従姉が乳癌のため三十八歳で亡くなったときも、あるいはまた、長年にわたって友人たちが一人また一人亡くなるたびにも君は泣かなかったのだ。十四歳のときに、君から三十センチと離れていないところで一人の少年が稲妻に打たれ、その後一時間、雨の降りしきる草地で君は死体の隣に座り込んで、彼が死んだのだということが理解できずにその体を温めよう蘇生させようと必死に頑張ったが、あのときですらそのおぞましい死は君から一滴の涙も引き出さなかった。映画を見ていて目頭が熱くなることもあるし、数えきれぬほど多くの本のページに涙をこぼしてもきたし、自分の身に大きな悲しみが訪れればやはり泣いたものだが、死は君を凍りつかせ、君をシャットダウンしてしまう。死は君からあらゆる感情を、情緒を、君自身の心とのつながりを奪う。そもそもの始めから、死に直面するたび君はそれこそ死のような無感覚に陥ってきたのであり、母の死に際しても同じだったのだ——少なくともしばらくのあいだは、最初の二日二晩のあいだは。だがやがてふたたび稲妻が襲ってきて、今回は君が焼き焦がされたのだ。

従姉に電話で言われたことは忘れろ。君はむろん彼女に腹を立てている。よりによってこんなときに泥を投げてくる卑劣さには唖然とさせられるし、その陰険さ、個人的に何の危害も加えられたことのない人物をここまで独善的に見下す態度には胸が悪くなる。が、君の母親が不義を働いたという彼女の非難は、君にとってもうすでに聞き慣れた話であって、その非難を肯定する証拠も否定する証拠もないとはいえ、君自身ずっと前から、父とまだ結婚していた時期に母が道を誤ったかもしれないと疑ってはきたのだ。従姉と電話で話したとき君は五十五歳で、それまでずっと、両親の不幸な結婚に思いをはせる時間はいくらでもあったし、実際、母が誰かほかの男（あるいは男たち）を相手に何らかの慰めを得ていたのならいいが、と望みさえしていた。だが確かなことは何ひとつなかったし、何かが変かもしれないと感じたのはただ一度、十二か十三だったころの一瞬だけだった。それが起きたとき、君はひたすら面喰らうばかりだった。ある日学校から帰ってきて、誰もいないものと思って家に入っていき、電話をかけようと受話器を手にとると、電話はすでにつながっていて、男の声が聞こえてきた。それは君の父親の声ではなく、声の主が言った言葉はさよなら《グッドバイ》という何の変哲もない一言にすぎなかったが、その口調にはこの上ない優しさがこもっていた。それから君の母親がさよならダーリンと答え、会話はそれで終わったのだった。どういう文脈なのか君には見当もつかず、相手の男の正体もわからなかったし、ほとんど何も聞きはしなかったわけだが、君はその後何日もこのことを気に病みつづけ、あまりに気になったのでついに意を決して母に直接訊いてみると、それまでいつも君には正直で何の隠し事もしないように思えたし質問にはかならず答えてくれた母が、今回は、今回だけは、何を聞いたか君が告げると顔に戸惑いの表情を浮かべ、あたかも不意をつかれたような様子を見せた。が、次の瞬間、母は声を上げて笑い、覚えてないわ、何のことかわからないわと言った。本当に覚えていない可能性は十分あるし、会話もべつに大した内容ではなく、あの親しみの表現も君が思ったような意味などなかったのかもしれないが、その日、君の頭の中に疑念の小さな萌芽が植えられたことは確かだった。その後の数週間、数か月で疑いはあっさり消えていったが、それから四、五年経って、お父さんと別れると母が宣言したとき、偶然耳にしたあの会話の最後の一言に君は思いをめぐらさずにいられなかった。あれは何か関係があったのだろうか？　いや、そうは思えなかった。君の両親は結婚したその日から決裂する運命にあったのであり、ダ、、ー、リ、ンと呼んだ男性と君の母が寝たか寝なかったか、男が一人いたのか数人いたのか一人もいなかったのかは、離婚には何の影響も及ぼさなかったのだ。徴候は原因とは違う。君の従姉が母に関しどれだけ醜悪な想像をめぐらせたところで、彼女だって何も知りはしない。従姉の電話が君のパニックの発作を後押ししたことは、かかってきたタイミング、状況を考えれば否定しようはない。が、その朝彼女が君に言ったこと自体は、もう聞き古した話だったのである。

一方、たまたま息子ではあったものの、君だってやはりほとんど何も知らない。欠落、沈黙、言い逃れはあまりに多く、長年にわたってあまりに多くの糸が失われてきたから、筋の通った物語を縫い上げるのはおよそ不可能だった。だとすれば、外側から母を語っても意味はない。語りうることがあるとすれば、それは内側から、君の内側から――君が体内に持ちつづけている記憶と認識の蓄積から――引き出さねばならない。その蓄積こそが、永久に完全には明らかにならないであろう理由ゆえに、ダイニングルームの床に倒れた君が息をしようと喘ぎながら自分はもう死ぬと確信するという事態をもたらしたのだ。

性急だった、早まった結婚。二つの相容れぬ魂同士の、衝動的な、新婚旅行が終わる前にもう力尽きてしまった結婚。ニューヨークに住む二十一歳の娘（ブルックリンに生まれ育ち、十六でマンハッタンに連れてこられた）と、ニューアークに住む、ウィスコンシンで人生を始め、七歳のときに君の祖母が自宅の台所で君の祖父を撃ち殺したことによって父なしの身でウィスコンシンを離れた三十四歳の独身男。花嫁は二人姉妹の妹で、本人も早まったミスマッチの結婚から生まれた子供であり（「あんたの父さん、さぞ素晴らしい人だろうねえ――あんな人じゃなかったら」）、高校を中退して仕事に就いた母は（いろいろな事務職、のちにカメラマン助手）、結婚前の恋愛やロマンスについて君にはあまり語らなかった。戦争で死んだボーイフレンドをめぐる漠然とした話、俳優のスティーヴ・コクランとのつかのまの情事をめぐるもっと漠然とした話はあったが、それだけだった。夜学の商業高校に通って高卒の学歴を得たものの、大学へは行かなかった。それは父親も同じで、まだ子供だったころから仕事の国の住人となり、十八で高校を卒業するとすぐに自活を始めた。これらは既知の事実である。君にも伝わっている、数少ない実証可能な情報群である。それから、見えない年月が始まる。君の人生の最初の三、四年、まったく思い出しようのない空白の時間。ゆえに、あとから母に聞かされたさまざまな話に頼るしかない。生後十六か月のときに君は扁桃腺炎で死にかけた（四十一度の熱が出て、もう神の御心次第です、と母は医者に言われた）。胃腸がしじゅう機嫌を損ね駄々をこねていて、何かに対するアレルギーか過敏症（小麦？　グルテン？）と診断され、その後二年半ほとんどバナナだけ食べて生きることを強いられた（そうやって記憶以前の時期にあまりに多くのバナナを摂取したせいで、君はいまでもバナナを見たり匂いを嗅いだりしただけで嫌悪を感じ、六十年間一度も食べたことがない）。一九五〇年にニューアークのデパートで飛び出ていた釘を引っかけて頬が裂けた。三歳のころに路上を走るすべての自動車のメーカー名と車種を言えた（君の母はそれを天才の萌芽と受けとった）。だが、何と言っても、これらの話を君に伝える際の、母親の楽しそうな様子。君が存在するという事実それ自体に母は歓喜しているように見えた。結婚生活がかくも不幸だったからこそ、母が慰めを求めて君に目を向けたこと、生活に欠けている意味と目的を得ようと君に頼ったことがいまの君にはわかる。母が不幸だったおかげで、君は恩恵を被ったのだ。君は愛された。誰よりも深く、掛け値なしに愛された。何よりもまずそのこと、ほかに何か言うべきことがあるとしてもまずはそのことだ。君の揺籃期、幼年期を通じて君の母は熱心で献身的な母親だったのであり、君という人間の中にいまどんな善があるにせよ、君がいまどんな力を有しているにせよ、それはすべて、自分が何者だったか思い出せる以前の時期が源となっているのだ。

いくつかの、遠い昔の光景。果てしなく広がる黒い海に浮かぶ、ごく小さな記憶の島たち。生まれたばかりの妹が両親と一緒に病院から帰ってくるのを君は待っている（三歳九か月）。母親の母親と一緒に君は居間にいて、ブラインドのすきまから外を見ていて、家の前にやっと車が停まるとぴょんぴょん跳ね上がる。母親によれば、君は熱意あふれる兄で、暮らしのただ中に入ってきた赤ん坊に嫉妬したりもしなかったというが、これは母がきわめて賢明に対処してくれたことが大きいと思える。妹に関して母は、君を閉め出すのではなく、母の助っ人に変えたのであり、おかげで君は、妹の世話に積極的に関与している気になれたのだ。何か月か経って、保育園に行ってみたいかと君は訊ねられた。一九五一年の当時、プリスクールはいまよりずっと珍しく、何のことかよくわからなかったので君はうんと言ったが、一日行ってみて、もうたくさんだと思った。ほかの子供たちと一緒に並ばされて、食料品店にいるふりをさせられたことを君は覚えている。何時間も待たされた気がした末にやっと自分の番が来ると、君はにせのお金の山をにせのレジの向こうに立っている誰かに渡し、その誰かが引き換えににせの食べ物を一袋君に渡した。保育園なんて馬鹿馬鹿しい、時間の無駄だと母に言うと、母も無理に説得しようとはしなかった。やがて一家でアーヴィング・アベニューの家に引越し、翌年の九月に幼稚園に通いはじめたときは、君ももうそういう所へ行く気になっていて、母親と離れて過ごすと思っても全然気後れしなかった。第一日目が始まる直前の混沌を君は覚えている。母親に別れを告げられてわめき、泣き叫ぶ子供たち。置き去りにされた苦悩の声が壁に反響するのをよそに、君は落着いて母に手を振り、みんなが何を騒いでいるのかさっぱりわからなかった。君はそこにいることが嬉しく、自分はもう大きいんだという気分だったのだ。君は五歳で、もはや母の軌道だけにとどまってはおらず、そこから離れつつあった。体も丈夫になったし、新しい友だちも出来たし、家の裏庭を自由に駆け回り、自立した人生が始動していた。もちろんまだおねしょはしたし、転んで膝をすりむけば相変わらず泣いたが、内なる対話はすでに始動していた。意識的な自我の領域に君は入り込んでいた。とはいえ、父親は毎日長時間働いていて、家にいると長い昼寝をすることも多く、家庭の一員としてはほとんど不在だったから、大事なことに関する権威と叡智の中心は依然として母親だった。寝かしつけてくれるのも、自転車の乗り方を教えてくれたのも、ピアノのレッスンを手助けしてくれたのも母だったし、君が悩みごとを打ちあける相手、海が荒れたとき君がしがみつく岩はやはり母だった。だが君は自分の精神を育みつつあったから、もはや母の口にする判断や意見に何から何まで囚われはしなかった。ピアノの練習が大嫌いで、外で友だちと一緒に遊んでいたかったので、ピアノをやめたい、野球の方が音楽よりずっと大事だと言うと、母はさして反論もせずに折れてくれた。それと、衣服の問題もあった。君はたいていTシャツとジーンズ（当時はダンガリーと言った）で駆け回っていたが、特別な場合（祭日、誕生日パーティ、ニューヨークの祖父母宅への訪問）にはちゃんと仕立てた服を母は君に着せようとし、六歳になるころには君はだんだんその手の服を恥じるようになっていて、とりわけ、ワイシャツに半ズボン、ハイソックスにサンダルという組み合わせは嫌で嫌で仕方なく、こんな格好馬鹿みたいだよ、僕はふつうのアメリカ人の男の子の格好がしたいんだと訴えると、母はやがて譲歩し、何を着るかについて君の意見も聞いてくれるようになった。けれど、このころには母もまた離れつつあった。君が六歳になって間もなく、母もまた仕事の国の住人となり、君は母の姿をだんだん見かけなくなった。そのことを悲しく思った記憶はない。とはいえ、かつての自分がどんな気持ちでいたか、どれだけわかるというのか？　頭に入れておくべきは、君はほとんど何も知らないということ、母の結婚生活の実情について、父を相手とする不幸の深さについてまったく何も知らないということだ。何年もあとになって、母は君に、カリフォルニアに引越しましょうよってお父さんを説得しようとしたのよ、お父さんはとにかく母親と兄たちに縛りつけられていたから、あの一族から離れないかぎり私たちに望みはないと思ったのよ、と打ちあけた。父がその提案を検討することすら拒むと、望みない結婚生活を忍ぶことに母は決めた。離婚を考えるには子供たちが小さすぎたから（五〇年代初頭のアメリカ中産階級の家庭では、ということだが）、母は別の解決策を見出した。彼女はまだ二十八歳だった。仕事がドアを開けてくれた。仕事が彼女を家の外に連れ出してくれて、自分の生活を築くチャンスを与えてくれたのである。

君としても、母が消えてしまったとまで言う気はない。単に前ほどはいなくなった、前よりずっといなくなったということであって、この時期の君の記憶が、少年時代のさまざまな営み（友だちと駆け回る、自転車を乗り回す、学校に行く、スポーツをやる、切手や野球カードを集める、漫画を読む）におおむね限定されるとしても、いくつかの場面で君の母親はあざやかに登場する。特に、君が八歳で、友だち十人ばかりと一緒になぜかカブスカウトに入ったときのこと。スカウトの集いがどれくらいの頻度だったかは思い出せないが、たぶん月一度、毎回違うメンバーの家で持ち回りで行なわれたのだと思う。三人か四人の、デン・マザーと呼ばれる女の人たちが交代で会を仕切って、そのデン・マザーの一人が君の母親だったのだ。ということはつまり、不動産販売の仕事は時おり午後の休みを取るくらいの余裕はあったということだろう。デン・マザーの、ネイビーブルーのユニフォームを着た母親の姿を目にするのがひどく嬉しかったことを君は覚えている（その突拍子もなさ、目新しさ）。そしてまた、彼女が男の子たちに一番人気のあるデン・マザーだったことも君は覚えている。君の母は母親みんなの中で一番若く、一番綺麗で、一番楽しませてくれて、一番リラックスしていて、何の苦もなく少年たちの気持ちを引きつけることができたのだ。彼女がてきぱきと仕切った二度の集いを君は思い出すことができる。一度は、木の収納箱を組み立てる集まり（何のためにそんなものを作ったのかもう忘れてしまったが、とにかくみんな一生懸命作業に励んだ）。それから、年度の終わり近く、気候も暖かくなって、もうみんなスカウトのルールやら規則やらに飽きあきしていたころ、アーヴィング・アベニューにあった君の家で、最後だったか、最後から二番目だったかの会合が開かれ、もう誰もミニチュアの兵隊を演じるような気分ではなかったから、君の母親に、みんな今日は何をしたい？ と訊かれて、誰もが異口同音野球と答え、全員で裏庭に出て、二チームに分かれたのだった。全部でせいぜい十二人くらいしかいなくて、メンバーが足りなかったから、君の母も仲間に入ることにした。君はものすごく嬉しかったけれど、母親がバットを振る姿なんて見たこともなかったから、どうせ空振りの三振に終わるものとしか思っていなかった。二イニング目、打順が回ってきた彼女の打ったボールがレフトのはるか頭上を越えたとき、君はもう嬉しいを通り越して、ただただ唖然としていた。デン・マザーのユニフォームを着た母親がベースを一周し、ホームに帰ってくる姿がいまも目に浮かぶ。母は息を切らして、ニコニコ笑い、少年たちの喝采を一身に浴びている。君の少年時代の母をめぐって持ちつづけているすべての記憶の中で、いまも一番頻繁によみがえってくるのがこの瞬間だ。

彼女はたぶん美人では、古典的な意味での美人ではなかった。けれど、部屋に入ってくると男たちが思わず見とれるような魅力、華やかさは十分にあった。純粋な意味での端麗さ、実際に映画スターであるかどうかは別としてある種の女性が有している映画スター的端麗さはなくても、彼女はそれを、特に若い時期、二十代後半から四十代前半あたりまでは、華麗なオーラを発散させることで補っていた。身のこなし、姿勢、エレガンスの神秘的な組み合わせ、着ている人間の官能性をほのめかしはしても過度に強調はしない衣服、香水、化粧、アクセサリー、スタイリッシュにセットした髪、そして何よりもその目の悪戯っぽい表情で補っていた。率直そうで、と同時に慎ましげなその表情には自信というものがみなぎっていて、世界一の美女ではなくてもあたかもそうであるかのように彼女はふるまった。そういうことをやってのけられる女性は、男たちをふり向かせることができる。だからこそ君の父方の陰気な御婦人たちは、彼女が一族を離れたあと露骨に敵意を示したのだろう。もちろん当時は困難な年月だった。延びのびになっている、だがいずれ訪れるほかない君の父との破局が訪れるまでの年月、さよならダーリンの日々。君が十歳のときのある晩、母は家の車をめちゃくちゃに壊した。翌朝早くに帰ってきた母の、あざだらけで血のついた顔がいまも目に浮かぶ。その後もずっと、事故のことを詳しく話してはもらえず、真実とはほとんど無関係に思えるごく当り障りのない説明しか聞かされなかったが、たぶんアルコールが絡んでいたのではないかと君は思っている。あのころつかのま、母が飲みすぎていた時期があったのだ。アルコール中毒者の更生会に入ったこともあとで匂わせていたし、それに、その後彼女は生涯一滴の酒も飲まなかった。カクテル一杯、シャンパン一杯、ビール一口さえ口にしなかった。

彼女という人間は三人いた。たがいにつながっていないように思える、三人別々の女性。君自身年をとって、母を違った目で、単に自分の母親というにとどまらない人物として見るようになると、その日に彼女がどの面をかぶっているのか、見当がついたためしがなかった。一方の端にはプリマドンナが、華麗に着飾って世の人々を魅了する女性がいる。鈍感な、心ここにあらずの夫を持ち、他人の目が自分に注がれることを欲し、伝統的な主婦の役割に押し込められることを拒む――拒むようになった――若い女性。真ん中には、そしてここが断然一番大きなスペースだったわけだが、堅実で責任感ある存在、聡明で思いやりある人物がいた。君が幼いうちは君の世話をしてくれた、やがて仕事に出るようになりその後長年にわたって小さな事業をいくつも経営するに至った女性。ジョークも抜群に上手で、クロスワードパズルも大得意な、地にしっかり足のついた、有能で気前がよく、周囲の世界をきちんと見ている、政治に関しては一貫してリベラル、いろんな事柄に関し賢明な忠告を与えてくれる人物。そしてもう一方の端、一番極端な方に、怯えた、気弱になった神経症的人物がいた。激しい不安の発作に苛まれる、無力な、年が進むにつれてその無力ぶりも募っていった恐怖症患者。若いころから高所恐怖はあったが、それがやがて多様な形の硬直状態へと発展していった。エスカレータが怖い、飛行機が怖い、エレベータが怖い、車を運転するのが怖い、上の方の階で窓のそばに行くのが怖い、一人になるのが怖い、開《ひら》けた空間が怖い、どこを歩くのも怖い（バランスを失うのが心配、卒倒するのが心配）。そして、前々からつきまとっていた心気症が、やがて恐怖の頂点へ達することになった。すなわち、死ぬのが怖い。そしてそれはおそらく、生きるのが怖い、と言うのと変わらないのだろう。幼かったころ、君はこうした面にはいっさい気がつかなかった。彼女は君の目には完璧に見えたし、六歳のときにたまたま彼女の初めての眩暈《めまい》の発作を目撃したときも（二人で自由の女神像の内部の階段をのぼっていた最中）、君は少しも動揺しなかった。彼女は優れた、良心的な母親だったから、階段を降りることをゲームに仕立てて、恐怖を君から隠したのだ——一緒に階段に座り込んで、一度に一段ずつ、段にお尻をべったりつけて、ケラケラ笑いながら地上まで降りていく。年をとると、もはや笑いはなくなった。頭の中で虚無がくるくる回り、腹がぎゅっと縮み、冷や汗が流れ、見えない一対の手が喉を締めつけるばかりになった。

二度目の結婚は大成功だった。それは誰もが憧れる結婚だった——そうでなくなるまでは。母がとても幸せそうで、見るからに夫を愛しているのを見て君は嬉しかったし、新しい夫のことも迷わず好きになった。彼が君の母を愛していて、あらゆる面で——母はさまざまな面で愛される必要があると君には思えたが、そのすべての面で——彼女を愛するすべを心得ているからでもあったが、加えて自身も立派な人物だった。鋭敏な精神と、度量の広い心を持った労務関係の弁護士で、人生とがっちり向きあい、夕食の席では古い規範を笑い飛ばし、自分の過去をめぐる爆笑話を語り、君のこともすぐに、義理の息子というより一種の弟として受け入れてくれた。君たちは親しい、揺るがぬ友人同士となり、全体としてこの結婚は君の母の身に起きた最良の出来事に思えた。これでやっと母もすべてうまく行くと君は思った。何と言っても彼女はまだ四十にもなっていなかったし、彼は二つ年下だったから、二人が末永く一緒に暮らして、たがいの腕の中で死んでいくものと君が期待したのにも十分根拠はあったのだ。だが、君の義父の健康状態は思わしくなかった。逞しく、元気一杯に見えても、生まれつき心臓に欠陥があって、三十代前半に最初の心臓発作を経験していたし、結婚しておよそ一年後に二度目の大きな発作が訪れ、それ以降、夫婦生活には不吉な影がさすことになり、二年ほどして三度目の発作が訪れると事態はさらに悪化した。君の母は終始、夫を失う恐怖に怯えながら生きるようになった。その恐怖が、だんだん彼女の安定を奪っていくのを君は目のあたりにした。これまでずっとどうにか隠してきたさまざまな弱さが膨らんでいって、二人で暮らした最後の年月、恐怖症的な側面が全面的に開花した。夫が五十四歳で亡くなると、母はもはや再婚したときの母ではなかった。カリフォルニア州パロアルトでの夜の、母の最後の英雄的抵抗を君は覚えている。スタンフォード医療センターの集中治療ユニットに君の義父が横たわり、実験的な心臓病治療を受けているあいだ、彼女は君と君の妻を聞き手にノンストップでジョークを飛ばしまくったのだ。もうほぼ見込みはないと見なされた病状の、最後の、捨て鉢の治療。致死の病を抱えた君の義父はものすごく多くのケーブルや機械につながっていて、部屋はSF映画のセットのように見えた。入っていって、そこにいる彼の姿を見た君は愕然とし、ひどく打ちひしがれて、我知らず涙をこらえていた。一九八一年の夏のことで、君と君の妻は知りあって半年が経っていて、もう一緒に住んでいたがまだ結婚はしておらず、そんな君たち二人が義父の枕許に立っていると、彼は手をのばし、君たち両方の手を握って、「ぐずぐずするな。すぐ結婚しなさい。結婚して、おたがいの面倒を見て、子供を十二人作るんだ」と言った。君と君の妻は、パロアルトにある一軒家に君の母親と一緒に泊まっていた。君の母が誰か君の知らない友人から貸してもらった空家である。その夜、夕食をとろうとみんなでレストランに行って、ウェイトレスが戻ってきて君が注文した料理が品切れだと告げたとき君はふたたび抑えを失いかけたが（この上なく明快に、苦悩が別の形にすり替えられている――目にたまってくるのが感じられたその馬鹿げた涙は、もはや抑えようのない鬱屈した感情の体現と見てよかったかもしれない）、何とか食事も済んで、三人で家に、死の影がさす何とも陰気な家に、もうこれが君の義父の生涯最後の日々なのだと三人とも確信しつつ戻っていって、君たちは一杯やろうとダイニングルームのテーブルに座り、もうこれ以上誰も一言も言いようがないと君には思えた矢先、重苦しい心が君たちの中の言葉をすべて押しつぶしたように思えたまさにその瞬間、君の母親がジョークをやり出したのだ。ジョークを一つ、また一つさらにまた一つ、と続けていって、どれもあまりに可笑しいものだから君と君の妻は笑い転げるあまりほとんど息もできないくらいだった。一時間、二時間と、どのジョークも絶妙の間合い、イキのいい無駄のない言葉で語られ、君はしばし、胃が皮膚の外に飛び出してしまうのではと思ってしまう。たいがいはユダヤ人ジョークで、ユダヤ人女性たちのお喋りをめぐる古典的なジョークが次々怒濤のように、どれも完璧な声色と訛りで語られる。老いたユダヤ女たちがトランプのテーブルを囲んでため息をついていて、一人ひとりが順ぐりに、みなその前の女より大きなため息をつき、とうとう一人の女が言う。「あたしたち、子供の話はしないって約束じゃなかったの」。その晩、君たちはみな少し狂っていた。だが状況があれほど陰惨で耐えがたいものだったから、少しは狂う必要があったのであり、君の母はその必要な狂気を生じさせる力を見出したのだ。それは並外れた勇気の発露と君には感じられた。君の母親の一番いいところの崇高な実例だった。その夜、君の悲嘆は大きかったけれど、母のそれに較べれば無に、まったくの無に等しいことは君にもわかっていたのだから。

スタンフォード医療センターでの治療がひとまず功を奏して、義父は家に帰ってきたが、それから一年しないうちに亡くなった。そのときに母も死んだのだと君は思っている。心臓は以後も二十年打ちつづけたが、君の義父の死は彼女の終わりだった。母はその後二度と安定を取り戻さなかった。少しずつ、悲しみは一種の憤りに変わっていって（どうしてあの人は私を置いて死んだりできたの？）、母がそういう言い方をするのを聞くのは君としても胸が痛んだが、彼女が怯えていること、次の一歩を踏み出して何とか未来へ進んでいくすべを探していることは理解できた。母は一人で暮らすことを嫌った。孤独の真空の中で生きていくのが生来向いていなかった。まもなく彼女は人づきあいを再開した。もうずいぶん肉がついて、相当の体重過多だったが、それでもまだ、何人か初老の男をふり返らせるくらいの魅力はあった。その時点で、南カリフォルニアに住むようになってから十年以上が経っていて、君が母に会うのはせいぜい半年に一度で、彼女をめぐる情報の大半は電話での会話を通して得たものだった。これはこれで有用だが、彼女が実際に行動するところを観察する機会はめったになく、したがって、未亡人になってまだ一年半しか経っていない時点で、また結婚するつもりだと母から言われたときも、君は驚いたとも驚かなかったとも言えた。君から見てそれは愚かな結婚だった。一九四六年に君の父と結婚したときと同じ、またしても性急な、早まった結婚。だが母はもはや大きな愛など探していなかった。

逃げ場を探しているだけ、壊れやすい自分自身を立て直そうとしている彼女を世話してくれる人間を求めているだけだった。彼なりの静かな、不器用なやり方で、三番目の夫は母に尽くしていたし、それはそれで大切なことだったが、意図は立派で頑張ってはくれても、母をきちんと支える力は彼にはなかった。彼は愚鈍な男だった。元海兵隊員、元NASA技術者で、政治観もふるまいも保守的で、柔和か軟弱かのどちらか（たぶんその両方）で、どこを見ても、情緒豊かでカリスマ的な左翼リベラルの義父とは一八〇度違っていた。悪い人間、残酷な人間ではなく、単に愚鈍なだけだった。目下のところは発明家を自称し、いまだ奮闘中の段階だったが、彼の最新の発明に母は大きな期待を賭けていた。それは静脈内点滴用の医療器具で、チューブ不要で持ち運び可能、既存の点滴装置と競合しうる、ことによってはそれに代わりうる品だった。これは成功間違いなしと思えたので、じきにありあまるほどの金が手に入るものと決めて母は彼と結婚したのだった。それが優れた、ひょっとしたら画期的な発明であったことは確かだが、あいにくこの発明家にビジネスの才はなかった。早口で喋りまくるベンチャー投資家たちと、二枚舌の医療器具販売会社とにはさまれて、彼はやがて自分の発明品の権利を失い、結局それなりの金を手にはしたが、ありあまるというには程遠く、一年も経たないうちに尽きてしまった。もう六十代に入っていた君の母は、仕方なく仕事に復帰した。何年か前にやめたインテリアデザイン業を再開し、発明家の夫をアシスタント兼帳簿係に据えた。いまや二人を養っているのは、あるいは養おうとしているのは母の方だった。そして、銀行の預金がゼロに近づくたびに、母は君に電話してきて助けを求めた。いつも涙声で、さも申し訳なさそうに頼んできたし、君としてもそうした援助ができる立場にあったから、たびたび小切手を送ってやった。あるときは多額、あるときは少額、小切手や電信送金で、その後二年のあいだに十数回送った。金を送るのは嫌ではなかったが、奇妙な感じではあったたし、相当暗い気持ちにさせられた。何しろ元海兵隊員の夫はすっかり自分を見限ってしまって、もはや己の務めも果たせず、妻を養って自分たち二人を安楽な老後に導いていくどころか、君の援助に礼を言う気力すら出せずにいるのだ。いまやボスは君の母親だった。少しずつ、夫としての役割は、忠実な執事のそれに変わっていったが（ベッドでの朝食、食料品の買い出し）それでも彼らは何とかやっていた。そんなにひどい話ではなかった。もっとずっとひどくなっていたかもしれないのだ。この展開に失望していたとしても、何もないよりましだと母も承知していた。やがて、一九九四年春のある朝、目覚めてすぐ母がバスルームに入っていくと、夫が床に倒れて死んでいた。卒中、心臓発作、脳出血、君の知るかぎり検死は行なわれなかったので原因はわからない。その朝のうちに君のブルックリンの家に電話してきた母の声は、恐怖の念に包まれていた。血がね、と母は君に言った。血が口から出ていて、血がそこら中にあったのよ。長年彼女を知ってきて初めて、母は正気を失っているように聞こえた。

彼女は東部に戻ってくることにした。二十年前、カリフォルニアは約束の地に思えたわけだが、いまはもう病と死の地、悪運と辛い記憶の都でしかなかった。だから、一族の近くで暮らそうと、アメリカの反対側に舞い戻ってきた。まずは君と君の妻の近くで暮らすために、さらにはコネチカットにいる精神を病んだ娘のそば、姉のそば、二人の孫のそばで暮らすために。もちろんいまでは無一文だったから、君が養ってやらねばならなかったが、べつに問題ではない。君としても全然嫌ではなかった。ニュージャージー州ヴェローナにワンベッドルームのアパートメントを買い与え、車も長期レンタルで確保してやって、彼女にも君にも十分と思える額の小遣いを毎月渡した。そういう立場に身を置いた息子はいままで世にゴマンといたわけだが、それでもやはり、君にとってそれはなじめない、居心地悪い立場だった。かつて自分の世話をしてくれた人物を世話すること。自分たちの役割が逆転する、いまや君が親の役を演じ彼女が無力な子の役に貶められる時期に達してしまったこと。金銭上の取決めも、時おり摩擦をもたらした。というのも、母はついつい小遣いを遣いすぎてしまうので、君は何度か額を増やしてあげたのだが、それでもやっぱり遣ってしまう。そのせいで君は母を時おり叱らねばならない気まずい立場に立たされ、一度など、少し言葉がきつすぎたのだろう、母は電話口で取り乱し、泣き出して、あたしは役立たずの年寄りなんだ、重荷にならないよう死んでしまうのがいいんだと言い出した。こうした自己憐憫のほとばしりにはどこか滑稽なところもあったが(同情を買おうとする演技の匂いを君は嗅ぎとった)、と同時に、君としてはやはりやりきれない気持ちにさせられ、結局いつも彼女に屈して、望みどおりのものを与えてしまうのだった。君にとってもっと心配だったのは、母が何もする気になれないこと、アパートメントから出て世界と接する気がないことだった。勉強が遅れている子供や文盲の大人に読み書きを教えるボランティアをやってはどうか、民主党などの政治団体の活動に加わってはどうか、成人講座はどうか、旅行、社交クラブ、といろいろ勧めてみたのだが、いっこうにやる気を引き出せなかった。それまでは、学歴が低いことも何ら妨げにはならなかったし、もって生まれた聡明さと頭の回転の早さとがあらゆる欠如を補って余りあったのに、いまこうして、夫もなく仕事もなく日々打ち込めるものもない彼女を見ていると、音楽なり絵画なり書物なりに興味を育んでくれていたら、と思わずにいられなかった。何でもいいのだ、何か持続的に打ち込めるものがあれば。だが母はこれまで、そうした内省的な営みに対する関心をいっさい追求してこなかった。だから相変わらず目的もなくうろうろするばかりで、朝起きても何がしたいのかはっきりわかったためしがなかった。読む小説も推理小説やスリラーだけで、君や君の妻の本ですら、刊行されるたびに迷わず渡していたし、母の方もリビングルームの特等席に誇らしげに飾ってはくれたけれど、それらは彼女が読めるたぐいの本ではなかった。テレビはしじゅう見ていた。アパートメントではいつもテレビが点いていて、朝早くから夜遅くまでガンガン鳴っていたが、べつにそれは番組を観るのではなく、箱から出てくる声を聞くためだった。テレビの声は母の心を和ませた。実際それは、彼女にとってなくてはならないものだった。一人で生きることの恐怖に打ち勝つのを声は助けてくれた。その恐怖を克服すること、おそらくそれが、当時の母の唯一最大の達成だったのだ。よい年月だったとは言いがたい。とはいえ、憂鬱と混沌が切れ目なく続いた日々だったような印象を与えることも君としては望まない。コネチカットには定期的に足を運んで君の妹に会っていたし、ブルックリンの君の家でも数えきれないほどの週末を過ごしたし、孫娘が学校の演劇で舞台に立ったり合唱でソロを歌ったりするのを観にもくれば、孫息子が写真に興味を深めていく様子もしっかりたどっていた。長年、遠くカリフォルニアに行っていたのが、いまやふたたび君の人生の一部となって、誕生日や祭日や特別の行事にはいつも来てくれた——君や君の妻が講演や朗読会をするとき、君の映画が公開されるとき（映画は母も大好きだった）、そして時たまの、君の友人たちとの食事。七十代なかばに至ってなお、母は人を魅了しつづけた。心のどこか片隅で、彼女はいまも自分をスターとして、世界一の美女として見ていたのであり、すっかり縮んでしまった、おおむね閉ざされた生活から外へ出てくるたびに、その虚栄心は少しも損なわれていないように見えた。いまの彼女という人間の大半は君を悲しい気持ちにさせたが、その虚栄心ばかりは、聞いてくれる人がいさえすればいまだきっちりジョークを決める力だけは、大したものだと思わずにいられなかった。

君はプロスペクト・パークの林に彼女の灰を撒いた。その日君たちは五人いた。君の妻、君の娘、君の伯母、君の母の従妹レジーナ、そして君自身。ブルックリンのプロスペクト・パークを選んだのは、母が小さいころそこでよく遊んだからだ。君たちは順番に詩を朗読し、それから君が長方形の金属製の骨壺を開けて、落葉や下生えに向けて灰を撒きはじめると、ふだんは物静かな、君の知るなかで誰よりも感情を外に出さない人物である君の伯母がいきなりワッと泣き出して、妹の名前を何度も何度も呼んだ。それから一、二週間して、五月下旬のまぶしい午後、君は妻と二人で犬を散歩させにプロスペクト・パークへ出かけた。母親の灰を撒いたところへ行ってみよう、と君は妻に提案したが、まだ開けた小径を歩いている最中、林の入口までまだ二百メートルくらいあるところで、君は眩暈に襲われた。新しい病状を抑えるために薬は飲んでいたが、ふたたびパニックの発作がやって来るのを君は感じた。君は妻の腕にしがみつき、二人で回れ右して、家に帰った。それが九年近く前のことだ。以来、君はあの林に戻ろうとしていない。

二〇一〇年、夏。熱波の来襲、天狼星《シリウス》が日の出から日没まで、さらには夜通し吠えつづけ、三十二度の日が何日も続き、それが突然一気に四十一度まで上がる。いまは午前零時を一、二分過ぎたところ。君の妻はもう寝床に入ったが、君は落着かなくて寝つけず、二階の、君たちが二人ともライブラリーと呼んでいる部屋に来ている。ここは三面の壁に本が並んだゆったりした空間で、棚はもう君と妻が長年集めてきたハードカバーやペーパーバックが一杯に詰まっているから床にも本やDVDが積まれ、年月が目の前を飛ぶように過ぎていくなかであふれ出たそれらの物たちの山はますます高くなり、それがこのライブラリーに乱雑ながら好ましい雰囲気を与え、善きものに満ちた快さみなぎる、訪ねてくる人たちがみな心地《コージー》よいと言い表わすたぐいの部屋になっている。そう、間違いなくここが君の一番好きな部屋だ。柔らかな革のカウチ、フラットスクリーンTV、本を読んだり映画を観たりするには完璧な場。外は耐えがたい暑さなので、エアコンが入っていて窓は閉じられ、通りの音はすべて遮断されている。吠える犬、話し声、耳をつんざく裏声でミュージカルの曲を歌いながら近所を歩き回る丸々太った妙な男、通りがかるトラックや自動車やバイクのうなり等々から成る夜のメドレーはいっさい聞こえない。君はテレビのスイッチを入れる。メッツの試合は二、三時間前に終わり、スポーツで観たいものは何もないので、君は一番好みの映画チャンネルTCMに移る。古いアメリカ映画を一日二十四時間やっているチャンネルである。観はじめた物語が何分か進んだところで、君は重要な発見に至る。その男がサンフランシスコの街なかを走っているのを見た瞬間に発見は始まる。狂気に追いやられた男が、医療センターの石の階段を駆け降りて通りに飛び出していく。どこへも行くところのない男が混みあった歩道を駆けていき、車の流れの中に飛び込み、すれ違う人々とぶつかる。動転し、錯乱した、弾丸のように飛び回る男はたったいま、あなたは数日のうち、下手をすれば数時間のうちに死ぬと言われたのだ——あなたの体は発光毒素に汚染されていて、体内から毒を流し出すにはもう手遅れだから助かる見込みはない、と。見かけはまだ生きているようでも、実のところはすでに死んでいる。男はすでに殺されたのだ。

僕はあの男だったことがある、と君は胸の内で思う。いまテレビのスクリーンで見ているのは、二〇〇二年に母親が死んだ二日後に君の身に起きたことの正確な表現なのだ。出し抜けにハンマーが降ってきて、息ができなくなり、心臓がドキドキ鳴って、眩暈がし、汗が噴き出て、体が床に倒れ、腕と脚が石と化し、空気のなくなった狂乱の肺から咆哮が飛び出し、いまにも終わりが来ることを君は確信する。いまから一秒後に世界は存在しなくなる——なぜなら君が存在しなくなるから。

一九五〇年、ルドルフ・マテ監督のその映画は『D・O・A』、到着時死亡《デッド・オン・アライヴァル》を意味する警察用語である（邦題は『都会の牙』）。主人公＝被害者はフランク・ビグローという名の、とり立てて際立ったところもない男、誰でもない男、どこにでもいる人間である。歳は三十五歳前後の会計士、会計検査官、公証人のたぐいで、カリフォルニア州パーム・スプリングズのそばの小さな砂漠の町バニングに住んでいる。大柄で、ぽっちゃりと厚い唇の、女のこと以外ほとんど何も頭にない男であり、彼を溺愛し病的に彼にしがみつく神経症気味の秘書ポーラとの関係に息苦しさを感じている（ポーラと結婚する気があるのかないのかは不明）。そんな彼が、衝動的に一週間の休暇を取ることにして、単身サンフランシスコに出かける。セントフランシス・ホテルにチェックインすると、ロビーは騒々しい客の群れでごった返している。たまたまいまは「マーケット・ウィーク」なんです、旅回りのセールスマンたちの年一回の会合なんですよ、とフロント係がビグローに教える。魅力的な女がふらっと通りがかるたびに（そしてこのホテルにいる女は全員魅力的だ）ビグローはふり向いて、目を見開き口も開けて、異性を漁る男の欲望丸出しにじろじろ眺める。そうやって彼の視線が動くたび、男が女性に浴びせる二音の口笛を模したスライドホイッスルのコミカルな音が生じる。ビグローは自分の幸運が信じられない様子である。この日にこのホテルに来たおかげで、どうやら簡単に獲物にありつけそうだと思っている顔。六階の部屋に上がると、廊下にはほろ酔い気分で浮かれ騒ぐ連中があふれ（ここでもまた二音口笛のスライドホイッスル版）、真向かいの部屋のドアが開いていて、パーティ真っ盛りの情景がビグローにも見える。こうしてバケーションが始まる。

　ポーラがバニングから電話してきていて、ビグローは荷物を解いて腰を落着ける前に電話を返す。聞けば、ロサンゼルスのユージーン・フィリップスという人物から緊急の連絡があって、ビグローにいますぐ電話してもらわないといけない、手遅れになる前に話をしないといけないと言ってきたらしい。フィリップスとは何者なのか、ビグローには見当もつかない。前に仕事をしたことがある人かな？　とポーラに訊いてみるが、ポーラもそんな人物は記憶にない。この会話のあいだずっと、ビグローは廊下の向こうの騒ぎに気を取られている。開いたドアの前で女たちが立ちどまりビグローに手を振ってニッコリ笑い、ビグローもポーラと話を続けながら手を振って笑顔を返す。そんな奴は無視しよう、と彼はポーラに言う。僕はいま休暇中なんだ、邪魔されたくないね、バニングに戻ってから対応するさ。

電話を切ったあと、ビグローは煙草に火を点け、ウェイターが酒を持って現われる。やがて廊下の向かいで騒いでいる連中の一人が、ハスケルと申しますと名のりながら部屋に入ってきて、電話を使わせてもらえませんかと頼んでくる。六一七号室のパーティにバーボンがさらに三本、スコッチがさらに二本注文される。ビグローがよそから来たとわかると、よかったらご一緒しませんかとハスケルは誘い（ちょっと飲んで、ちょっと笑いましょうよ）、二分と経たぬうちにビグローは向かいの騒々しい部屋でハスケルの妻とルンバを踊っている。妻スーは威勢のいい酒飲み女で、欲求不満を抱えていて今夜は思いきり楽しもうという気でいる。ビグローは踊りも上手いし、たちまちスーの第一標的になる。夫が目の前で見ているわけだから賢明なふるまいとは言いがたいが、スーは向こう見ずな女であり、かついまは何が何でもという気になっている。何分かして、六一七号室の一団はホテルを出て街へくり出すことにする。渋るビグローも一緒に引っぱっていかれ、彼らは突然混んだジャズクラブ〈フィッシャーマン〉にいる。狂おしい熱気が店内を包み、黒人ミュージシャンのアンサンブルが、**ジャイヴ**と書かれた壁を背に景気のいいアップテンポの曲を激しく演奏している。目まぐるしく替わるクロースアップで、サックス、ピアノ、トランペット、ベース、ドラムのプレーヤーそれぞれが楽器をかき鳴らす姿が映し出され、熱狂する聴衆のショットも割って入る。ビグローは知りあったばかりの連中とテーブルに座り、あと先顧みぬスーがぴったりくっついている。ビグローは浮かない顔をしていて、スーにもこのけたたましい音の洪水にもうんざりしている。一方ハスケルも等しく沈んだ顔で、廊下の向かいに泊まっている見知らぬ男に妻がわが身を投げ出すのをむすっと眺めている。そうこうするうちに、一人の男がうしろからクラブに入ってくるのをカメラは捉える。帽子をかぶった背の高い男で、襟を立てたコートを着ているが、その襟というのが何とも奇妙な代物で、内側に白黒のチェック模様が入っている。男はカウンターに行き、少ししてビグローもようやくスーたちから逃げ出し、やはりカウンターに行ってバーボンを注文する。奇妙な襟の男がいまにも彼の飲み物の中に毒を入れようとしていて、自分が二十四時間以内に死ぬことになるなどビグローには知る由もない。

　カウンターの向こう端に小粋な女性が座っていて、酒が来るのを待ちながらビグローは、あのブロンドは一人かとバーテンに訊く。ブロンド女の名はジーニー、クラブに入りびたってハマる《ディグ》とかイケてる《イージー》とかいった言葉を連発するジャズ狂い《ジャイヴ＝クレイジー》の金持ち娘である。ビグローは彼女の方にすり寄っていき、数秒のうちに彼の酒は置いてきぼりにされる。すでに注がれた酒がカウンターの向こう端で彼を待つなか、奇妙な襟の男は殺人の使命を実行すべく、器用な手付きで毒薬をグラスに注ぎ入れ、その場から姿を消す。ビグローは垢抜けたジーニーとお喋りに興じている。冷ややかでもあり友好的でもある、落着き払ったジャズマニアの女王に言い寄るビグローに、いまや薬の入った酒、いまや致死の毒となった酒をバーテンが渡す。ビグローが一口飲んだとたん、その顔に驚きの色、嫌悪の表情が浮かぶ。もう一口飲んでみても結果は同じ。ビグローはグラスを押しやってバーテンに言う。「これは僕の酒じゃない。僕はバーボンを頼んだんだ。もう一杯作ってくれ」

一方スーは立ち上がって、ビグローはどこかと店内を見回している。ビグローが帰ってこないものだから心配し、戸惑っている。ビグローはそんな彼女の姿を目にしたとたんにくるっと向き直り、一緒にどこかよそへ行こうとジーニーを誘う。ちょっと避けたい人たちがいるんだ、きっとこの街にはほかにもいいところがたくさんあるよね、と彼は言う。ええそうね、でもあたしもうちょっとこのお店楽しみたいのよ、とジーニーは答える。次の店に着いたところで落ちあいましょうよ、と彼女は言って電話番号を書いた紙切れをビグローに渡し、一時間後に電話するように言う。

ビグローはホテルの自室に戻り、ジーニーの番号が書かれた紙を引っぱり出して受話器を手にとるが、ダイヤルする前にふと顔を上げると、花束が部屋に届けられているのが目に入る。包み紙にポーラからのカードが付いていて、しっかりお留守番しているわ。お休みなさいとのメッセージ。ビグローはしおらしく反省する。女を追いかけまわしにもう一度夜の街にくり出すのはやめにして、ジーニーの番号が書かれた紙をびりびりに破いて屑カゴに放り込む。一拍置いて、物語は別の領域に入っていく。本当の物語が始まるのだ。

毒はすでに回りはじめている。ビグローは頭が痛むが、飲みすぎたせいだ、寝れば治るさと考える。ベッドにもぐり込むが、それとともにあたりに奇怪なばらばらの音が満ちていく。遠くで歌う女性シンガーの反響する声、ジャズクラブの記憶の残骸、肉体的苦痛が募ってくる予感。朝目覚めても、具合は良くなっていない。飲み過ぎさ、ただの二日酔いだとビグローはなおも信じ、ルームサービスに電話して気付けの飲み物を注文する。セイヨウワサビとウスターソースが混ぜてあって一瞬にしてしらふに戻るという触れ込みの代物だが、ウェイターがそれを持って現われるとビグローはとうてい飲む気になれず、見ただけで吐き気がしてきて、下げてくれ、とウェイターに言う。何かが本当におかしい。腹をぎゅっと押さえたビグローは、眩暈に襲われ自分がどこにいるかもよくわからなくなっているように見える。大丈夫ですかとウェイターに訊かれると、いまや致死的に病んだ被害者＝主人公は、わが身に何が起きたのかいまだ理解できぬまま、きっと昨晩派手に騒ぎすぎたせいさ、新鮮な空気を吸わないと、と答える。

わずかによろめき、ハンカチで額を拭きながらビグローは外に出て、通りかかったケーブルカーに乗り込む。ノブ・ヒルで飛び降り、歩き出す。人けのない街なかを白昼ビグローは歩いていく。目的を持って、どこかへ向かって――でもどこへ、何の目的で？――そしてついに目当ての場所が見つかる。**医療施設**と石の壁に彫られた高い白い建物。ビグローはホテルでウェイターに言ったよりずっと心配しているのだ。彼にはわかっている。自分の体が深刻におかしいことをはっきり自覚しているのだ。

はじめは検査の結果も勇気づけられる内容である。X線を見ながら医者は「肺は良好、血圧も正常、心臓も問題ありません。みんながあなたみたいでなくてよかったですよ。でないと医者は商売上がったりですからね」と言い、服を着てお待ちください、ドクター・シェーファーが行なった血液検査の結果がじき出ますからと伝える。前景にいるビグローがカメラに顔を向け無表情でネクタイを結んでいると、看護師がうしろから部屋に入ってくる。あまりに混乱した彼女は一言も言えず、恐怖と同情の入り混じった表情でただひたすらビグローを見ている。この瞬間、ビグローの運命がもはや尽きたことに疑念の余地はなくなる。ドクター・シェーファーが動揺を隠そうと努めつつ入ってくる。一人目の医者とともにビグローに質問し、彼が独身で、サンフランシスコに親族がおらず、一人で来ていることを確認する。どうしてそんなことを訊くんです？とビグローはいぶかる。あなたは重病なのです、とドクターは言う。どうか気を確かにお持ちください。そうして彼らは、発光性毒物が彼の体内に入ったこと、じきそれが必須器官を襲うことを告げる。何かしてさし上げられるといいのですが、この薬には解毒剤がないのです、と彼らは言う。あなたにはもういくらも時間が残っていません。

ビグローは愕然とし、憤る。そんな馬鹿な！と彼は叫ぶ。何かの間違いだ、誤診だ。だが医者たちは落着いて、診断に疑いの余地はありません、間違いではありませんと請けあう。ビグローの憤怒はますます募る。「あんた方、僕は死んだと言ってるんじゃないか！」と彼は絶叫する。「あんた方が誰なのかも僕は知らないのに！どうしてそんな話信じなくちゃいけないんだ！」。彼は二人を狂人呼ばわりし、彼らを押しのけてすさまじい剣幕で診察室から出ていく。

さらに大きな建物に画面は移り——病院？別の医療センター？——表の階段をビグローが駆け上がっていくショット。**緊急**と書かれた部屋に尋常でない興奮状態で飛び込んでいく。いまにも体ごと爆発してしまいそうな形相で、戸惑って怯える看護師二人を押しやって中に入り、すぐ医者を出せ、発光性毒物の検査をしろと要求する。

今度の医者も最初の二人と同じ結論に達する。そのとおりです。もう体内組織がしっかり吸収しています。それを証明しようと、医者は頭上の明かりを消して検査結果の入った試験管をビグローに見せる。それは何とも不気味な眺めである。闇の中で、管の内側から光が発しているのだ。白熱を放つ牛乳か、ラジウムの入った艶消し電球のように、あるいはもっとおぞましいことに核爆弾投下後の液状化降下物のように。ビグローの怒りが鎮まる。圧倒的な証拠を見せつけられて、しばし呆然としている。「でも気分は悪くないんですよ」と彼は静かな声で言う。「少し腹が痛むだけです」

見かけ上症状がないからといって騙されてはいけません、と医者は言う。あなたはあと一、二日、どう長くても一週間しか生きられないのです。いまとなってはどうしようもないんです。それから医者は、ビグローがいつ、どこで、どうやって毒を飲んだのか全然わからないことを知る。とすれば誰か他人が、知られざる人物が毒を盛ったということであり、つまりは誰かが意図的に彼を殺そうと企てたということだ。

「これは殺人事件です」と医者は言って電話に手をのばす。

「殺人事件?」

「おわかりになっていませんね、ミスター・ビグロー。あなたは計画的に殺されたんですよ」

その時だ、ビグローが切れるのは。わが身に起きた奇怪にして非道な出来事が、この瞬間、全面的な、何の抑制もないパニックを生み出し、苦悶の咆哮が湧き上がるのだ。ビグローは診察室から飛び出し、建物から飛び出し、街路を駆けていく。彼が街じゅうを狂おしく遁走する姿を追ういくつものショットから成る長いシークエンスをたどりながら、君は理解する。これはひとつの内的状態が外に現われているのだということ、この無意味で向こう見ずで止めようもない走り方は恐怖に包まれた精神の表現にほかならないこと、恐れの舞踏をいま自分が目にしていることを。パニックの発作が、息も継がず都市の街路を疾走するという行為に翻訳されているのだ。パニックとは精神的逃走の表明以外の何ものでもない。罠にはまったとき、真実が耐えがたいとき、避けがたい真実の不当さにもはや直面できなくなったとき、人の中である種の力がひとりでに募ってくる。唯一可能な反応は逃げることだけ、喘ぎ、ひきつり、狂乱する肉体に自分を変容させることだけである。かような真実以上に恐ろしいものがあるだろうか？　あと数時間、数日後に死ぬという宣告。人生の盛りに、まるで理解できぬ理由ゆえに生を断ち切られ、命は突如、分、秒、拍で測るものに縮んでしまう。

この後に何が起きるかは問題ではない。君は映画の後半をじっくり観るが、物語がもう終わっていること、物語がなお続くなかでもはや言うべきことは残っていないことが君にはわかる。この世で残された最後の時間を、自分の殺害の謎を解くことにビグローは費やすだろう。フィリップスが、ロサンゼルスから会社に電話してきた男が、すでに死んだことを彼は知るだろう。彼はロサンゼルスに行き、何人もの窃盗犯、精神病質者、腹黒い女たちの行動を探るだろう。発砲され、殴られるだろう。この物語に自分が巻き込まれたのはまったくの偶然であって、悪党たちが彼の死を望むのは、彼がたまたま盗品のイリジウムの売渡し証を公証人として認証したからであり、犯人たちを認識できる唯一生きた人物だからだということを彼は知るだろう。自分を殺した人間を彼は探し出すだろう。それはあの奇妙な襟の男であり、フィリップスを殺した犯人でもあり、暗くなった階段の踊り場でビグローは男を殺すだろう。その後まもなく、ビグロー自身も、医者たちが言ったとおり死ぬだろう——警察にすべてを話している最中に、センテンスの途中で。

まあこんなふうにとことん生き抜くのも悪くないのだろう、と君は考える。これが伝統的なやり方であり、男らしい英雄的な道、すべての冒険物語にふさわしいパターンなのだ。とはいえ、ビグローはなぜ、己に迫った運命を誰にも、彼を慕い溺愛するポーラにさえ打ち明けないのか？　たぶんヒーローは最後の最後までタフでなければならないからだろう。たとえ時間が尽きてこようと無用な感傷に浸ったりしてはならないのだ。

だが君はもうタフではない——そうだろう？　二〇〇二年のパニック発作以来、君はタフであることをやめたのだ。まっとうな人間であろうと頑張ってはいるものの、自分を英雄と見なくなってからもうずいぶん経つ。自分がビグローの立場になったら、絶対彼のようにはふるまわないという確信が君にはある。たしかに街なかは駆けまわり、もう一歩も進めず息もできず立っていられなくなるまで走りつづけるだろうが、それからどうする？　ポーラに電話するのだ、走るのをやめた瞬間にポーラに電話をかけるのだ、でももしかけてみて話し中だったら？　地面に這いつくばって泣き、生まれることを君に許した世界を君は呪うだろう。でなければ、あっさりどこかの穴にもぐり込んで死ぬのを待つだろう。


自分を見ることはできない。鏡や写真で自分の外見はわかるが、ほかの人間たち——友人、他人、最愛の家族――の中に混じって動いている自分の顔は見えない。腕や脚、手先や足先、肩や胴などの部分は見えるが、それも前面からであり、脚をしかるべくねじれば裏側が見えるのを例外としてうしろは見えないし、顔は絶対に見えない。にもかかわらずそれが、君の顔が、少なくとも他人にとっては君という人間であり君のアイデンティティの土台なのだ。パスポートに手や足の写真は入っていない。自分の体の中でこれまで六十四年生きてきた君だって、足先だけを写した写真を見せられても自分だとは認知できないだろうし、ましてや耳、肱、クローズアップで写した片目などを見せられてもわかるはずはない。全体の文脈の中ではすべて見慣れていても、部分を取り出してしまえばまったくの匿名性に埋もれてしまう。人はみな自分にとって見知らぬ異人なのであり、自分が誰なのかわかっている気がするのは、他人の目の中で生きているからにすぎない。十四のときの体験を考えてみるといい。夏の終わりの二週間、君はジャージーシティで父親の下で働き、父が兄たちと共同で経営していた一連のアパートを修理し維持する小さなチームの一員となった。壁や天井にペンキを塗り、屋根を修繕し、角材に釘を打ち、ひびの入ったリノリウムを剝がす。仕事仲間二人はどちらも黒人で、どのアパートのどの住人も黒人で、近所の住民もみな黒人で、二週間ずっと黒い顔しか見ずに過ごすと、自分の顔が黒くないこともだんだん忘れていった。自分の顔は見えないから、周りにいる人々の顔の中に自分を見るようになり、自分は違っていると考えることを君はだんだんやめていった。そもそも自分について考えることを、君はすっかりやめたのだった。

この日誌を書くのに使っている黒い万年筆を握る自分の右手を見ていると、似たような状況で自分の右手を見ていたキーツのことを君は考える。最晩年の詩を書いているさなかに、キーツは突如原稿の余白に別の八行を殴り書きする。それは自分が若死にすることを知っている若者の悲痛な叫びであり、その一行目に書かれた今という言葉が悲痛さを陰鬱に強調している。すべての今《ナウ》は必然的にこの後《レイター》を暗示する。キーツにとって、自分の死の見込み以外いかなるこの後も望めなかった――

この生きた手、今は暖かく　確《しか》と
摑むことも出来るが　冷たくなって
墓の氷の沈黙に包まれたなら
君の日々に取り憑き　君の夢見る夜を寒々と冷やし、
君は自分の心臓から血が全て抜けてでも
僕の血管に再び赤い命が流れるようにと願うだろう、
そうすれば自分の良心も安らぐだろうと――さあ
この手を僕は君に差し出す。

まずはキーツだが、この生きた手と考えるとすぐ、誰かから聞いたジェームズ・ジョイスをめぐる逸話を君は思い出す。一九二〇年代のパリ、八十五年前のさるパーティでジョイスが立っていると、一人の女性が寄ってきて、『ユリシーズ』を書いた手と握手させてもらえませんかと頼んでくる。ジョイスは彼女に自分の右手を差し出す代わりに、その手を高く掲げ、しばらくじっと見てからこう言った。「マダム、忘れてはいけません、この手はほかにもたくさんのことをやってきたのです」。いかなる詳細も語られないのに、卑猥と婉曲の何たる傑作。すべてを相手の想像力に委ねるがゆえに効果はいっそう増している。彼女が何を見ることをジョイスは望んだのか？　おそらくは、尻を拭く、鼻をほじくる、夜ベッドでマスターベーションをする、妻ノラの性器に指をつっ込み彼女の肛門を愛撫する、ニキビをつぶす、歯にはさまった食べかすをこそげ取る、鼻毛を引っこ抜く、耳垢をほじくり出す――いかように空白を埋めようとも、ポイントは、とにかくひどく醜悪と思える行為、ということ。君の手もむろん同じようにそうやって君に仕えてきた。誰の手だってこういうことをやってきたのだ。だがたいていの場合、手たちは思考をほとんど必要としない営みの遂行に忙しい。ドアを開け閉めする、電球をソケットにねじ込む、電話をダイヤルする、皿を洗う、本のページをめくる、ペンを持つ、歯を磨く、髪を拭く、タオルを畳む、金を財布から出す、食料品が入った袋を運ぶ、メトロカードを地下鉄の改札口に通す、機械のボタンを押す、朝に表階段から新聞を取り上げる、ベッドカバーを折り返す、切符を車掌に見せる、トイレの水を流す、小さな葉巻に火を点ける、小さな葉巻を灰皿でもみ消す、ズボンをはく、ズボンを脱ぐ、靴の紐を結ぶ、シェービングクリームを指先に盛る、芝居やコンサートで拍手する、鍵穴に鍵を差し込む、顔を掻く、腕を掻く、尻を掻く、空港でスーツケースを転がす、スーツケースの中身を出す、シャツをハンガーに掛ける、ズボンのジッパーを上げる、ベルトを留める、上着のボタンをはめる、ネクタイを結ぶ、指で机をとんとん叩く、紙をファクスに入れる、小切手を小切手帳から剝ぎとる、お茶の入った箱を開ける、電灯のスイッチを入れる、電灯のスイッチを切る、寝る前に枕を叩いてふくらます。それと同じ手が時に他人にパンチを喰わせ（これはすでに述べた）、二度か四度は激しい苛立ちに駆られて壁にパンチを喰わせもした。床に皿を投げつけ、床に皿を落とし、床から皿を拾ってもきた。君の右手はとうてい数えられぬほどの人と握手を交わしてきたし、鼻をかみ、尻を拭き、どれほど厚い辞書に載っている単語数よりももっと多くの回数別れの挨拶に手を振ってきた。君の手は君の子供たちの体を抱き、子供の尻を拭き鼻をかませ、子供を風呂に入れ、子供の背をさすり、子供の涙を拭き、子供の顔を撫でてきた。友人たちや仕事の同僚や親戚の肩を叩いてきた。押し、突き、人を地面から引き上げ、転びそうな人の腕を摑み、歩けない人の車椅子を押してきた。服を着た女性や裸の女性の体に触れてきた。君の妻の剝き出しの肌の上を隅から隅まで動き、彼女のあらゆる部分に入り込んできた。そこにいるときが手は一番幸せだと君は感じる。君が彼女と出会った日以来ずっと、そこにいるときが一番幸せだったのだ。ジョージ・オッペンの詩の一行を踏まえるなら、世界でもっとも美しい場所のいくつかは君の妻の体の上にある。

二〇〇二年の自動車事故の翌日、君は娘の持ち物を受けとりに車がレッカー移動された廃車置場まで行った。八月の日曜の、例によって蒸し暑く、細かい雨が道路をうっすら霞ませる朝、友人に運転してもらってブルックリンの荒れはてた地域に出かけていった。崩れかけた倉庫、空地、板が窓に打ちつけられた木造家屋の並ぶ無人地帯。廃車置場を管理しているのは六十代なかばの黒人の男だった。小柄で髪は長いドレッドヘア、澄んだ揺るがぬ瞳、物腰柔らかなラスタファリアンがまどろむ羊たちの群れを見守る羊飼いのように壊れた自動車たちの領地の番をしている。来た理由を告げ、前の日に運転していたトヨタのぴかぴかの新車の前に案内してもらうと、車が徹底的に破壊された有様を見て君は唖然とした。こんな大惨事を君も君の家族もどうやって生き残ったのか、およそ理解できなかった。事故の直後、車がひどい損傷を受けたことは目にしていたが、とにかく衝突事故を起こして動揺していたから、何が起きたのか十分実感していなかった。それがいま、一日経ってみると、金属のボディがどれだけ凹んだかもよく見えた。まるで一枚の紙をくしゃくしゃに丸めたみたいではないか。「見てごらんよ」と君はラスタファリアンの男に言った。「僕たちみんな、死んでいて当然だったよ」。相手は何秒かじっと車を見て、君の目をまともに見据え、それから顔にも豊かな髪にも降ってくる霧雨に向けて顔を上げた。「天使があんたたちを見ていてくれたんだよ」と彼は静かな声で言った。「あんたたちは昨日死ぬことになってたんだけど、天使がひょいと手をのばしてこの世に引き戻してくれたんだよ」。その言葉を彼がこの上なく厳かに、確信を込めて言うものだから、君はその言葉をほとんど信じた。

眠るとき、君はぐっすり眠り、朝に起きる時間が来るまでめったに動きもしない。だが時おり生じるのは、そもそも寝床に入る気になれないという問題である。夜遅くにいきなり元気が湧いて、やっていることを切り上げる気になれず、この本をもう一章読もうとか、テレビでやっている映画を観終えようとか、野球シーズンでメッツかヤンキースが西海岸でプレーしているならサンフランシスコ、オークランド、ロサンゼルスの放送を探し出そうとか思ってしまうのだ。終わるとベッドに行って妻の隣にもぐり込み、十分後にはもう眠りこけて朝までそれが続く。だが時おり何かが、いつもは深い君の眠りを妨げる。たとえば、たまたま仰向けの姿勢で寝ついてしまうと、君はいびきをかきかねない——というか十中八九かきはじめ、音がうるさくて妻を起こしてしまうと、彼女は君をやんわり突いて寝返りを打つよう促す。もしその穏やかな戦術で効き目がなければ、君の体を押す、肩を揺する、耳をつねるといった手段に訴える。こうすればまず九割方、君は彼女に命じられたことを無意識のうちに実行し、彼女もまたすぐ眠りに戻る。だが残り一割のケースにあっては、妻に押されて君は目を覚まし、彼女の眠りをこれ以上邪魔したくないので、廊下を下ってライブラリーへ行き、ソファに横になる。ここのソファは君がしっかり体をのばせるだけの長さがあるのだ。たいていの場合はここで眠りに戻ることができるが、戻れないこともたまにある。また、長年のあいだに、室内をブンブン飛ぶ蠅や蚊に眠りを中断されたこともあるし(夏特有の危険)、意図せぬパンチを顔に妻から浴びることもある。彼女は寝返りを打つ際に両腕を投げ出す癖があるのだ。一度、一度だけ、妻が夢の最中に歌を歌いだして君を君自身の夢から呼び覚ましたことがある。子供のころ観た映画の中の歌詞が、出し抜けに彼女の中から飛び出したのだ——才気煥発にして博覧強記、この上なく知的に洗練された君の妻は、中西部での子供時代に戻って『メリー・ポピンズ』でジュリー・アンドルーズが歌ったとおり朗々華麗に「スーパーカリフラジリスティスエクスピアリドーシャス」と歌い上げたのだ。それは君たちの八歳の年齢差が露呈した数少ない瞬間でもあった。『メリー・ポピンズ』が封切られたときにはもうその手の映画を観るには大きくなりすぎていたから、(有難いことに)君はそれをいまだに一度も観たことがない。

けれども、真夜中、午前二時から四時のあいだに目を覚まし、ライブラリーのソファに横になっても眠りに戻れなかったらどうするか?　本を読むには遅すぎるし、テレビを点けるにも映画を観るにも遅すぎる。それで君は闇の中で横たわって思いをめぐらし、どこへであれ思いがさまよい出ていくに任せる。時には上手い具合に、いま書いている本の中のひとつの言葉、一人の人物、一場面などを捕まえられたりもするが、たいていの場合、思いはいつしか過去に行きついている。経験からして、午前三時に思いが過去に向かうとき、それらは概して暗い思いである。ひとつの記憶がほかの何にも増して君に取り憑いていて、眠れない夜、それに戻らずにいるのは難しい。あの日の出来事を頭の中で蒸し返し、そのとき感じ、いままでもずっと感じてきた恥の念を生き直さずにいるのは難しい。三十二年前、父親の葬儀の朝、君はある時点で伯父の一人(パニック発作の朝に君に電話してきた従姉の父親)と並んで立っていて、お悔やみの言葉を口にしながら通り過ぎていく参列者たちと握手を交わしていた。すべての葬式につきものの、型どおりの握手と空虚な言葉。たいていは親族か父の友人で、君にも見覚えがある人もいればない人もいる。そのうちに、見覚えがない方の一人トムと君は握手していた。本人が言うには、何年も前から君の父の下で電気工の長を務めていて、父にはいつもよくしてもらったという。いい人でした、とトムは言った。この小柄な、ジャージーシティ訛りのアイルランド系の男が、あなたのお父さんはいい人でしたと君に言い、君が彼に礼を言ってもう一度握手すると、彼は君の伯父と握手しようと先へ進んだが、伯父は彼を一目見るや、出ていけ、と言い出した。これは親族だけの内輪の式なんだ、よそ者はお断りだ、と伯父は言った。私はただお悔やみを申し上げたくて、とトムが言うと、あいにくだが帰ってもらうしかないね、と伯父は答え、トムはすごすご去っていった。会話は十五秒か二十秒くらいしか続かず、いったい何が起きたのか君にはピンと来ないままトムは出ていってしまった。伯父が為した仕打ちをようやく悟ると、君は嫌悪の念に包まれた。誰であれ人をあんなふうに扱うなんてひどい話だし、特にこの、弔意を表することを己の務めと思ってくれた人物をあんなふうに遇するなんてひどすぎる。そして今日なお君の心を乱し、恥の念で満たすのは、君が伯父に何も言わなかったことだ。伯父は癇癪持ちで悪名高く、年じゅう怒りを爆発させすさまじい大声を張り上げる人間だったから、もしあそこで抗議していたらおそらくは君の父親の葬式の真っ最中とはいえきっと君に嚙みついただろう。だがだからどうだというのか？　君は伯父に抗議すべきだったのであり、もし伯父が君に向かって叫びはじめたら叫び返してやるべきだったのだ。かりにそこまでしなかったとしても、なぜせめてトムを追いかけていって、残ってくれていいと言わなかったのか？　どうしてあのとき立ち向かわなかったのか自分でもわからない。父が突然亡くなったショックも理由にはならない。君は行動すべきだったのに、しなかった。生涯ずっと、いじめられ小突きまわされる人たちに君は味方してきた。それこそ君がずっとただひとつ守ってきた主義だった。なのにあの日に限って、君は口をつぐみ、何もしなかった。いまふり返ってみると、あのとき行動できなかったという事実が、自分を英雄と見るのをやめた理由であることに君は思いあたる。言い訳は何ひとつなかったのだ。

その九年前（一九七〇年）、石油タンカー〈エッソ・フローレンス〉の乗組員だったとき、ユダヤ人を侮辱する言葉で君を挑発してきた船員仲間を、殴るぞと君は脅し、殺すぞとまで言った。男のシャツを摑んで、その体を壁に叩きつけ、鼻先に右のこぶしを突きつけて、黙れ、さもないと、と言ったのだ。マルティネスという名のその男はすぐさま非を認め、君に詫び、じきに君たちは仲よくなった（マダム・ルビンシュタインのケースと似ている）。一方、その九年後、つまり君の父親の葬儀から九年後（一九八八年）、君はふたたびもう少しで人を殴りそうになった。子供のころやったような喧嘩をやりそうになったのもこれが最後だった。それはパリでの出来事で、日にちもよく覚えている。九月一日、フランスのカレンダーではラ・ラントレと呼ばれる、夏休みが公式に終わる特別な日であり、したがってこの日街は人にあふれ尋常でない混乱に包まれることになる。それまでの六週間、君は君の妻と二人の子供と一緒に南フランスで過ごし、アルルからおよそ十五キロ東にある君のフランス語版出版社の社長の家に滞在していた。一月半にわたって静かに過ごし、仕事もはかどり、アルピーユ山脈の白い丘を長時間散歩したりのんびりハイキングしたり、庭のプラタナスの木の下で食事をしたり、君たちみんなにとって安らかな日々で、たぶん君の人生で一番快適な夏だったし、一歳の娘が両親の手につかまらずに初めてよちよち歩きするのを見る嬉しさもそこに加わった。九月一日にパリへ戻る予定を組んだのは、ちゃんと考えていなかったか、どういう目に遭うか全然わかっていなかったかのどちらかである。十一歳の息子はすでにニューヨークへ戻る飛行機（ニースからの直行便）に乗せていたから、その日列車で北へ行ったのは君、妻、幼い娘の三人であり、そこにひと夏分の荷物と膨大な量のベビー用品が伴っていた。でもパリに着くのは楽しみだった。出版社の社長から、その日午後の『ル・モンド』に、君の作品を取り上げた長い記事が載ると聞かされていたからだ。列車から降りたらすぐ新聞を買うつもりだった（君はもういまでは自分のことを書いた記事を読まないし自著の書評も読まないが、これはそうなる前の、他人が言うことを無視する方が作家の精神衛生にいいということをまだ学んでいなかった時期の話である）。アヴィニョンからのＴＧＶでの旅はなかなか大変だった――この超高速列車に娘がいささか感銘を受けすぎてひとときもじっとせず眠りもしなかったせいで、三時間の大半を娘と一緒に列車の通路を行ったり来たりして過ごす破目になり、列車がリヨン駅に着いたころにはもう君は昼寝の気分だった。駅は人波でごった返し、旅行者たちの群れが四方八方にうごめき、出口へ向かうには君たちも押しあいへしあいするしかなかった。妻が赤ん坊を抱きかかえ、君は大きなスーツケース三つを押したり引いたり精一杯頑張ったが、何しろ手は二つしかないのでこれは容易な作業とは言いがたかった。加えて肩には執筆中の小説の冒頭七十五ページが入ったカンバス地のバッグを掛けていて、『ル・モンド』を見つけて買うとそれもバッグに入れた。もちろん一刻も早く読みたかったが、まずは本当に記事が載っていることだけ確かめ、タクシーの列に加わって待っているあいだにゆっくり読もうと思ったのである。ところが、三人で出入口から外に出ると、列など存在しないことが判明した。駅前にタクシーは何台も来ていて、待っている人もいるのだが、列はなかった。人の群れはすさまじく大きいのに、三人以上いたらかならず列を作るイギリス人とは違って——アメリカ人でさえもう少しいい加減だがそれでも正義と公平の感覚はつねに備えている——フランス人は限られた空間に人が集まりすぎると、一気に手に負えない子供と化し、みんなで協力して秩序を築こうとするどころか、にわかに弱肉強食の世界が発生する。その日のリヨン駅の前に広がる混沌は、ニューヨーク証券取引所を映したニュース画像を君に思い起こさせた。暗黒の火曜日、暗黒の金曜日、国際市場は見るみる崩壊して世界は破滅し、取引所の床で半狂乱になった無数の男たちが肺も破れよとわめき散らし、誰もがいまにも心臓発作でばったり息絶えそうな様子。二十二年半前の九月一日に君が出くわしたのもまさにそんな群衆だった。烏合の衆が解き放たれ、誰一人状況をコントロールしてはいない。二世紀前、これに劣らず無法な暴徒に襲撃されたバスティーユ監獄と目と鼻の先に君はいたわけだが、たったいま広がっているのは革命の空気ではなく、人民が求めているのはパンでも自由でもなくタクシーであり、タクシーの供給量は需要のおよそ五十分の一であったから人民は熱《いき》り立ち人民は怒号を上げ人民はたがいを八つ裂きにしかねない勢いであった。君の記憶するところ、妻は落着いていて、周りでくり広げられる光景を面白がって見ていたし、君の幼い娘さえも落着いていて大きな目ですべてを興味津々眺めていたが、君はだんだん苛々してきていた。君は前々から旅行となるとすぐ頭に血がのぼってしまい、ピリピリして怒りっぽくなり、自分らしくいられたためしがない。混沌たる人波の中に閉じこめられるのが何より嫌いだったから、このときも自分たちが迷い込んだ難局を見てとるや、これではタクシーが捕まるまでにたっぷり一時間、二時間、いや六時間、いや百時間かかるだろうとの結論に君は達し、どこかよそでタクシーを探した方がいいんじゃないかと妻に提案した。坂を二、三百メートル下ったところにある別のタクシー乗り場を君は指さした。「でも荷物はどうするの？」と君の妻は言った。「あなた、こんな重いスーツケース三つもあそこまで運べやしないわよ」。「心配ないよ、大丈夫さ」と君は答えた。もちろん大丈夫ではなかった。というか、どうにかかろうじて大丈夫という程度――それら馬鹿でかいスーツケースを二、三十メートル引きずっただけで自分の力を過大評価したことを思い知らされたが、もうその時点では引き返すのも得策ではなかったからそのまま進みつづけ、二つの荷物と一つの荷物を左腕から右腕、右腕から左腕に十秒ごとに持ち替え、時には一つを背中にしょって残り二つを手に提げ、総重量五十キロ近かったにちがいない荷物の重心をひっきりなしに移動させた。当然ながら体からは汗が出てきて、午後の太陽の熱を浴びて毛穴から汗がほとばしり出て、ようやく隣のタクシー乗り場にたどり着いたころにはもう君は心底疲れきっていた。「ほらね、大丈夫だって言っただろ」と君は妻に言ったが、妻は阿呆な十歳の子供に向けるような笑みを君に向けただけだった。なぜなら、たしかに隣のタクシー乗り場に着きはしたが、そこには一台のタクシーも待っていなかったのだ。パリ中のタクシー運転手がリヨン駅をめざしていたのである。ここはもう、ただひたすら待って、そのうちにタクシーが出現するのを願うしかない。何分かが過ぎ、君の体も冷えてきておおむね正常な温度に下がったところで、タクシーが一台こっちへやって来るのが目に入ると同時に、一人の女性が歩いてくるのを君と君の妻は見た。若い、おそろしく背の高いアフリカ系の女性で、カラフルなアフリカの服に身を包み完璧に背筋の伸びた姿勢で歩き、胸に掛けたスリングの中では小さな赤ん坊が眠っていて、右手から重たい買物袋が下がり、左手からももうひとつ重い袋が下がり、三つ目の買物袋は何と頭に載っている。人間の優美さの具現化を自分が目のあたりにしていることを君は悟った。左右に揺れる腰のゆっくり滑らかな動き、その歩みのゆっくり滑らかな動き、一種の叡智と君には思える気品とともに荷を負っている女性、一つひとつの重さが均等に分配され、首と頭はまったく動かず、腕もまったく動かず、赤ん坊は母の胸ですやすや眠っている。一家の荷物をここまで運んでくるにあたり何とも見苦しい姿をさらしたばかりの君は、己のぶざまさを痛感し、自分には逆立ちしてもできっこないことに同じ人間がかくも見事に熟達しているのを見て畏怖の念を禁じえなかった。彼女がなおもこっちへ歩いてくるなか、タクシーが目の前に来て停まった。やれやれ有難い、と君はスーツケースをトランクに入れ、妻と娘がすでに乗り込んでいる後部席に滑り込んだ。「どこまで？」と訊いた運転手に行先を告げると、相手は首を横に振り、車から降りろと君たちに言った。はじめは何のことかわからなかった。「どういうことだ？」と君は言った。「行先のことだよ」と運転手は言った。「近すぎる。そんなしけた距離に時間を無駄にしたくないね」。「心配ないよ、チップは弾むから」と君は答えた。すると相手は「チップなんかどうでもいい。あんたたちに降りてほしいだけだ――いますぐ」と言った。「あんた、目が見えないのか？　こっちは赤ん坊がいて荷物が五十キロあるんだぞ。どうしろっていうんだ――歩けとでも？」。「そんなのはあんたらの問題だ、俺の問題じゃない。降りろ」。もうこっちから言えることは何もなかった。運転席に座った男が、君が伝えた行先に君たちを連れていかないと言っているとなれば、タクシーを降りてトランクから荷物を出して別のタクシーを待つしかない。そのころにはもう、君は怒りを煮えたぎらせていた。これほど怒りに燃え、苛立ちを募らせたのは何年ぶりだろう。いや、これほど怒りに燃え苛立ちを募らせ憤怒に包まれた記憶は一度もなかった。トランクから荷物を降ろして運転手が車をスタートさせたとき、君は肩に掛けていた、執筆中の小説の唯一無二の原稿のみならず読みたくてたまらない『ル・モンド』も入ったカンバスバッグを手にとり、走り去るタクシーに投げつけた。ドサッと大きな音とともにバッグは車のトランクに命中した――五十ポイント大の感嘆符の勢いがこもった、実に悦ばしいドサッ。運転手は急ブレーキを踏み、車を降りて、両こぶしを固め、大事な車に何するんだとわめきながら見るからに喧嘩腰で君の方に歩いてきた。君も君でこぶしを固め、もう一歩でもこっちへ来てみろ、バラバラにしてドブに蹴落としてやるとわめき返した。その言葉を発したとき、君は本当にこの男とやり合う気でいたのであり、バラバラにしてやるという約束もどんな邪魔が入ろうと実行するつもりでいた。男は君の目を見て、君が本気なのを見てとると、回れ右して車に乗り込み、走り去った。君がバッグを取りに道路に出て、拾い上げようとかがみ込んだちょうどそのとき、若いアフリカの女性が赤ん坊を連れ重い荷物を三つ持って歩いている姿が目に入った。彼女はもうとっくに君の前を過ぎ、君が立っているところからすでに五、六メートル先を行っている。彼女が去っていくのを見送りながら、そのゆっくりと規則正しい歩みを君はしみじみと眺め、体の不動ぶりに感嘆し、腰の穏やかな揺れを別とすれば脚以外体のどこも動いていないことを理解した。

骨折一回。子供だったあいだに参加した何千ものゲームを思えば、もっと折らなかったのが驚きである。最低数回は折れていて当然だった。足首のねんざ、太腿の打撲、手首の挫き、膝の擦り剝け、肘の腫れ、過労性脛部痛《シン・スプリント》、頭の殴打、それらは何度もあっても骨折は一回だけ、十四歳のときフットボールの最中に起きた左肩の骨折のみ。このせいで過去五十年左腕を完全に上げられなかったが、べつに大した影響はなく、この物語の中で君の母親が演じた役割がなかったら君としてもわざわざ語りはしないだろう。その役割ゆえ、結局のところこれは母の物語になっているのであって、九年生チームのクォーターバックだった君がバックフィールドでファンブルしたボールを取ろうとダイブして相手チームは何もしていないのに一人で勝手に肩の骨を折った話ではない。ボールを取り戻そうとあせるあまり君は遠くに飛びすぎてしまい、間違った場所に落ちて硬い地面に激突し、骨を折ったのだった。十一月末の凍てつく午後の、審判も監督する大人もいない試合で、君は怪我をしたあとサイドラインに立って試合の残りを見物した。もうプレーできなくてがっかりしていて、骨が折れたことはまだ理解していなかったが腕を動かすとものすごく痛いので怪我が軽くないことはわかっていた。試合が終わると友人の一人と一緒にヒッチハイクで君の家に帰った。二人ともまだフットボールのユニフォームを着ていて、ジャージーとショルダーパッドを外すのにひどく苦労し、友人に手伝ってもらわないと外せなかったことを君は覚えている。土曜日のことで、家には誰もいなかった。妹は友だちとどこかへ出かけていて、父親は仕事に行っていて、土曜日は物件を見にくる客も多かったから母親もやはり仕事に出ていた。友人に手伝ってもらってショルダーパッドを外した二分後に電話が鳴ったが、君は体を動かすだけでもますます痛むようになっていたので友だちに出てもらった。電話は母親からで、母は開口一番君の友人に「ポールは大丈夫?」と訊いた。「それが、あんまり大丈夫じゃないみたいです。腕を傷めたみたいなんです」と友人は答えた。すると君の母は「やっぱりね。だから電話したのよ。心配してたの」と言った。いますぐ帰る、と母は君の友人に言って電話を切った。その後、レントゲンを受けさせに車で君を病院に連れていく途中、その日の午後に何か胸騒ぎがしたこと、何かが君の身に起きたのだという不思議な気持ちが訪れたことを母は打ちあけた。いつそんな気持ちになったのか訊いてみると、まさに君がダイビングして肩を折ったその瞬間から母の胸騒ぎが始まったことが判明した。

古きよき日々などに用はない。ふとノスタルジックな気分に陥って、人生をいまより善くしてくれると思えたものが失われたことをつい嘆いてしまうたび、君は自分に、ちょっと待て、よく考えろ、いまを見るのと同じ目でじっくりあのころを見てみるんだ、と言い聞かせる。するとじきに、いまもあのころも大して変わりはせず、基本的には同じだという結論に君は行きつく。もちろん今日のアメリカ社会のさまざまな悪と愚について、不平はいくらでもある。右翼の擡頭《たいとう》、経済の不正、環境問題の軽視、インフラの崩壊、無意味な戦争、合法化された拷問と理不尽な捕虜引き渡しの野蛮さ、バッファローやデトロイトなど貧困に喘ぐ都市の荒廃、労働運動の衰退、金のかかりすぎる大学に通わせるために子供に負わせる膨大な負債、金持ちと貧者とのますます広がりつつある格差、さらにはこの国が作りつづけるジャンク映画、この国が食べつづけるジャンクフード、この国が思考しつづけるジャンクな思考をめぐって、君が嘆きの長広舌をふるわない日は一日とてない。これでは革命を起こしたくなってくる——さもなければメインの森で隠者として暮らし、果実や木の根を食べて生きのびたくなる。とはいえ、君が生まれた年に戻って、戦後の繁栄の黄金時代のアメリカがどんなだったかを思い出してみるといい。南部じゅうで人種差別法が幅を利かせ、学校などでユダヤ系の人数制限がまかり通り、裏道で堕胎が行なわれ、すべての公務員に忠誠宣誓をさせる大統領命令がトルーマンによって発せられ、ハリウッド・テン裁判、冷戦、赤狩り、原水爆……。歴史のすべての瞬間がそれぞれの問題、それぞれの不正を抱え込んでいるのであり、すべての時代がそれぞれの伝説と偽善的物語を捏造するのだ。ケネディが暗殺されたとき君は十六歳の高校生で、今日の伝説によれば、十一月二十二日のあの日に起きた悲劇によってアメリカじゅうが言葉を失い悲しみのどん底にあったということになっている。けれど君は別の物語を知っている。葬儀の日に友人二人とワシントンまで出かけていったのだ。八年も続いたアイゼンハワー政権のあとにかくも目覚ましい変革を成し遂げたケネディを尊敬するがゆえ、葬儀の場に君は居合わせたいと思ったし、それに加えて、歴史的出来事に参加するというのはどんな感じがするものなのか見てみたかったのだ。それはあの暗殺があった金曜のあとの日曜、ルビーがオズワルドを射殺したあの日曜のことで、葬儀の行列が通り過ぎていくなか、沿道の群衆は恭しく沈黙しているものと、言葉を失い悲しみのどん底にあるものと君は思っていた。ところがその日君が遭遇したのは、騒々しく物見高い野次馬の群れであり、人々はカメラを手に木に登り、もっとよく見ようとたがいに押しあい、その光景は何よりもまず公開絞首刑を、暴力的な死の見世物に伴う戦慄を君に思い起こさせた。君はそこにいて、そうした出来事を自分の目で見た。だがその日以来、本当に何があったか誰かが語るのを聞いたことは一度もない。

そうは言っても、たとえあの日々が戻ってくることは望まなくとも、なくなって寂しいと思うものはある。古い電話機の鳴る音、タイプライターのかたかたという響き、壜入りの牛乳、指名打者のいない野球、アナログ盤レコード、オーバーシューズ、ストッキングとガーター、白黒映画、ヘビー級チャンピオンたち、ブルックリン・ドジャースとニューヨーク・ジャイアンツ、三十五セントのペーパーバック本、政治的左翼、ユダヤ式乳製品レストラン、二本立て映画、スリーポイントショット以前のバスケットボール、宮殿のような映画館、デジタルでないカメラ、三十年使えるトースター、権威の蔑視、ナッシュ・ランブラーズ、木製パネルのステーションワゴン。だが何より恋しく思うのは、公共の場で喫煙が禁止される前の世界だ。十六歳で初めて煙草を喫って以来（ワシントンでのケネディ葬儀の場）、前千年紀の終わりまで、君はどこでも――一部例外はあったが――自由に煙草が喫えた。まずはレストランや酒場、さらには大学の教室、映画館の二階席、本屋にレコード屋、病院の待合室、タクシー、野球場や屋内アリーナ、エレベータ、ホテルの客室、列車、長距離バス、空港、飛行機、空港のシャトルバス。厳しい禁煙法が出来たことで世界はたぶんよりよい場になったのだろうが、何かが失われてもしまったのであり、それが何であれ（ある種の気楽さ？　人間の弱さに対する寛容？　社交的な空気？　禁欲的苦悶を知らぬ呑気さ？）、それがなくなったことを君は寂しく思う。

ひどく奇妙な、およそありそうもない、出来事が起きうる範囲からはるかに逸脱した記憶がいくつかあって、いま思い出すそれらの出来事を経験したのが自分だという事実とうまく折り合いがつかない。たとえば十七歳のとき、初めての外国旅行を終えて（十一年前からイタリアに住んでいる母方の伯母を訪ねた）ミラノからニューヨークへ向かう飛行機に乗ったとき、魅力的できわめて知的な十八歳か十九歳の女の子と席が隣り合わせになり、一時間ばかり話をしたあと、フライトの残りの時間を君たちは欲望もあらわにキスしあい、ほかの乗客たちの前で堂々恥らいも気後れもなしに激しくネッキングを交わした。そんなことがあったなんてありえないと思えるが、本当にあったのだ。翌年ヨーロッパに出かけたときも最後の朝にもっと奇怪なことが起きた。学生船に乗って大西洋を渡ることから始まったその旅を終えるべく、君はアイルランドのシャノン空港で飛行機に乗り、またも綺麗な女の子と隣り合わせになった。本、大学、夏の体験などについて一時間真面目に話したのち、なおも話しながら君たちはネッキングをやり出し、激しく求めあい、じきに毛布で自分たちの体を覆って、毛布の下で君の手は彼女の体じゅうを這い回りスカートの中にも入り込み、あれでもしありったけの意志の力を駆使しなかったら二人ともあのまま禁断の領域に入って全面的な性交に至ったことだろう。どうしてあんなことが起こりえたのか？　若さの性的エネルギーというものは、もうひとつの体がそばにあるだけでセックスに誘引されてしまうほど強力なのか？　いまの君は絶対そんなことはしないだろうし、そんなことをするなんて考えすらしないだろう。とはいえ、そもそも君はもう若くない。

君は決して、見境ない女狂いだったわけではない。若いころもっと野放図に、衝動のままにふるまっていればよかったと思うことはときどきあるけれど。とはいえ、控え目にふるまいはしたものの、親密な交わりに付随する恐るべき菌と関わったことも二度あった。まず淋病に一度、二十歳のときに罹った。一度で十分以上だった。緑色のねばねばがペニスの先っぽから出てきて、尿道が針に刺されたように痛み、単純な排尿の行為が途方もない苦痛に変わった。どうやって罹ったのか、見当もつかなかった。相手の可能性は限られていたし、そのうちの誰一人そんな惨憺たる災難の運び手とは思えなかった。一方、五年後にケジラミ《クラブズ》が湧いたときは責任の所在も明確だった。今回は痛くはなかったが、恥部が四六時中痒いので、どうなっているのかとやっと見てみると、超小型の蟹《クラブ》が無数に群がっているのを見て君は仰天してしまった。海に棲む蟹と形は同じだが大きさはテントウムシほどもない。性病について君はまったく無知だったから、自分が罹るまでこんな災難は聞いたこともなく、ケジラミなどというものがこの世に存在することすら知らなかった。淋病を治すにはペニシリンが必要だったが、こっちはある種の粉末さえあれば恥部に野営している害虫を駆除できる。大したことはない、遠く現在からふり返ればコミカルな疾患にすぎないが、そのときは悲しい、ひどく悲しい気持ちになった。というのも、痒さで君を苛む悪魔たちをうつしたのは、君が人生で初めて本気で愛した女性だったからだ。十五歳のときに狂おしい恋心が君を襲い、思春期が終わるまでずっと君を苦しめていた。そしていま、成年期の始まりに彼女と寝床を共にしてみると、自分はふたたびこの女性を愛する運命なのであって、今度こそ、もし神々が君に味方してくれるなら、相手も愛を返してくれると君は思った。だが、ひそかに二人きりで過ごした週末は、新しい物語の始まりではなかった。それは古い物語の終わりだった。それなりのハッピーエンドではあったが、とにかく終わり、すべての終わりだった。そして君の股間を這い回る虫たちは、その最終章のささやかな結尾《コーダ》だった。

テントウムシは幸運のしるしと見られていた。テントウムシが腕にとまったら、それが飛び去る前に願い事を唱えなさいと言われた。四つ葉のクローバーもやはり幸運の運び手ということになっていたから、幼かった君は芝生に這いつくばって何時間もその小さな宝を探したものだった。それらはたしかに存在したが、ごく稀にしか見つからなかったから、見つかったらそれは大いに喜び祝うに値する事件だった。春の訪れはコマドリの到来によって告げられた。茶色い、胸の赤い鳥が、ある朝唐突に裏庭に現われて芝生の上を跳ね回り、虫を探して地面をつつく。一羽目が訪れたあとは、二羽目、三羽目、四羽目と君は数えて、毎日コマドリの数を足していき、数えるのをやめるころには気候も暖かくなっていた。アーヴィング・アベニューの家に引越した最初の夏（一九五二年）、君の母親は裏庭に花壇を作り、柔らかく肥沃な土に一年生や多年生の花をたくさん植えたが、その中に一本だけひまわりがあって、何週間かが過ぎていくなかでどんどん高くなっていき、まずは君の脛まで、やがて腰まで、それから肩まで伸びて、頭のてっぺんを越えたあともそのまま二メートル近くまで達した。ひまわりの成長はその夏の中心的事件だった。それは時間というものの神秘なはたらきのただなかへの爽快な突入にほかならなかった。毎朝君は裏庭に駆けていき、ひまわりと背較べをして、相手がぐんぐん君を引き離しつつあるのを確かめるのだった。同じその夏、君は初めての親友に、少年時代最初の真の同志に出会った。ビリーという名の、近所に住んでいる少年で、彼が喋るときその言葉を理解できるのは君だけだったから(ビリーは言葉をごっちゃに交ぜて喋る子供で、言葉は明確な音として出てくる前に唾だらけの口の中に戻ってしまうみたいだった)、彼は世界に向けての通訳として君に頼った。そして君も君で、君が用心深いトム・ソーヤーならビルは怖いもの知らずのハック・フィンだと見てやはり彼に頼った。翌年の春、君たちは毎日午後に鳥の死骸を探して一緒に藪の隅々まで見て回った。いま思えば、死んだ鳥の大半は巣から落ちて戻れなくなったひな鳥だったにちがいない。君たちはそれらの鳥を、君の家の横の地面に埋めた。それはきわめて厳かな、でっち上げの祈りの文句と長い沈黙とが伴う儀式だった。君たちはすでに死を発見していたのであり、それが厳粛な営みであることを、冗談を許さぬ行ないであることを知っていたのだ。

君がそれなりに記憶している最初の人間の死は一九五七年に起きた。八十歳になる君の祖母が、心臓発作を起こして床に倒れ、その日のうちに病院で亡くなった。葬式の場に居合わせた覚えはないから、たぶん十歳の子供には早すぎると両親が判断して行かせなかったのだろう。覚えているのは、その後何日も家を満たした闇である。いろんな人が出入りして、君の父親と一緒に居間で喪に服し、知らない男の人たちが訳のわからないヘブライ語の祈りをもごもご呟く。そうしたあわただしい動きの奇妙な静けさ、君の父親の悲しそうな姿。君自身はこの死にほとんど心を動かされなかった。この祖母とは何の繋がりも感じず、彼女が君を愛しているようにも感じられなかった。君が何者なのか、祖母は少しの好奇心も示さなかったし、ほんのわずかな情愛も感じさせなかった。何回か、珍しくお祖母ちゃんらしく彼女に両腕で抱きしめられると、君は怯え、早く抱擁が終わってほしいと願った。一九一九年の殺人事件はいまだ一族内の秘密であり、君がそのことを知るのは二十代前半になってからだが、祖母がどこか狂っているという感触はもうそのころから抱いていて、片言の英語を話し時おりすさまじい金切り声の発作を起こすこの小柄な移民女性には近づかない方が身のためだと思っていた。お悔やみに来た人たちが家から出たり入ったりするさなかにも、君は十歳の男の子としての営みを続け、ラビが君の肩に手を置き、夕方のリトルリーグの試合に行っていいと言ってくれると、君は自分の部屋に上がって野球のユニフォームを着て家から飛び出していった。

十一年後の、母方の祖母の死は全然別の話だった。君はもう大人になっていたし、十四のときに友人が稲妻に打たれて死んだ経験から世界は気まぐれで不安定であることもすでに学んでいた。未来はいつ我々から奪われても不思議はなく、空にはいつでも落ちてきて老人であれ若者であれ殺してしまう可能性をたたえた稲妻が満ちていて、そしていつも、いつもかならず、こちらがまったく予期していないときに稲妻は落ちてくる。この祖母は君が大切に思っていた祖母だった。君が愛していた、几帳面で、ほんの少し神経質な女性だった。よく家に泊まっていって、一貫して君の人生の一部を成していた人だった。いま彼女の死を想い、その緩慢で陰惨な、見ていても辛かった死に方を想うとき、一族のほかの死はすべて突然の、君の友人を死なせたのと同じ一連の稲妻であったことに君は思いあたる。父方の祖母（心臓発作、数時間で死亡）、父方の祖父（君が生まれる前に射殺され即死）、父親（心臓発作、数秒で死亡）、母親（心臓発作、数分で死亡）。さらには母方の祖父も、即死ではなかったが、八十五歳まで健康に暮らした末に二、三週間で急速に衰え肺炎で――つまりは老衰で――死んだ。羨ましい死だと君は思う。八十代まで全力で生き抜いた末に、稲妻による電撃死ではなく、自分が世を去りつつあることを実感する機会、少しのあいだ人生をふり返る機会を与えられたのち、眠りについて無の国へと漂い出ていったのだ。一方、母方の祖母はどこへも漂わなかった。二年間ずっと、針のむしろの上を引きずり回され、七十三歳で亡くなったときには彼女という人間はもはやほとんど残っていなかった。ＡＬＳ（筋萎縮性側索硬化症）、俗に言うルー・ゲーリッグ病。悪性の癌に蝕まれた人の体は君も見たことがあるし、肺気腫にじわじわ絞殺されていく人も見てきた。ＡＬＳもそれらに劣らず悲惨であり、ひとたびそう診断されたらいかなる望みも治療法もなく、崩壊と死へ向かう長い行進が控えるのみ。骨が溶けてゆく。皮膚の内側の骨格がぐにゃぐにゃの接合剤《パテ》になり果て、器官も一つまたひとつ駄目になっていく。君の祖母の場合とりわけ耐えがたかったのは、最初の症状が喉に現われたため、何よりも先に咽頭、舌、食道がやられて喋る力が損なわれたことだった。ある日出し抜けに言葉がはっきり発音できなくなり、音節がずるずる繋がって、しかも少しずれた音で出てきて、一、二か月後にはもうどうしようもなくずれていた。そこから何か月か経つと、痰が詰まって言葉をさえぎり、ゴロゴロ喉が鳴る音もつっかえ、体の自由が失われてさまざまな屈辱を味わった。どこが悪いのか、ニューヨークの医者たちが匙を投げたので、君の母は彼女をミネソタのメイヨークリニックに連れていって徹底的に検査してもらった。そしてそこの医師たちが、彼女に死刑宣告を下したのだった。まもなく彼女の話は理解不能になった。そこからは筆談を強いられ、どこへ行くにも小さな鉛筆とメモ帳を持ち歩いたが、当面ほかの部分はどこも悪くない様子で、まだ歩けたし、周りの生活にも加われた。だが何か月かが過ぎていき、喉の筋肉組織が退化していくにつれて嚥下《えんげ》も困難になっていき、飲み食いは絶えざる試練と化し、ついには体の残りの部分も言うことを聞かなくなった。入院して初めの一、二週間は腕も手も動かせて、筆跡は甚だしく劣化したものの鉛筆とメモ帳を使えばまだ一応意思疎通ができた。やがてミス・モランなる専任の個人看護師がつけられた。小柄でてきぱき動く、偽りの陽気さをたたえた笑みが四六時中顔に貼りついているこの人物は、君の祖母からメモ帳と鉛筆を奪い去り、祖母が抗議の吠え声を上げれば上げるほどメモ帳をますます彼女から遠ざけた。実状に勘づいた君と母はすぐさまモランを馘《くび》にしたが、祖母の体に残っていたわずかな力はこのサディスティックな看護師との戦いに使い尽くされてしまっていた。君が病気のときにモーパッサンの短篇を読んでくれた優しい控え目な女性、君をラジオシティ・ミュージックホールのショーに連れていってくれて、シュラフツでアイスクリームサンデーを買ってくれてランチを食べさせてくれた女性はいまやマンハッタンのアッパー・イーストサイドのドクターズ・ホスピタルで死に向かっていた。まもなく鉛筆を握る力もなくなり、正気も失われていった。体内に残るわずかな力は激しい怒りの念に呑み込まれ、狂気に染まった怒りは彼女をまるで別人にし、絶え間ない吠え声となって外にあふれ出た。無力な動けぬ人間が、己の唾液の池で溺れてしまわぬようあがきながら、締めつけられた喉から絞り出す咆哮。一八九五年ミンスクに生まれ、一九六八年ニューヨークで没。生の終わりは苦々しいものだ（ジョゼフ・ジュベール、一八一四年）。

物事は定まったとおりに進み、君もそれに疑問を抱きはしなかった。町には公立の学校とカトリック系の学校があり、君はカトリックではないから公立学校に通った。通ったどの公立校も、少なくとも当時の尺度からすれば良い学校と見なされていたし、あとから母親に聞かされたところそもそもそれが目当てで君たち一家は君が幼稚園に上がる前にアーヴィング・アベニューの家に引っ越したのだった。他人とは較べようもないが、そのシステムの中で過ごした十三年間のあいだに——最初の七年はマーシャル校（幼稚園から六年生）、次の三年はサウスオレンジ中学（七年生から九年生）、最後の三年はメープルウッドのコロンビア高校（十年生から十二年生）——君は良い教師に何人か出会い、凡庸な教師に何人か出会い、一握りは人生観を変えてくれるような素晴らしい先生で一握りは最低の無能な教師で、同級生には優秀な子も月並みな子も知的障害寸前の子もいた。公立学校はどこもそういうものだ。地域に住んでいる子供は誰でも無料で通えるし、君は特別支援教育なるものが始まる前の時代に育ち、いわゆる問題を抱えた児童向けの学校もまだ作られていなかったから、クラスメートの何人かは体に障害を持っていた。車椅子に乗っていた子がいた覚えはないが、体がねじれた痀瘻《くる》病の男の子や、片腕のない女の子（指のない断端《だんたん》が肩から突き出ていた）、シャツの前面によだれを垂らしている男の子、小人程度の背丈しかない女の子の姿はいまでも目に浮かぶ。今日ふり返ると、こうした子供たちは君の教育の欠かせない一部分だったことがわかる。生活の中に彼らがいなかったら、人間であるとはどういうことなのかをめぐる君の理解はもっと貧しいものになっていただろう。深さも思いやりもない、痛みと辛さの哲学への洞察を欠いた理解になっていただろう。なぜならこれらの子供たちこそ英雄的な者たちだったからだ。自分の居場所を確保するために、彼らは人の十倍頑張らねばならなかった。五体満足な子供、君と同じにまっとうな形の体があって当然と思っている子供だけに囲まれて過ごしていたら、英雄的ということがどういうことなのか、わかりようもなかっただろう。幼いころのそういう友だちの一人に、ぽっちゃり太った、運動がまるで駄目な、眼鏡をかけた男の子がいて、あごが引っ込んでいて面相もぱっとしなかったが、鋭いウィットとユーモアのセンスを持ちあわせていて、級友たちから大いに愛され、算数も抜群にできたが、何より君の心を捉えたのはその並み外れた心優しさだった。彼には寝たきりの弟がいた。弟は発育を妨げる病気を患っていて、そのせいで骨がひどく脆いので硬いものにちょっと触れただけで——あるいはそもそも何の理由もなくても——折れてしまうのだった。放課後に何度かこの友の家へ遊びに行って、弟の部屋にも入ったことを君は覚えている。君より一、二歳年下なだけの弟が、滑車やワイヤーの付いた病院用ベッドに寝ていて、両脚はギプス包帯に覆われ、頭は大きく肌はありえないくらい青白い。部屋に入った君は、ほとんど口を開くこともできず、何とも落着かず、たぶん少し怯えてもいた。けれど弟は気のいい、人なつっこく賢い子で、そのベッドに彼が横になっているのは君にはいつも馬鹿げたことに、およそ許しがたいことに思えた。彼を見るたびに、いったいどんな阿呆の神が君ではなく彼をその体に閉じ込めたのか考えてしまった。君の友は弟をこまめに世話し、二人は君が知るどの兄弟にも劣らず仲よしで、二人きりの私的世界を共有していた。その秘密の宇宙の中心には、二人でプレーする幻想の野球ゲームがあった。サイコロ、カードを使ったその複雑なボードゲームに彼らは没頭し、仔細な統計を維持していた。試合をするたびに丹念に記録をつけ、もうすでに何シーズン分もの試合を行なっていた（一、二か月で一シーズンが終わった）。年月が過ぎるなか、さらに一シーズン、一シーズン想像上の試合を彼らは戦った。一九五七年から五八年にかけての冬、ドジャースがブルックリンからロサンゼルスに移転すると宣言してからまもないある日、オールスター級の捕手ロイ・キャンパネラが自動車事故に遭ったことを知らせてきたのがほかならぬこの友人であったのは完璧にふさわしいことだったといま君は悟る。それはすさまじい大事故で、かりに一命を取りとめたとしても、キャンパネラは生涯ずっと麻痺を抱えることになりそうだった。君の友人は電話口でしくしく泣いていた。

二月二十三日。君が妻と出会った三十年目の記念日、初めて一緒に過ごした夜から三十年目の記念日。君たち二人は午後遅くに家を出て、ブルックリン橋を渡り、ロウアー・マンハッタンのホテルにチェックインする。まあちょっとした贅沢だが、この特別な時を何ら認知せずに二十四時間を終えたくないし、パーティを開くなどという発想は浮かびもしなかったから（結婚生活の長寿をわざわざ他人の前で祝いたいとは思わない）、君と君の妻はホテルのレストランで二人きりの夕食をとる。食べ終わると、エレベータに乗って九階に上がって部屋に入り、シャンパンを一本二人で空にする。ラジオを点けるのも忘れ、テレビを点けて四千本から選べる映画を探索するのも忘れて、シャンパンを飲みながら君たちは話をする。数時間のあいだひたすら話す、過去のこと、これまでの三十年のことではなく現在のこと、君たちの娘のことや君の妻の母親のことを、君たちがいまそれぞれ取り組んでいる仕事のことを、いろいろ大切なことも些細なことも話す、その意味で今夜は結婚してからのすべての夜と何ら変わりはしない、なぜなら君たち二人はいつだって話してきたのだから、それこそがひとまず君たちを定義するものなのだから。出会ったその日からずっと、途切れることのない長い長い会話の中で君たちは暮らしてきた。外は今夜も寒い冬の晩であり、今夜も凍てつく雨が窓に打ちつけているが、君はいま妻と二人でベッドに入っていて、ホテルのベッドは暖かく、シーツは滑らかで心地よく、枕はまさしく巨大である。

一時的な片想いや戯れはいくつもあったが、若いころの大恋愛は二つだけ、十代なかばと十代後半の劇的事件。どちらも悲惨な結果に終わり、その後に最初の結婚が続いてこれまた大失敗に終わった。まず一九六二年、高一の英語の授業で一緒になった美しいイギリス人の女の子に恋をしたときから始まって、間違った人物を追いかける才能が君にはあるように思えた――手に入らないものを欲しがる才能、君に愛を返せない、あるいは返そうとしない女の子に心を捧げる才能。時おり君の知性に興味を示したり、つかのま君の体に興味を示したりする子はいても、誰一人君の心には興味を示さなかった。この二人はどちらもひどく魅力的で、破滅的な、君の心をしかと捉えた、なかば狂った女の子だった。でも君は二人のことをほとんど何も理解していなかった。

君は彼女たちを捏造したのだ。君自身の欲求の架空の化身として二人を利用し、彼女たちが抱えている問題や生い立ちを無視し、彼女たちが君の想像力の外においてどういう人間かも理解していなかった。それでもなお、彼女たちが君から離れていけばいくほど、君はますます彼女たちに焦がれた。高校のときの女の子は秘密のハンガーストライキをやって入院した。拒食症という言葉は当時君のボキャブラリーになかったから、癌か白血病かと君は思った（彼女の母親は数年前に白血病で亡くなっていた）。かつて美しかった彼女の体が瘦せ細り、無残にやつれてしまったことを、ほかに説明しようはなかった。病院へ見舞いに行って、入れてもらえなかったことを君は覚えている。毎日毎日、何度行っても入れてもらえず、恋しさと心配に気も狂いそうになったが、結局のところ彼女は男の子に向いてはいなかった。君の二十代前半に二度ばかりふらっと君の人生に戻ってきはしたものの（その結末がケジラミ騒動）、彼女は生来、女の子に思いが行っていたのであり、元々君にチャンスはなかったのだ。二つ目の物語は大学一年の冬、もう一人の不安定な女の子に恋をしたときに始まった。彼女は一方で君を求め、一方では求めず、彼女が君を求めなくなればなるほど君はますます熱烈に彼女を追い求めた。病める吟遊詩人と不実な貴婦人。数か月後に彼女が手首を切って中途半端な自殺未遂を企てたあとも、白い包帯をした、歪んだ可愛い笑顔の彼女を君は愛しつづけ、それから、包帯が外れると彼女を妊娠させ（コンドームが破れてしまったのだ）、有り金すべてを中絶の費用に充《あ》てた。これもまたいまだ夜の眠りを妨げる辛い記憶だ。生まないことにしたのは正しい決断だったという確信はあるものの（十九と二十の親なんて考えただけでぞっとする）、その生まれなかった子供の記憶に君は苛まれている。

その子が女の子だったと君はつねづね想像してきた。赤毛の女の子、とびきり活きのいい爆竹みたいな女の子。生きていれば彼女はいま四十三歳になっていることに思いあたって君の胸は痛む。つまり、君はしばらく前に、ずっと前にお祖父ちゃんになっていた可能性も大いにあるのだ。もし彼女を生かしていれば。

過去のさまざまな失敗、判断の誤り、自分や他人を理解する能力の欠如、衝動的で安定を欠いた決断、心の問題に対する何とも間抜けな対処の仕方を思えば、こんなに長続きした結婚に行きついたのは奇妙なことに思える。この思いがけない運命の逆転の理由を解明しようと君は努めてきたが、いままで答えが出たためしがない。ある夜知らない人間と出会って恋に落ち、相手も君に恋した。そんな幸運を受けるいわれは君にはなかったが、かといってそれを受ける資格がないということもなかった。それはただ起きたのであり、わが身に起きたことを説明しようとしても、運、と言うしかないのだ。

そもそもの始まりから、彼女はすべて違っていた。今回は作りごとではない。君の心の中の勝手な思いの投影ではなく、生身の人間であり、二人で話を始めた瞬間から彼女は自分の現実を君につきつけてきた。九十二丁目Y（ユダヤ人向けの文化施設）で開かれた詩の朗読会のあとに、ただ一人の共通の知りあいにロビーで紹介されてすぐのことだった。彼女は恥ずかしがって自分を引っ込めもせず、捉えがたい女を演じようともせず、君の目をまっすぐ見てしっかり地に足のついた存在として自分を押し出してきたから、君が彼女を彼女でないものに変えてしまう余地はなかった。過去の女たちのように、彼女をつくり上げる余地はなかった。彼女はすでに自分をつくり上げていたからだ。たしかに美しくはある。間違いなく、崇高に美しい。瘦せた一八〇センチの金髪女性、脚も華麗に長く、手首は四歳の子供のように細い、君がいままでに見た一番大きな小さい人物、あるいは一番小さな大きい人物。とにかく君は何やら遠くにある女性的壮観を見るのではなく、命あって息をしている人間的主体と対話していたのだ。主体であって、客体ではない。ゆえにいかなる錯覚も許されない。いかなる幻想もありえない。知性こそ唯一装いえない人間の特性である。彼女のまばゆい美しさにひとたび目が慣れると、この人物がこの上なく賢い女性であること、君がいままでに出会った中でも指折りの知性の持ち主であることを君は理解した。

少しずつ、その後の数週間で彼女をもっとよく知るようになるにつれ、大事な事柄に関して君たちはほとんどすべて見方が一致することが判明した。政治観も同じ、大切に思う書物も大半は同じ、人生から何を求めるかの考え方も同じで——愛情、仕事、子供——金や財産はリストのはるか下。君を大いに安堵させたことに、性格はまるで違っていた。彼女は君よりよく笑い、君より奔放で外向的で、君より温かく、それでも、ずっと深いところ、君たちが結ばれているもっとも奥のところでは、自分自身の別バージョンにめぐり逢ったと君は感じていた。君よりもっと進化した、君が自分の内にためてしまっているものをもっと上手に外に出せる、より正気な別バージョン。君は彼女を心から慕い、そして人生で初めて、君が慕う人物が君を慕い返してくれた。

ミネソタ出身の若いルター派の女の子と、それほど若くないニューヨークのユダヤ人、とまるで違う世界から君たちは来ていた。だが三十年前の二月二十三日に偶然出会ってから二か月半のうちに、一緒に暮らすことを君たちは決めた。それまでずっと、君が女性に関して下した決断はすべて間違っていた。でもこの決断だけは間違っていなかった。

彼女は大学院生で、詩を書いていて、一緒に過ごした最初の五年のあいだに彼女が授業の単位を取り終え口頭試問に備えて勉強し試問に合格し、それから博士論文（ディケンズにおける言語とアイデンティティに関して）執筆の険しい道のりをこつこつ歩んでいくのを君は見守った。それと並行して詩集も一冊出版したし、結婚当初君たちはほとんど金がなかったから彼女はいろんな仕事に携わった。ゾーン・ブックス刊の三巻本アンソロジーを編纂し、ジャック・ラカンに関する他人の博士論文を内緒で代筆したりもしたが、一番の中心は教えることだった。初めての授業は保険会社の従業員が対象で、出世のチャンスを高めようとするやる気のある若い働き手を相手に英文法と論説文の書き方を教えた。週に二度、生徒に関するさまざまな逸話を抱えて君の妻は帰ってきた。愉快な話もあれば胸を打つ話もあったが、君が一番よく覚えているのは期末試験に現われた噴飯ものの解答である。学期のなかばごろ、君の妻はさまざまな比喩表現について講義し、その話題のひとつが婉曲話法だった。たとえば息絶える《パス・アウェイ》は死ぬ《ダイ》の婉曲話法であるわけです、と彼女は例を挙げた。そして期末試験で、婉曲話法という言葉を定義せよという問題を出したところ、それなりに熱心なのだが学習能力に問題のある生徒が「婉曲話法とは死ぬことである」と解答した。保険会社の次はクイーンズ・カレッジ、ここで三年間非常勤講師を務めた。ひどく骨の折れる、給料も安い仕事で、英語補習と英作文の授業を毎学期二コマ受け持ち、一クラスは二十五人、毎週五十本のレポートに赤を入れて、学生それぞれに毎学期三回面接し、コブル・ヒルからフラッシングまで朝六時に家を出て二時間かけて地下鉄二本とバス一本を乗り継いで通い、終わるとまた二時間かけて逆方向をたどり、それで年収は八千ドル、手当のたぐいはいっさいなし。長い一日は彼女をくたくたに疲れさせた。仕事と通勤のせいだけでなく、大学の蛍光灯の下で何時間も過ごすのも原因で、チカチカ点滅する光は偏頭痛持ちの人間に頭痛をもたらしがちであり、君の妻は小さいころからずっと偏頭痛を患ってきたから、帰ってきたとき目の下に隈が出来ておらず割れるような頭痛を抱えてもいない晩はめったになかった。論文はなかなか進んでいなかった。一週間のスケジュールがあまりに細々《こまごま》と分断されてしまって、リサーチや執筆に集中できる時間がおよそ持てなかったのだ。けれども、君の財政状況がいくぶんではあれにわかに好転してきたので、とにかく教師の仕事を辞めるよう君は彼女を説き伏せた。ひとたび自由を得ると、彼女は六か月でディケンズ論文を書き上げた。そもそもわからないのは、なぜそこまでして書き上げようと頑張るかだった。はじめは大学院に入ることも筋が通っていた。独身女性には職が必要であり、特に親に金がなければなおさらである。彼女の野心は書くことだったが、作家業で食べていけるとは当てにできないから、大学で教職に就こうと考えたのである。でもいまは事情が違う。結婚していて、経済状況も日に日に不安定ではなくなってきていて、もはや大学の職を考えてもいない。なのに彼女は、博士号を取得するまで努力を続けているのだ。君は何度も、どうしてそれがそんなに大事なのかと彼女に訊ねた。彼女が君に与えたいくつかの答えこそ、当時の彼女という人間、いまもそうである人間の核心を物語っている。一、いったん始めたことを途中でやめる気になれない——意地と自尊心の問題。二、女だから——君が一年で大学院をやめたのは構わない、君は男であって男たちは世界を支配しているからだが、女は高学歴というバッジを着けていないかぎりそうした男の世界では見下され、着けていればある程度の敬意は得られる。三、好きだから——日々研究に没頭したその規律のおかげで彼女の精神は向上し、思考力もより良くより緻密になったし、今後は時間の大半を小説執筆に費やす（第一作をすでに書きはじめていた）としても、博士号を取ったあとも知識人としての生活を捨てる気はない。こうした議論を君たちが交わしたのはもう二十五年以上前のことだが、この時点ですでに彼女は未来を見通し、今後に控える生活の輪郭を捉えていたように思える。それ以来、長篇を五冊出版して目下六冊目を執筆中、加えてノンフィクションの著作が四冊ありその大半はエッセイで、文学、美術、文化、政治、映画、日常生活、ファッション、神経科学、精神分析、認知哲学、記憶の現象学等々実に多岐にわたるテーマで何十本と書いてきた。一九七八年、コロンビア大の英文科博士課程に入学した学生百人のうちの一人だった彼女は、七年後、最後までやり通したわずか三人のうちの一人だった。

妻と結婚したことで、君は彼女の家族の一員ともなった。両親は彼女が育った家にいまも住んでいたから、別の世界が君の血流の中にだんだんと吸収されていった——ミネソタ、中西部北側の田園王国における最北の地域。君が想像していたような平べったい土地ではなく、ゆったりとうねった、小さな頂やちょっとした窪みのある、山もないし丘が突き出ていたりもしないが遠くの雲があたかも山や丘のように見えて厚みの錯覚を生み出し、何マイルもうねって続く土地の単調さをそれら蒸気の白い塊が和らげ、雲がない日にはアルファルファ畑がはるか地平線まで広がるのが見え、その低く遠い地平線の上には巨大なはてしない空、あまりに大きくそのまま君の爪先までのびて来る空がある。地上でどこよりも寒い冬のあとには湿気の多いうだるような夏が続き、灼熱の暑さが無数の蚊を伴ってやって来て、蚊のあまりの多さにそれら殺人急降下爆撃機の絵と**ミネソタ州鳥**という字が入ったTシャツを売っているほどだった。一九八一年の夏、二か月の予定で初めてミネソタに行ったとき、君は編纂中の二十世紀フランス詩アンソロジーの序文を書いている最中で、君の未来の妻の両親はよそへ出かけていたから、四十数ページに及ぶその長文を、セントオラフ・カレッジの未来の義父の研究室を借りて書き、バイキングの兜《かぶと》の絵を飾った部屋でアポリネール、ルヴェルディ、ブルトンをめぐる文章をひねり出したのだった。ほとんど人けのないキャンパスに毎朝君は車で出かけていったが、ある週突然、大学の建物をいくつも借りて毎年開かれるキリスト教指導員会議が始まり、キャンパスはにわかに活気づいて、朝に車を駐めるときみんなほとんど同じに見える指導員たち――一人残らず角刈りで太鼓腹にバミューダパンツ――が何十人と歩いていくのを眺めるのはひどく愉快だった。それからノルウェー語学科の研究室に行って、また二ページ、三ページ、フランスの詩人について書く。君が滞在しているノースフィールドは「牛《カウ》、大学《カレッジ》、満足《コンテントメント》の町」と謳っていて人口はおよそ八千、ジェシー・

ジェームズとその一味が銀行強盗を企てて失敗に終わった地として何より知られているが（弾丸の穴がディヴィジョン・ストリートの銀行の壁にいまも残っている）、すぐさま君の一番のお気に入りになったのは、州道十九号線にあるモルト＝オ＝ミールの工場だった。あの穀粉《ファリーナ》の肌理《きめ》の黄褐色のシリアルの材料に使われる、ナッツの香りが付いた穀物――それが生み出す白い雲が高い煙突からもくもくと立ちのぼっていた。工場は君の未来の義父母の家と町の中心とのちょうど中間、線路からほんの二、三百メートルのところにあって、その夏のある午後に君が君の未来の妻と一緒にその線路の前で立ちどまると、のろのろと走る列車が君たちの前を過ぎていき、その車両の連なりたるや見たこともないほど長く、百台から二百台のあいだと思われたが君と未来の妻は話に没頭していたから数える余裕はなかった。主たる話題はニューヨークへ帰ったら探すつもりのアパートのことで、そのとき初めて結婚という話が君たちのあいだで持ち上がったのだった。単に同じ屋根の下で一緒に暮らすだけでなく、婚姻によって結ばれることが彼女の望みであり要求だったのであり、君はもう二度と結婚しないと決めていたけれど、もちろんさ、君の望みなら喜んで結婚するよと答えた。もうこのころには彼女のことを十分長く愛していたから、彼女の望みはまさしく君の望みでもあるとわかっていたのだ。だから君はその夏、周りのすべてのものにじっくり注意を払った。この土地こそ彼女が少女時代と大人になってまもない日々を過ごした場所であり、その風景の細々《こまごま》したところまでじっくり眺めれば彼女をもっと知ることができる、もっとよく理解できると思ったのであり、彼女の母、父、妹三人を少しずつ知るようになっていくにつれて、彼女の家族についても君は理解していき、それによって彼女のことがさらによくわかるようになり、彼女が歩いている大地の堅固さを実感するようになっていった。この家族は堅固な家族なのであり、君が育ったばらばらで間に合わせの家族とはまるで違っていた。そしてまもなく、君もその一員となった。永遠の幸運と言うべく、この家族はいまや君の家族にもなったのである。

それから毎年冬の訪問が始まった。年末から年始にかけての里帰り。一週間から十日を凍りついた世界で過ごす。静寂に包まれた空気、風に運ばれて君の体を刺す無数の短剣、朝の台所の窓ごしに温度計を見て赤い水銀が華氏零下二十度、零下三十度(それぞれおよそ摂氏零下二十九度、三十四度)で止まっているのを目にする。人間の生にあまりに敵対的な温度を見て、誰であれどうしてこんな所に住めるんだろうと君は何度も不思議に思ってきた。頭から爪先までバッファローの皮にくるまったスー族の家族や、ツンドラのような大平原で凍死しつつある開拓者の家族を君は思い浮かべた。こんな寒さはほかにない。外へ一歩出たとたんに顔の筋肉を直撃し、皮膚を叩きのめし、萎ませ、血管内の血を凝固させる。なのに一度、数年前に、一家全員でオーロラを見に闇の中へわざわざ出ていったことがある。君がオーロラを見たのはあとにも先にもそのときだけで、それは忘れがたい、想像を絶する眺めだった。寒さの中に立ち、電気のような緑色の光を見上げる。夜の黒い壁を背に緑色にきらめく空の賑やかかな眺めの壮大さには、それまでに見たどんな眺めも遠く及ばなかった。それにまた、雲のない澄んだ夜には、空一面に星がぎっしり、地平線から地平線まで並び、よそでは決して見られぬ無数の星がたがいに溶けあって濃密な水たまりを、頭上に浮かぶ白さの粥《ポリッジ》を形成する。そうした夜が明けると白い朝が、白い午後が続き、雪が降る――君の周りじゅうではてしなく雪が降り、君の膝まで達し、腰まで達し、小さかったころ君の母親の花壇にあって君の頭を越えたひまわりのようにますます高くなり、見たこともないほどたくさん雪が降って、突然君は九〇年代なかばのある瞬間を生き直している。君は妻と娘とともにクリスマス恒例のミネソタ巡礼に来ていて、吹雪の夜に車を運転中で、ミネアポリスにある妻の妹の家から、六十キロばかり離れたノースフィールドにある妻の両親の家へ向かっている。後部席には三世代の女たち（義母、妻、娘）が座り、前部右の助手席には君の義父が座っている。君が彼の長女と結婚して以来、義父はずっと君に優しく接してくれたが、この人も多くの面で君の父親同様他人から距離を置く、自らの殻に閉じ籠もった人物である。君の父同様に辛い貧しい幼年期を生き抜いてきたが、彼の場合はこれに、第二次世界大戦に若き歩兵として参戦した試練も加わっていた（ルソンの戦い、フィリピン、ニューギニアのジャングル）。とはいえ、殻に籠もった男と意思疎通することにかけては君も長年のエキスパートである。義父が時に自分の父と似ていると感じられることはあっても、この人には温かさと優しさのもっと大きな貯えが中にあるとわかるし、この人の方が父親より知りうる存在であり人類の一員である度合もこの人の方が高いとわかる。君は四十六歳か七歳で、肉体的にも元気そのもの、中年期のただなかにあっていまだ若々しく、この時点ではまだ運転が上手で通っているから、後部席の女性軍は君が彼女たちを無事ノースフィールドの家まで届けてくれるものと信頼しきっていて、吹雪がはらむ危険のことなどこれっぽっちも心配していない。実際、家に帰る道中、三人は次々いろんな話題について、あたかも夏の盛りの穏やかな晩であるかのように喋りまくっている。だが君がエンジンを始動させ義妹の家から出たとたん、これから地獄のようなドライブが始まることを、そして天候が最悪からさらにありえない悪さに至るにちがいないことを君も君の義父も悟る。ひとたびハイウェイに達してI‐35を南に走りはじめると、雪がフロントガラスに叩きつけ、ワイパーは全速力で動いているもののワイパーがその弧を描ききったとたんに雪がまたガラスの上に集まりはじめるものだから前はほとんど何も見えない。ハイウェイには照明灯もないが、反対のレーンをこっちへ走ってくる対向車のヘッドライトが君の車のフロントガラスに降る雪を照らし出すので、君に見えているのはもはや雪ではなく小さなまぶしい光のシャワーである。何より悪いことに路面は滑りやすく、スケート場のようにつるつるに凍りつき、時速二十キロ、二十五キロ以上で走ったらタイヤの静止摩擦は失われブレーキは役に立たなくなるだろう。五十メートルか百メートルごとに、左にも右にも、滑って道路から外れてしまった車が山のような雪だまりや吹き寄せになかば転倒して埋もれているのが見える。生涯ミネソタで生きてきた義父はこういう吹雪の中を走ることの危険を嫌というほど知っているから、夜の闇の中でのろのろ車を進める君を助手席から全面的に支援してくれて、フロントガラスに降りそそぐ雪のキラキラの雲の向こうをじっと見通し、前に控えるカーブについて君に警告し、君の落着きと集中が途切れぬよう何かと気を遣い、頭の中、体の筋肉の中で君とともに車を運転してくれている。こうして前部席に君と古強者の兵士が座り、女たちがうしろに座った一団は、ふだんなら三、四十分で済むところを二時間行軍してようやくノースフィールドの家にたどり着き、五人で家に入っていくとき女たちはなおもぺちゃくちゃ喋りゲラゲラ笑っていたが、これが君の神経にとってどれだけの試練だったかを知る義父は――彼の神経にとっても試練だったのだ――君の背中をそっと叩き、ささやかなウィンクを君に送ってよこす。軍服を脱いで五十年後、軍曹は君に敬礼したのだ。

ミネソタ州ノースフィールドのクリスマスディナー。一九八一年から義父が亡くなった二〇〇四年まで毎年続き、そのあと家族の家は売られて、義母はアパートメントに移り、新しい環境に合わせて伝統にも変更が加えられた。だがそれまでの四半世紀近く、食事は細部に至るまで定式化されていて、いかなる要素も前年と変わらなかった。一九八一年に初めて食卓を囲んだときは七人だけだったのが――義母と義父、君の妻、彼女の三人の妹、そして君――一年が次の年に溶けていき妻の妹たちも結婚して自分の子供を持つようになっていくなかで輪は徐々に広がっていき、四半世紀が終わるころには、きわめて老いた者と老いた者、若き者ときわめて若き者を含め全部で十九人が卓を囲むようになっていた。クリスマスを祝うのが二十五日の午前午後ではなく二十四日の夜であったことはぜひとも述べておかねばならない。アメリカ中西部に住んではいても、君の妻の家族はスカンジナビア人の、ノルウェー人の家族だったのであり、それはいまも変わらない。したがってクリスマスに関する慣習も、すべてこの地域ではなくかの地域のしきたりに従うのだ。君の義母は一九二三年にノルウェー南端の町に生まれ、三十になって初めて大西洋を渡ってアメリカにやって来た。英語は流暢だが、この第二言語を彼女はいまもはっきりしたノルウェー訛りで話す。若い女性として戦時中を生きドイツによる占領を生き抜き、占領初期、十七のときにいち早くナチスに抗議するデモに参加して九日間投獄され（もっとあとの時期だったら収容所に送られていただろうと彼女は言う）、二人の兄はどちらも地下組織の活動家だった（一人はアジトに押し入られ、ゲシュタポを逃れてスキーでスウェーデンに行った）。義母は知的で博学な人物であり、君も大いに尊敬し深い親愛の情を抱いているが、英語とアメリカ地理の理解には時おり欠落があって不思議なエピソードが生まれもする。とりわけ可笑しかったのは十五、六年前、夫と乗っていたボストン行きの飛行機が空港を覆う霧のため着陸できずニューヨーク州オールバニーに行先が変更になったときのことで、彼女は君の妻に電話してきて、「あたしたちアルバニアにいるのよ！　アルバニアに泊まるのよ！」と宣言した。義父の方も、一九二二年にミネソタ州キャノン・フォールルズに生まれた三世アメリカ人とはいえ、やはり根っからのノルウェー人だった。大平原に育った十九世紀の子供たちの最後の末裔とも言うべく、電気も屋内便所もない丸太小屋で農夫の子として育ち、その田舎のコミュニティは周囲からまったく孤立していて、しかも住民は一人残らずノルウェーからの移民かその子孫だったから、義父は少年時代の大半を英語ではなくノルウェー語を話して過ごしたので、大人になり老齢に入ってからもずっと訛りが残っていた。義母のような強い訛りではなく、柔らかで音楽的に訛ったアメリカ英語であり、ほかには一度も聞いたことがないその喋り方を、君はいつも耳に快く感じたものだった。戦争で学業に長い中断があったあと、復員兵援護法の恩恵を受けて大学を終え、大学院に進学してフルブライト奨学金でオスロ大学に一年留学し（そこで君の義母にも出会った）、ノルウェー語ノルウェー文学の教授になった。というわけで君の妻は、ミネソタ州に位置してはいてもあくまでノルウェー人の家庭に育ったのであり、したがってクリスマスのディナーも断固徹底的にノルウェー流だった。要するにそれは、君の義母が一九二〇、三〇年代ノルウェー南部で過ごした少女時代に家族とともに食したクリスマスディナーの再現にほかならなかった。それは現代アメリカの、スーパーマーケットには二百種類のシリアルがありアイスクリームのフレーバーも八十四種類ある豊かで物にあふれる暮らしとは遠く隔たった時代だった。年一度の食事は決して変わらず、二十三年のあいだひとつの料理が足されも引かれもしなかった。メインコースは七面鳥でもハムでもなく、軽く塩と胡椒をまぶしてオーブンで焼いた豚の骨付き肉であり、ソースも薬味もつけない。茹でたジャガイモ、カリフラワー、赤キャベツ、芽キャベツ、人参、コケモモを添え、デザートはライスプディング。これ以上シンプルなメニューもなく、今日アメリカでまっとうな休暇の御馳走とされている通念からおよそこれほど隔たったものもないが、二年ばかり前に君の姪や甥たちの一番若い層を対象に意識調査を行ない（伝統はいまもニューヨークで続いているのだ）、クリスマスディナーはいままでのままがいいか何か変えるのがいいか訊いてみたところ、全員口を揃えて「変えないで！」と叫んだ。これは儀式としての、継続としての、家族の絆としての食べ物なのであり、君たちが海へ漂い出てしまうのを防いでくれる象徴的な錨《いかり》なのだ。結婚によって、かような一族の一員に君はなった。十五のとき、ウィットあふれる君の娘は、自分のバックグラウンドを言い表わす新しい言葉を思いついた――ジュー＝ウィージアン（「ジュー」〔ユダヤ人〕と「ノーウィージアン」〔ノルウェー人〕を合わせている）。この二重アイデンティティに当てはまる人間がいったい何人いるかは疑問だが、何といってもここはアメリカであり、そのとおり、君と君の妻はジュー＝ウィージアンを子に持つ親なのだ。

君が子供のころ愛した食べ物。物心ついたころから思春期のとば口まで、いったい何回フォークを口に入れ、スプーンを口に入れ、何回嚙み、飲み、何回小さくすすり、大きく呑み込んだことか。一日を通していろんな時間に飲んだ無数の果物ジュース。朝のオレンジジュースはむろん、アップルジュース、グレープフルーツジュース、トマトジュース、パイナップルジュース、コップに入ったパイナップルジュースのみならず夏のあいだは製氷皿で凍らせたパイナップルジュース（これを君と君の妹は「パイナップル　塊《チャンクス》」と呼んだ）、飲んでいいと言われるたびに喜んでがぶ飲みしたソフトドリンク（コカコーラ、ルートビア、ジンジャーエール、セブンアップ、オレンジクラッシュ）、大好きだったミルクシェーク、特にチョコレート味が好みだったがたまに趣向を変えてバニラも飲んだし両者を合わせた「ブラック＝アンド＝ホワイト」も楽しんで、夏となれば何と言ってもルートビア・フロート、これはバニラアイスクリームと一緒に作るのが王道だが君にとってはコーヒーアイスクリームなら一段と魅力的だった。朝食はいつもシリアルで始まり、コーンフレーク、ライスクリスピー、シュレデッドホイート、パフトホイート、パフトライス、チェリオス、とにかくその朝キッチンの棚にあったものをボウルに流し込み、牛乳をかけて、匙一杯（あるいは二杯）の上白糖をまぶす。次は卵料理（たいていはスクランブルエッグ、時には目玉焼きか半熟茹で）とバターを塗ったトースト二切れ（白パン、全粒粉、ライ麦）、これにしばしばベーコン、ハム、ソーセージが付き、あるいはフレンチトースト（メープルシロップがけ）、ごくたまに――そしてこれが最高だった――山と積まれたパンケーキ（これもメープルシロップがけ）。何時間かすると、パン二切れのあいだに肉などをはさんだ昼食。ハムかサラミ、コーンビーフかボローニャソーセージ、時にはハムとアメリカンチーズの両方、時にはアメリカンチーズだけ、あるいは君の母の得意料理のひとつツナサンド。寒い日、今日のような寒い冬の日には、サンドイッチの前にスープがボウルに入って出てくることも多く、五〇年代前半スープといえばつねに缶詰で、君の一番の好みはキャンベルのチキンヌードルかキャンベルのトマトスープで、これはきっと当時アメリカ中すべての子供がそうだったにちがいない。ハンバーガーにホットドッグ、フレンチフライにポテトチップ――これは週に一度、地元のモルトショップ（麦芽乳、ミルクセーキなどを出すアイスクリーム店）クリッククルウッドで毎週木曜に友人たちと一緒に昼食を食べたときの御馳走である（君の小学校にはカフェテリアがなく、みんな昼食を食べに家に帰ったが、君が九歳か十歳になったころから、君や君の友人の母親たちがこの贅沢を許してくれたのだ――毎週木曜クリッククルウッドでのハンバーガーにホットドッグもしくはその両方、全部食べてもせいぜい二十五セントか三十セント）。夕食はディナーともサパーとも呼ばれ、メインディッシュがラムチョップなら最高だったがローストビーフもいい勝負だったし、あとは順不同でフライドチキン、ローストチキン、ビーフシチュー、ポットロースト、スパゲティミートボール、レバーソテー、ケチャップをたっぷりかけた魚フライ。ジャガイモは定番で、どう料理してあっても（基本的にはベークドポテトかマッシュポテト）間違いなく美味しかった。野菜ではトウモロコシが一番だったが、味わえるのは夏の後半に限られていたので、エンドウマメ、エンドウマメと人参、サヤインゲン、ビーツなども出てくれば喜んで食べた。ポップコーン、ピスタチオナッツ、ピーナッツ、マシュマロ、グレープゼリーを塗りたくった塩味クラッカー、そして君の少年時代後期から登場した冷凍食品（特にチキンポットパイとサラ・リーのパウンドケーキ）。もういまでは甘いものに対する嗜好もあらかたなくしてしまったが、少年時代の遠い日々をふり返って、糖分満載の食べ物を自分がどれほど欲し、貪ったかを思うとほとんど愕然としてしまう。まずは何よりアイスクリーム、いくら食べても飽きないように思えた——ボウルに盛ったプレーンのアイスクリーム、チョコレートソースのかかったアイスクリーム、サンデーやフロートになったアイスクリーム、棒に刺さったアイスクリーム（グッドヒューマーやクリームシクル）、球体の中に隠れたアイスクリーム（ボンボンズ）、長方形（エスキモー・パイ）、ドーム状（ベークド・アラスカ）。アイスクリームこそ君の若き日の煙草だったのであり、君の魂に忍び込んでその魅力で君をはてしなく誘惑した中毒物だったのだ。が、君はまたケーキにも目がなく（チョコレートレア！　エンジェルフード！）、さらにクッキーにも弱かった——バニラフィンガーからバリーズ・ダブルディップチョコレートまで、フィグニュートンからマロマーまで、オレオからソーシャルティー・ビスケットまで、加えて十二歳までに貪り食った何百種に及ぶキャンディバー（ミルキーウエイ、スリー・マスケティアーズ、チャンキー、チャールストン・チュー、ヨーク・ミント、ジュニア・ミンツ、マーズ、スニッカーズ、ベイビー・ルース、ミルク・ダッズ、チャックルズ、グーバーズ、ドッツ、ジュジューブズ、シュガー・ダディ等々）。あれだけ糖分を吸収していながらどうやって太らずにいられたのか？　思春期へ向かうなかで、どうして体は依然上に伸びつづけ横に広がらずに済んだのか？　有難いことにもうそうしたこともすべて過去の話だ。けれど時おり、二年か三年に一度、長距離の飛行機を待って空港にいて（なぜかかならず空港なのだ）、新聞を買おうとキヨスクに入っていくと、大昔の渇望が突如君を捉え、君はレジの下に並んだ菓子に目を落とし、もしチャックルズが置いてあったら買う。十分と経たぬうちに、五つのゼリーキャンディはすべてなくなっている。赤、黄、緑、橙、黒。

　ジュベール――生の終わりは苦々しいものだ。この言葉を書いてから一年と経たぬうち、六十一歳の年齢で――それは一八五一年にあっては今日の六十一よりずっと上の歳に思えたにちがいない――ジュベールはまた違った、もっとずっと受け容れづらい格言を書きつけた。人は愛すべき人間として死なねばならない（できるものなら）。この一文に、特にカッコの中の一言に君は心を動かされる。これは類まれな繊細さの表われだと君には思える。愛すべき人間となることが、とりわけ老いた者、老衰に入っていきつつあり他人に世話してもらわねばならない者にとっていかに難しいかを、大きな代償を払って理解した人間の一言だと思える。できるものなら。人間にとっておそらく、終わりに至って愛すべき人間であることこそ最高の達成だろう。「苦々しい」時期であろうとなかろうと同じことだ。尿と糞とよだれで死の床を汚す。みんなそこへ向かっているんだ、と君は自分に言い聞かせる。問題は無力で退化した状態で持ちこたえながらどこまで人間らしくいられるかだ。自分が最後にベッドにもぐり込むとき何が起きるか見当もつかないが、君の両親のように突然逝ってしまうのでないかぎり、愛すべき人間でいたいと君は思う。できるものなら。

一九七一年に魚の骨で危うく窒息死しかけたことも言い忘れてはならない。あるいはまた、二〇〇六年のある晩、暗い廊下で危うく死ぬところだったことも――君は低いドア枠に額をぶつけてうしろによろめき、バランスを取り戻そうとして今度は前につんのめり、敷居に足をひっかけて転び、中の部屋の床に顔から倒れ込み、あと数センチずれていたら頭がテーブルの太い脚に激突していたのだ。毎日、世界中あらゆる国で人はそうやって転んで命を落としている。たとえば君の友人の伯父の、十九年前にも書いた（「赤いノートブック」３）人物は第二次世界大戦中にナチスと戦うレジスタンスの闘士としていくつもの弾丸を浴び数々の危険を生き抜き、唖然とするほかない頻度で避けがたい死を逃れ手足を失う運命を逃れておきながら、戦後シカゴに移住して、平和なアメリカの静謐の中で、戦場からも飛び交う銃弾からも炸裂する地雷からも遠く離れて暮らしていながら、ある夜目覚めてトイレに行き、暗くなったリビングルームで家具につまずいて転び、テーブルの太い脚に頭をぶつけて死んだのだ。馬鹿げた死、ナンセンスな死と言うほかないが、五年前に頭がもう数センチ左に倒れていたら君だってそうやって死んだかもしれないのだ。馬鹿馬鹿しい死に方は世にいくらでもある。階段を転げ落ちる、梯子から滑り落ちる、水に落ちて溺れる、車に轢かれる、流れ弾に当たる、バスタブにラジオが落ちて感電死する。それを思えば、すべての生はいくつもの危機一髪の幸運に彩られていると言うほかない。君くらいの年齢に達した人間はみな、不条理かつナンセンスな死を何度もくぐり抜けてきているのだ。それがすべて、いわゆる日常生活の中で起きている。言うまでもなく、もっとずっと苛酷な目に遭った人々、日常生活などという贅沢とは無縁だった人々も大勢いる。たとえば前線にいる兵士、戦争の犠牲になった市民、全体主義政府に殺された人々、それに洪水、地震、台風、疫病など自然災害で死んでいった数えきれぬ人たち。とはいえ、大きな困難を生き延びた人であっても、日常にひそむ気まぐれな惨事の餌食となる危険は、そうした恐怖を味わわずに済んでいる我々と変わらない。戦場での死を逃れながらある夜シカゴの自宅でトイレに行く途中に死んだ君の友人の伯父がいい例だ。一九七一年、君の喉の奥に魚の骨が引っかかった。君としてはカレイの切り身を食べているつもりだったので、骨のことは心配していなかったのだが、突然、呑み込むたびに喉が痛むようになった――何かが間違いなく喉の中に入ったのだ。水を飲む、パンを食べる、指で引っぱり出す、等々伝統的な対処法を一通りやってみたがどれも役に立たなかった。骨は喉のあまりに奥に達している上に、両側の壁に突き刺さるくらい長さも太さもあって、咳をして吐き出そうとするたびに唾液に血が混じっていた。四月か五月の、パリに住みはじめて二か月か二か月半くらいのころで、自分で骨を取り除くのはどうやら無理であることが明らかになると、君は恋人と一緒にジャック・マワス通りのアパルトマンを出て、最寄りの医療施設オピタル・ブシコーまで歩いていった。午後八時か九時くらいで、看護師たちはどうしたらいいかまったくわからなかった。感覚を麻痺させる液体を彼女たちは君の喉にスプレーし、君とお喋りし、ケラケラ笑ったが、刺さった骨にはいっこうに届かず、引き出しようもなかった。やっとのことで、十一時ごろに夜番の緊急勤務医がやって来た。マイヤーという名の若いユダヤ人だった。盲目のピアノ調律師がかつて住んでいた地域にまた一人イスラエル人《びと》がいたわけだ。この青年医師、君よりせいぜい四、五歳年上というところだったが、何と耳鼻咽喉が専門だという。まず手始めの検査に君に若干の血を吐き出させてから、医師は君を連れて中庭を抜け、別の棟にある彼の診療室に行った。部屋に入って君は椅子に座り、彼も椅子に座ると、ピンセットが三十か四十はあろうかという大きな革ケースを彼は開いた。ぴかぴかの銀色の道具がずらりと並ぶ壮観——ありとあらゆる大きさと形のピンセットが揃っていて、先がまっすぐなのもあれば曲がったのもあり、先が鉤状のもの、ねじれたもの、輪になっているものもあり、短いのもあれば長いのもあり、中にはおそろしく複雑で奇妙な形の、こんなものをいったいどうやって喉に入れるのかと首をひねってしまうのもあった。口を開けるよう医者は君に言い、一本一本さまざまなピンセットを、そうっと喉に差し入れ、押し込んでいった。ずっと下まで押し込むものだから、結局上手く行かず取り出すたびに君はゲーゲー喘ぎ、またさらに血を吐き出した。もう少しの辛抱です、と医者は君に言った。もう少しの辛抱です、きっと取れますから、と。そして十五回目に至り、もっとも大きい部類の、時計でいえばグランドファーザークロック級の、偃月刀《えんげつとう》の形をグロテスクに誇張したごとき鉤が先端にあるピンセットを使って医師はついに骨を捕らえ、ぎゅっと摑んで、前後に少しずつ揺すって肉から抜いていき、ゆっくりと持ち上げて喉のトンネルを通し、ついに外へ出した。医師は嬉しそうな、かつ仰天した顔をしていた。上手く行ったことは嬉しいが、骨の大きさには仰天している——何しろ十センチ近い長さがあったのだ。君もやはり仰天していた。どうやってこんな大きな物体を呑み込めたのか？　エスキモーの使う縫い針、鯨の骨のコルセット、毒矢を君は思い浮かべた。「あなたは運がいいですよ」とマイヤー医師は、君の鼻先にかざした骨をなおも見ながら言った。「この骨で死んでいたとしてもおかしくありませんよ」

二月一日の夜以来、雪らしい雪は降っていないが、陽はほとんど出ず、雨が多くて風も強い寒々しい一か月であり、君は毎日部屋にこもって冬じゅうこの日誌を書き、この旅を続けている。もう三月だがいまだに冷え込み、一月二月の寒さはいっこうに衰えていないが、それでも君はこのところ毎朝外に出て庭を見渡して色の兆しを探す。地面から突き出しているクロッカスの葉の小さな先っぽ、レンギョウの藪の最初の黄色を君は探すが、いまのところ報告すべきものは何もなく、今年は春の訪れが遅そうだ。初のコマドリを探しはじめられるまであと何週間かかるだろう。

ダンサーたちに君は救われた。一九七八年十二月のあの晩、彼らが君を人生に引き戻し、宇宙の割れ目の向こうに君を押し出してくれた火傷のごとき天啓の瞬間を経験させてくれて、君はふたたび始められるようになったのだ。運動する身体、空中に在る身体、何の邪魔もない空っぽの空間の中を跳躍し回転する身体、マンハッタンの高校の体育館で踊る八人のダンサー、男四人女四人いずれも若く全員二十代前半で、君は振付家の女性の知人十人ばかりと一緒に観覧席に座って彼女の新作の公開リハーサルを見ている。一九六五年にヨーロッパへ行ったときに乗った学生船で知りあった画家デイヴィッド・リードに招待されたのだ。いまではニューヨークで一番古い友人であるデイヴィッドがこの日君を招いたのは、彼が当時、振付家のニーナ・Wと恋仲になっていたからだった。ニーナのことを君はよく知らなかったし、彼女とデイヴィッドとの仲も長続きしなかったと思うが、君が事実を歪めているのでなければ、たしか彼女はマース・カニングハム舞踏団のダンサーとしてスタートした人物で、振付に精力を注ぐようになったいま、その作風はカニングハムに似て、逞しく、自発性と意外性に富んでいた。当時は君の人生でもっとも暗い時期だった。三十一歳で、最初の結婚は崩壊したばかりで、一歳六か月の息子がいて定職はなく、金もほとんどなく、フリーの翻訳者としてかろうじて生計を立て、読者が世界で百人いるかいないかの小さな詩集を三冊出していて、『ハーパーズ』や『ニューヨーク・レビュー・オブ・ブックス』などの雑誌に文芸批評を書いて乏しい収入を補い、手っ取り早く金を作ろうとしてその夏に偽名で書いた探偵小説（まだ出版社は見つかっていなかった）を別とすれば創作は完全に止まってしまっていた。君は行きづまり、どうしていいかわからず、一年以上一篇の詩も書けていなかったし、もう二度と書けないのだという思いが徐々に固まりつつあった。まさにそんな状態で、三十二年以上前の冬の晩、ニーナ・Wの製作中作品の公開リハーサルを見に高校の体育館に入っていったのである。ダンスというものについて君は何も知らなかったし、いまだに何も知らないが、前々からいつも、見事なダンスのパフォーマンスを見るたび胸の内に幸福感が湧いてくるのだった。デイヴィッドの隣の席に腰を下ろした時点では、どんなものを見ることになるか君には全然わかっていなかった。そのときはまだニーナ・Wの仕事は君にとってまったくの未知だったのである。彼女は体育館の床に立ち、ごく少数の観客に向かって、リハーサルは二つのパートを交互に行なうことになると説明した。作品の主要な動きをダンサーたちが演じてから、私が解説します、と。そう言って彼女は脇に退き、ダンサーたちが床の上を動き回りはじめた。まず君の注意を惹いたのは音楽がないことだった。そんな可能性は――音楽ではなく沈黙に合わせて踊るなどということは――考えてみたこともなかった。音楽はつねにダンスにとって肝要なもの、ダンスとは不可分のものと君は思っていたのである。踊りのリズムとスピードを規定するというだけでなく、見る者が抱く感情のトーンを定めるのも音楽だし、それ自体ではまったく抽象的な営みに物語的な一貫性を与えるのも音楽だと思っていたのに、このダンスではダンサーたちの身体が作品のリズムとトーンを定める役を担っているのである。いったんそのことに馴染んでしまうと、音楽がないことがひどく新鮮に君には思えてきた。ダンサーたちは頭の中の音楽、頭の中のリズムを聞いているのであり、聞こえないものを聞いているのだ。そしてこれら八人の若者は上手なダンサー、素晴らしいダンサーだったから、まもなく君にも彼らの頭の中のリズムが聞こえてきた。というわけで、裸足の足が体育館の木の床を打つ響き以外に音は何もなし。動きの詳細は覚えていないが、跳ねる、回る、落ちる、滑るといった動作はいまも目に浮かぶ。腕が振られ、腕が床に降り、脚が宙を蹴って前に飛び出し、体同士が触れては離れる。ダンサーたちの優美さと活力に君は感じ入り、身体が動くのをただ見ているだけで、自分の中にあるどこか未踏の地に運ばれていく気がしてきた。何かが少しずつ自分の内部で持ち上がるのが感じられ、喜びが体を貫いて頭まで上がってくるのが感じられた。それは肉体的な喜びであると同時に精神的な喜びでもあり、募る喜びが体の隅々まで広がっていった。そうして、六、七分経ったところでダンサーたちは止まった。ニーナ・Wが前に出て、観衆がたったいま目にしたものについて解説をはじめた。彼女が話せば話すほど、ダンスの動きやパターンをより真剣かつ情熱的に言語化しようとすればするほど、彼女の言っていることが君にはだんだんわからなくなっていった。べつに君に馴染みのない専門用語を使っていたというのではない。もっと根本的なことだ——言葉はまったく役に立たないということ、いま君が見た言葉なしのパフォーマンスを描写するという任に言葉は不適であるということなのだ。ダンサーたちがやったことの十全さ、その剝き出しの肉体性を伝えられる言葉などありはしない。やがて彼女は脇へ退き、ダンサーたちがふたたび動き出して、さっきと同じ喜びがたちまち君の内に満ちていった。五、六分して彼らはふたたび止まり、もう一度ニーナ・Wが出てきて解説し、今回も君がいま見たばかりの美の百分の一も再現できず、という具合にその後一時間にわたってダンサーと振付家が交代に現われ、運動する身体のあとに言葉が、美のあとに無意味な雑音が、喜びのあとに退屈が続くなか、ある時点で何かが君の中で開きはじめた。世界と言葉とのあいだにある裂け目、人生の真実を理解したり表現したりする人間の力と人生それ自体とを隔てる深い溝に自分が墜ちていくのを君は感じ、そして、いまだに訳がわからない理由ゆえに、何ものにも縛られぬ空っぽの空気の中を突如墜落していくことで、自由と幸福の感覚に君は包まれていった。パフォーマンスが終わるころには、君はもう行きづまっていなかった。過去一年ずっとのしかかっていた疑念はもはや負っていなかった。君はダッチェス郡の家に帰り、結婚が崩壊して以来寝室になっている一階の仕事部屋に戻っていき、翌日書きはじめた。三週間にわたって、詩とも物語とも言えない、何のジャンルとも特定できない文章に取り組み、マンハッタンの高校の体育館でダンサーたちが踊り振付家が語るのを前にして見えたもの、感じたものを言葉にしようと試み、はじめに何ページも書いてからそれを八ページにまで煮詰めていった。これが君の書き手としての第二の生における最初の作品であり、それ以後の年月に書いてきたものすべてへの橋渡しだった。ある土曜の夜遅く、吹雪のさなかに書き終えたことを君は覚えている。午前二時、静まり返った家で目覚めているのは君一人。そしてこの夜で恐ろしいのは、いまだ君の心に取り憑いているのは、君がこの、やがて『白い空間』と呼ぶことになる作品を書き上げていたまさにその最中に、君の父親は恋人の腕の中で死につつあったということだ。運命の残忍な三角法。君が生に戻ってくるとともに、君の父親の生は終わりに向かっていたのだ。

君がすることをするためには、歩く必要がある。歩くことで言葉が君にもたらされ、頭の中で書いている言葉のリズムが聞こえてくる。片足を前に出し、もう一方の足を前に出す、心臓の二重の太鼓音《ドラムビート》。二つの目、二つの耳、二本の腕、二本の脚、二つの足先。これ、そしてあれ。あれ、そしてこれ。書くことは体の中で始まる。それは体の音楽であり、言葉に意味はあっても、言葉が時には意味を持てても、言葉の音楽こそ意味が始まる場なのだ。君は言葉を書きとめるために机に向かうが、頭の中ではまだ歩いている、つねに歩いている、聞こえているのは心臓のリズム、心臓の鼓動だ。マンデリシュターム――「『神曲』に取り組んでいるあいだダンテは何足サンダルをはきつぶしただろう」。小さなダンスとしての書くこと。

百ページほど前で移動について列挙した際、ブルックリンとマンハッタンの往復に言及することを君は忘れた。一九八〇年にブルックリンに移って以来、君自身の都市において三十一年にわたりその往復をくり返してきた。週に平均二、三度は行き来するから、合計すれば数千回、地下鉄で行ったことも多いが車やタクシーでブルックリン橋を行って帰ってきたことも多い。千回、二千回、五千回、何度横断したかは知りようもないが、人生でこれほど何度も行なった移動はほかにない。そして橋を渡るたびにかならず、その建築の美しさに君は感じ入ってきた。この橋をほかのどの橋とも違ったものにしている、古さと新しさの奇妙な、だが全面的に悦ばしい混合。中世風のゴシック様式アーチの分厚い石が、華奢な蜘蛛の巣のごとき鋼鉄ケーブルと不調和でありながら調和している。かつてこの橋は北米で一番高い建造物だった。自爆殺人者たちがニューヨークに来る前、君はいつもブルックリンからマンハッタンへの横断を好んだ――左側の港の自由の女神と、前にそびえるダウンタウンの摩天楼とが同時に見えるようになる地点に達するのを待つ楽しみ。突如視界に飛び込んでくる巨大な建物群の中にはむろんツインタワーが、美しくはないがだんだんと風景に溶け込んでいったタワーがあったのであり、マンハッタンへ近づいていくなかで高層建築の作るスカイラインにはいまも感嘆するものの、タワーがなくなった現在、横断するたびに死者のことを君は考えずにいられない。自宅最上階の娘の寝室の窓からツインタワーが燃えるのを見たこと、攻撃のあと三日間近所の街路に降った煙と灰のこと、金曜日にようやく風向きが変わるまで家の窓を閉めきるほかなかった耐えがたい強烈な悪臭のことを君は考えずにいられない。あれ以来九年半、依然として週に二、三度橋を渡りつづけているものの、その移動はもはや同じではない。死者はいまもそこにいて、タワーもまだそこにある。記憶の中で死者たちは息づき、空にぽっかり空いた穴としてタワーはいまもそこにあるのだ。

　死者が呼びかけるのを君は聞いた——ただし一度だけ、これまでずっと生きてきて一度だけ。君はありもしないものを見るたぐいの人間ではないし、自分が見たものに混乱させられることはよくあっても、幻覚に陥ったり現実を途方もなく改変してしまったりはしない。耳も同じだ。時おり、例によって街を散歩していると、誰かに呼ばれた気が、妻か娘か息子が通りの向こうから君の名を呼んでいる気がすることがあるが、そっちを向いて見てみると、いつもそれは誰か他人がポール、ダッド、ダディと言っているのだ。だが二十年前、あるいは二十五年前、日常生活の流れとはまったくかけ離れたところで、いまだに君を戸惑わせつづける幻聴を君は体験した。その生々しさ、力強さ、聞こえた声の圧倒的な大きさ——死者たちが君の中でいっせいに叫びを上げたのはほんの五秒、十秒のことだったが。君はドイツにいて、ハンブルクで週末を過ごしていて、日曜の朝、友人で君の本のドイツ語訳を出している出版社の社長でもあるミヒャエル・ナウマンから、ベルゲン＝ベルゼンに——というよりかつてベルゲン＝ベルゼンの収容所があったところに——行かないかと誘われた。尻込みする気持ちもあったが、行きたいと君は思った。そしてどんより曇ったその日曜の朝、ほとんど車のいないアウトバーンを走ったときのことを君は覚えている。何マイルも広がる平たい土地に灰白色の空が低く垂れるなか、道端の木に激突した車と、草の上に横たわった運転手の死体を君は見た。体からはいっさいの力が抜け、ひどくねじれていて、男が死んでいることは一目瞭然だった。そしてミヒャエルの車に乗った君は、アンネ・フランクとその姉マルゴットとのことを考えた。二人ともベルゲン＝ベルゼンで、ほか数万の人々とともに——チフスや飢えゆえに、あるいはわけもなく殴られ殺されて世を去った何万もの人々とともに——死んでいった。助手席に座っていると、いままでに見た強制収容所の映像やニュース映画が頭の中を流れていき、ミヒャエルとともに目的地へ近づくにつれて、君はだんだん不安になって、内にこもっていった。収容所自体は何も残っていなかった。建物は取り壊され、バラックも解体され撤去されて、鉄条網の柵も消え、いまは小さな博物館があるだけだった。それはポスター大の白黒写真を並べてそれぞれに説明を添えてある平屋の建物で、気の滅入る場所、見るのも嫌な場所だったが、とにかくがらんとしてすべてが消毒済みといった印象で、戦争中ここがどんな場所だったか実感するのは難しかった。死者の存在が君には感じとれなかったし、鉄条網で囲まれた悪夢の村に詰め込まれた数千数万が味わった恐怖も感じられなかった。ミヒャエルと一緒に博物館の中を歩きながら（記憶の中ではそこにいるのは君だけだ）、収容所がそのまま残されて残虐の館がいかなる姿だったか世界中が見られたらよかったのにと君は思った。それから君たちは外に出て、かつて収容所の建物があった地面に立ったが、いまそこは草の茂る野原になっていて、美しい、手入れの行き届いた芝が四方何百メートルも広がっていた。かつてバラックや施設があった位置を示す標識があちこちに据えられていなかったら、数十年前にここで何が起きていたか想像のしようもなかっただろう。やがて君たちは、地面が少し盛り上がった草地に出た。周りより十センチばかり高くなっている、六メートル×九メートル程度、広めの部屋といった感じの場所で、一方の隅に標識があり、ここにロシア人兵士五万人が眠ると書いてあった。君は五万人の墓の上に立っていたのだ。そんなにたくさんの死体がこんな小さなスペースに収まるなんてありえないことに思えた。自分の下にあるそれらの死体たちを想像しよう、これ以上はないというくらい深かったにちがいない穴の中でぎっしり絡みあっている五万人の若者たちを思い描こうと努めると、かくも多くの死、そんな小さな一画の地面に押し込まれたかくも多くの死を想って眩暈がしてきて、その次の瞬間、叫び声が聞こえたのだ——声たちのとてつもない大波が君の足下の地面から湧き上がってきて、死者たちの骨が苦悶に吠えるのを君は聞き、痛みに吠えるのを、轟々と耳をつんざく苦しみを滝のようにほとばしらせて吠えるのを君は聞いた。大地が悲鳴を上げていた。五秒か十秒それが聞こえて、それからまた静かになった。

　夢の中で父親と話す。もう何年も前から、父は意識の向こう側にある暗い部屋に君を訪ねてきていて、テーブルをはさんで君と座り、長いことゆったりと話を交わす。落着いて慎重に父は話し、つねに優しく友好的に君に接して、君が言うことにいつもじっくり耳を傾けてくれるが、ひとたび夢が終わって目を覚ますと、二人のどちらが言ったことであれ一言も君には思い出せない。

　くしゃみをする、声を上げて笑う、あくびをする、涙を流す、ゲップをする、咳をする、耳を掻く、目をこする、鼻をかむ、咳払いする、唇を嚙む、舌を下の歯の裏側に這わせる、身震いする、おならをする、しゃっくりをする、額の汗を拭く、両手を髪にさし入れる——そういうことを何回やってきただろう？　何回爪先をぶつけ、指をつぶし、頭に打撃を喰らっただろう？　何度転び、滑り、倒れたか？　何度まばたきしたか？　何歩歩いたか？　ペンを手に持って何時間過ごしたか？　何回キスを与え何回受けたか？

まだ赤ん坊の子供たちを両手で抱く。

妻を両手で抱く。

ベッドから這い出て、窓まで歩いていくときの、冷たい床を踏む君の裸足の足。君は六十四歳だ。外の空は灰色、ほとんど白く、太陽は見えない。君は自問する。あといくつの朝が残っているのか？

ひとつのドアが閉じた。別のドアが開いた。

君は人生の冬に入ったのだ。

（二〇一一）

訳者あとがき

二十一世紀に入ってからポール・オースターはほぼ一年一冊のペースでコンスタントに長篇小説を発表していたが、二〇一〇年代に入っていったん小説を離れ、この『冬の日誌』（*Winter Journal*）ともう一冊『内面からの報告書』（*Report from the Interior*）という、ひとまずノンフィクションという枠でくくれる作品を二冊続けて発表した。まとまったノンフィクション作品としては、一九九六年の『なぜ書くか』（日本では独自編集で『トゥルー・ストーリーズ』に収録）以来である。

『冬の日誌』という一方の題からも窺えるとおり、二〇一二年から一三年にかけて刊行されたこの二冊は、一九四七年生まれの、人生の冬が見えてきた人間が、遠い昔に自分の身体（『冬の日誌』）と精神（『内面からの報告書』）に何が起きていたかを再発見しようとする、過去の自分を発掘する試みである。三十代後半から四十代、「ニューヨーク三部作」『ムーン・パレス』『偶然の音楽』などいまやオースター作品の定番となっている書物を次々と書いていたころには、このような本を書くことはまずありえなかっただろう。

その一方で、この二作を、充実した人生を送ってきた初老の人間が生涯をしみじみふり返る回顧＝懐古的な書物、というふうにまとめてしまうのも正しくないだろう。そもそもポール・オースターがノンフィクションに携わるとき、ラジオ番組の聴取者から無数の体験談を集めて作った『ナショナル・ストーリー・プロジェクト』に顕著なように、ノンフィクションという枠を揺さぶるような独自の着想がそこにはつねに含まれている。一九八二年に刊行された、父親との関係を綴り、その父の息子である自分、また自身も父親である自分を考察した『孤独の発明』にしても、いわゆる自伝として時系列に沿って事実を並べた本では決してなく、息子というもの、父親というものをめぐる思索的な作品になっている。「もちろん『孤独の発明』は自伝的だが、自分の人生を物語っていたというよりも、誰もに共通するいくつかの問題を、自分を使って探ったと思っている。我々がいかに考え、いかに思い出し、いかにいつも過去を引きずっているかを」（ラリー・マキャフリーとシンダ・グレゴリーによるインタビュー、畔柳和代訳、『空腹の技法』所収）。同じことが『冬の日誌』『内面からの報告書』にも言える。事実、『内面からの報告書』第一部で、自分の精神がかつて何を感じていたかを探索することの動機として、語り手はこう述べる――「自分がたぐい稀な、例外的な考察対象だと思うからではなく、まさしくそうは思わないから、自分自身を単に一人の人間、誰でもありうる人間と思うからこそ」。

むろん、自伝的な書物を読むとき、人は多かれ少なかれ、他人の人生をたどりながら自分の人生にも思いをはせるものだと思うが、これら二冊の場合、読者が自己の人生に思いをはせる度合いがある程度高くなるような仕組みになっていると言えそうである（まあその結果、たとえば僕の場合、つねに張りつめて生きてきたポールの人生をたどりながら我が身をふり返り、「自分はずいぶん漫然と生きてきたなあ」とため息をつくわけだが……)。

まだ三つか四つだった、自分の体と地面とがいまより近かった——ゆえに大好きだった蟻たちとの距離もずっと近かった——ときの実感に始まって、六十四歳の執筆時現在、ベッドから床に降り立つときに足の裏に感じる冷たさに至るまで、かつて自分の身体が体験した無数の事柄を『冬の日誌』は語る。そのなかで、これまで自分が住んできた全住居を住所まで明かしそこに住む体感を一軒一軒記述するという卓抜なアイデアを実行したり、一家三人危うく事故死するところだった自動車事故から広い文脈に話を展開し一瞬のアクシデントを何年もの時間と意味深く結びつけたりしつつ、読み応えのある「体の歴史」が綴られてゆく。かつて自分の心に起きていたことを掘り起こす次著『内面からの報告書』と補完しあう一冊であるわけだが、さらにまた、著者オースターの母親のことが詳しく語られているという点では(特に母が少年たちの野球に仲間入りして特大ホームランをかっ飛ばす一節などは、本書のもっとも明るいハイライトのひとつである)、もっぱら父親に焦点を当てていた『孤独の発明』と補完しあう一冊とも言える。

『孤独の発明』第二部「記憶の書」では、自分を外から、一人の他者として見るために、「A」「彼」という三人称で語るという方法が採られていた。『冬の日誌』『内面からの報告書』ではそれが「君」という二人称になっている。どちらも素直に一人称を使わない点がオースターらしいが、こうした人称の違いは、『孤独の発明』では比較的近い過去の、もしくは現在の自分が対象とされていたのに対し、この二冊では何十年も前の自分が対象になっていることから自然に生じたものと言えるだろう。一九八〇年代のニューヨークで空虚な生を生きるヤッピーの心理を描いたジェイ・マキナニーの小説『ブライト・ライツ、ビッグ・シティ』（一九八四）では、自分がいま・ここにいることがいまひとつ実感できない希薄な自己を語るために二人称の「君」が使われていたが、オースターの「君」はもう少し――というかだいぶ――温かい。何も知らなかったぶん、いまより新しかった世界と対峙し、あるときは高揚の瞬間を、あるときは苦悩の時間を生きていたかつての「君」を、共感と、同情と、いくぶんの羨望とが混ざりあった思いで著者は眺めている。その感慨豊かな視線を共有できることが、この本を読む上での大きな楽しみである。もちろんポール・オースターの愛読者にとっては、なるほどこういうものを食べて育ってこんな場所に住んでいた人があゝいう本を書くわけか、という発見も楽しいだろうが、かりにオースター作品をまったく知らなくても、人が自分の過去を発掘する「自己の考古学」の中身濃き実例として、大いに刺激を受けられる一冊ではないかと思う。

以下にオースター主要作品のリストを記す。特記なき限り、拙訳による長篇小説。

The Invention of Solitude (1982)『孤独の発明』自伝的考察（新潮文庫）

City of Glass (1985)『ガラスの街』（新潮文庫）

Ghosts (1986)『幽霊たち』（新潮文庫）
The Locked Room (1986)『鍵のかかった部屋』（白水Uブックス）
In the Country of Last Things (1987)『最後の物たちの国で』（白水Uブックス）
Disappearances: Selected Poems (1988)『消失　ポール・オースター詩集』（飯野友幸訳、思潮社）
Moon Palace (1989)『ムーン・パレス』（新潮文庫）
The Music of Chance (1990)『偶然の音楽』（新潮文庫）
Leviathan (1992)『リヴァイアサン』（新潮文庫）
The Art of Hunger: Essays, Prefaces, Interviews (1992)『空腹の技法』エッセイ集（柴田・畔柳和代訳、新潮文庫）
Mr. Vertigo (1994)『ミスター・ヴァーティゴ』（新潮文庫）
Smoke & Blue in the Face: Two Films (1995)『スモーク&ブルー・イン・ザ・フェイス』映画シナリオ集（柴田ほか訳、新潮文庫）
Hand to Mouth: A Chronicle of Early Failure (1997) エッセイ集、日本では独自編集で『トゥルー・ストーリーズ』として刊行（新潮文庫）
Lulu on the Bridge (1998)『ルル・オン・ザ・ブリッジ』映画シナリオ（畔柳和代訳、新潮文庫）
Timbuktu (1999)『ティンブクトゥ』（新潮文庫）

I Thought My Father Was God (2001) 編著『ナショナル・ストーリー・プロジェクト』（柴田ほか訳、新潮文庫、全二巻／CD付き対訳版 アルク、全五巻）

The Story of My Typewriter (2002)『わがタイプライターの物語』絵本、サム・メッサー絵（新潮社）

The Book of Illusions (2002)『幻影の書』（新潮文庫）

Oracle Night (2003)『オラクル・ナイト』（新潮文庫）

Collected Poems (2004)『壁の文字　ポール・オースター全詩集』（飯野友幸訳、TOブックス）

The Brooklyn Follies (2005)『ブルックリン・フォリーズ』（新潮社）

Travels in the Scriptorium (2007)『写字室の旅』（新潮社）

Man in the Dark (2008)『闇の中の男』（新潮社）

Invisible (2009)

Sunset Park (2010)

Winter Journal (2012) 本書

Here and Now: Letters (2008-2011) (with J. M. Coetzee, 2013)『ヒア・アンド・ナウ』往復書簡、J・M・クッツェーと共著（くぼたのぞみ・山崎暁子訳、岩波書店）

Report from the Interior (2013) 自伝的考察『内面からの報告書』（新潮社・近刊）

4 3 2 1 (2017)

日本でオースターが広く読まれるようになる上で誰よりも貢献された森田裕美子さんを引き継いで、本書からは佐々木一彦さんが企画・編集を担当してくださっている。森田さんに劣らず有能かつ熱意あるサポートにあつくお礼を申し上げる。また、新潮社校閲部の皆さんにはいつも大変お世話になっているが、今回はとりわけ岡本勝行さんに数々の無知を救っていただいた。ありがとうございました。

「ある身体の物語」たる本書が刊行される翌月には、「ある精神の物語」である『内面からの報告書』の訳書も刊行される。二冊あわせて読めば、身体と精神両方の当事者のことがより立体的に見えてくると思うが、まずはこの一冊だけでもお読みいただければ訳者としては十分嬉しい。充実した、刺激的な読書時間でありますように。

二〇一七年一月

柴田元幸

カバー写真

Washington Square, New York, 1954

© Estate of André Kertész / Higher Pictures / PPS 通信社

装幀

新潮社装幀室

冬《ふゆ》の日誌《にっし》

ポール・オースター
柴田元幸訳

発　行　2017.2.25

発行者　佐藤隆信
発行所　株式会社新潮社
郵便番号162-8711　東京都新宿区矢来町71
電話：編集部(03)3266-5411・読者係(03)3266-5111
http://www.shinchosha.co.jp

印刷所　株式会社光邦
製本所　大口製本印刷株式会社

ISBN978-4-10-521718-1　C0097

ブルックリン・フォリーズ

ポール・オースター
柴田元幸訳

ドジでも大丈夫。幸せは思いがけないところから転りこんでくる――オースターならではの、ウィットに富んだブルックリン讃歌。9・11直前までの日々。感動の長編。

写字室の旅

ポール・オースター
柴田元幸訳

奇妙な老人ミスター・ブランクが奇妙な部屋にいる――。かつてオースター作品に登場した人物が次々に訪れる、未来のオースターをめぐる自伝的作品。闇と希望の物語。

闇の中の男

ポール・オースター
柴田元幸訳

ある男が目を覚ますとそこは9・11が起きなかった21世紀のアメリカ――全米各紙でオースターのベスト・ブック、年間のベスト・ブックと絶賛された、感動的長編。

エコー・メイカー

リチャード・パワーズ
黒原敏行訳

謎の交通事故――奇跡的な生還。だが愛する人は目覚めると、あなたを別人だと言い募る。なぜ……？　脳と世界と自我を巡る天才作家の新たな代表作、全米図書賞受賞。

幸福の遺伝子

リチャード・パワーズ
木原善彦訳

過酷な生い立ちにもかかわらず幸福感に満ち溢れたアルジェリア人学生。彼女は幸福の遺伝子を持っていると主張する科学者が現れて――。米文学の旗手による長篇。

オルフェオ

リチャード・パワーズ
木原善彦訳

微生物の遺伝子に音楽を組み込もうと試みる現代芸術家のもとに、捜査官がやってくる。容疑はバイオテロ？　現代アメリカ文学の旗手による、危険で美しい音楽小説。

墜ちてゆく男

ドン・デリーロ
上岡伸雄訳

二〇〇一年九月十一日、WTC崩壊。壮絶なカタストロフを生き延び、妻子の元へと戻った男は――。米最大の作家が初めて「あの日」と対峙する。巨匠の新たな代表作。

天使エスメラルダ
9つの物語

ドン・デリーロ
柴田元幸／上岡伸雄
都甲幸治／高吉一郎訳

リゾート客。宇宙飛行士。囚人。修道女。さまざまな現実を生きるアメリカ人たちの姿が、私たちの生の形をも浮き彫りにする。現代米文学の巨匠による初めての短篇集。

〈トマス・ピンチョン全小説〉

V.（上・下）

トマス・ピンチョン
小山太一
佐藤良明訳

闇の世界史の随所に現れる謎の女V.。彼女に憑かれた妄想男とフラフラうろうろダメ男の軌跡が交わるとき――衝撃的デビュー作にして現代文学の新古典、革命的新訳！

〈トマス・ピンチョン全小説〉

競売ナンバー49の叫び

トマス・ピンチョン
佐藤良明訳

富豪の遺産を託された女の行く手に増殖する謎、謎、謎――歴史の影から滲み出る巨大な闇とは。〈全小説〉随一の人気を誇る天才作家の永遠の名作、新訳。詳細なガイド付。

〈トマス・ピンチョン全小説〉

重力の虹（上・下）

トマス・ピンチョン
佐藤良明訳

ピューリッツァー賞評議会は「通読不能」「猥褻」と授賞を拒否――超危険作ながら現代世界文学の最高峰に今なお君臨する伝説の傑作、奇跡の新訳。詳細な註・索引付。

〈トマス・ピンチョン全小説〉

メイスン＆ディクスン（上・下）

トマス・ピンチョン
柴田元幸訳

新大陸に線を引け！　ときは独立戦争直前、二人の天文学者によるアメリカ測量珍道中が始まる――。現代世界文学の最高峰に君臨し続ける超弩級作家の新たなる代表作。

日々の光
ジェイ・ルービン
柴田元幸
平塚隼介 訳
戦争で引き裂かれた人間の運命と深い愛、アメリカ日系人収容所の過酷な日々――村上春樹作品の英訳で世界的に知られる著者が、戦後七十年目に問う渾身の長編小説！

☆新潮クレスト・ブックス☆
屋根裏の仏さま
ジュリー・オオツカ
岩本正恵
小竹由美子 訳
20世紀初頭、写真だけを頼りにアメリカに嫁いでいった日本の娘たち――。一人ひとりの囁きが圧倒的な声となって立ち上がる、美しい中篇小説。全米図書賞最終候補作。

☆新潮クレスト・ブックス☆
ビリー・リンの永遠の一日
ベン・ファウンテン
上岡伸雄 訳
中東の過酷な戦場と、祖国の滑稽な狂騒の、その途方もない隔絶。テロや戦争の絶えない現代アメリカの姿を、19歳の兵士の視点から描く、全米批評家協会賞受賞作。

☆新潮クレスト・ブックス☆
大いなる不満
セス・フリード
藤井光 訳
なぜか毎年繰り返される、死者続出のピクニック。寿命一億分の四秒の微小生物に見る叡智――。プッシュカート賞受賞作2篇を含む、若き奇才によるデビュー短篇集。

☆新潮クレスト・ブックス☆
遁走状態
ブライアン・エヴンソン
柴田元幸 訳
前妻と前々妻に追われる元夫。見えない箱に眠りを奪われる女。勝手に喋る舌を止められない男――。明晰に語られる19の悪夢。ホラーも純文学も超える驚異の短篇集。

☆新潮クレスト・ブックス☆
ウインドアイ
ブライアン・エヴンソン
柴田元幸 訳
妹はどこへ消えたのか。それとも妹などいなかったのか？　得体の知れない不安と恐怖が、読者の現実をも鮮やかに塗り替えていく。『遁走状態』に続く最新短篇集。